U0140417

王鼎钧

现代小说化读

商务印书馆
The Commercial Press

别开生面的文学鉴赏

李　昕

《现代小说化读》是鼎公（王鼎钧先生）的一部新著，也是一部奇特之书。

看书名，这本书应该归入文学鉴赏一类，但是以我几十年从事编辑工作的阅读经验，从来没有见过鉴赏类的图书采用这样的写法。没有喋喋不休的理论探讨，没有洋洋洒洒的赏析文字，甚至没有随处可见的专业术语，而是彻头彻尾地采用讲故事的方式。所以，这本鉴赏集，是一本从故事到故事的书，非常流畅，甚是好读，令人感到很亲切，全无理论著作之枯燥和晦涩。这当然是鼎公有意为之，他过去常说："我少谈理论，多谈故事，也是为了保持趣味，也为了容易记住。"在写这本书时，他也对我说过："谈写作的书，总是理论太多，掩盖了技术，盖理论乃技术之归纳，是装技术的口袋，弟之兴趣在于把口袋里的东西倒出来。"

这本书，总共"化读"了近四十篇现当代小说，其中绝大多数是短篇，偶见中篇。为什么要以短篇为主？因为鼎公是要向青年读者介绍写作经验和技巧，让他们学习写作，当然要从短篇开始。这数十篇作品，或许未必都是传世之作，但作者多为名家，其作品至少可以成为某一特定创作模式的样本。鼎公认为："'创作'是无中生有，没有范文样本，创作者独辟蹊径，'写作'是有中生有，以范文样本为教材，可以教也可以学。当然，学习者也不能止于范文样本，他往往通过学习到达创作。"所以他把这些作品当作样本，剖析其写作技巧何在，然后再以各种故事为例，说明这种技巧是可以学习的。

请看鼎公是如何"化读"这些现代小说的。

他讲落华生的《黄昏后》，告诉读者小说要有序幕、过场、主场、尾声，现代作家可能会省略其中的一些步骤，但至少也要有简短的序幕引出主场。怎样引？这就是技巧。鼎公以落华生的《黄昏后》为例进行解读后，另外构思故事展示一个土木工程师曾经的画家梦。这两个故事之间其实没有任何相似性，但它们的结构是一致的，就是由序幕引出读者对故事的期待，继而引出主场故事。鼎公在此要告诉读者的是如何把握作品的叙事结构。

他讲黎烈文的《决裂》，是在强调小说作者应该有一个本领，就是将题材"堆高"。先讲解小说《决裂》是如何通过父子冲突的逐渐激化而实现题材"堆高"的，然后他接连讲了四五个故事——有朋友间流传的，有报刊报道的，还有史书里读来的，以此告诉读者，通过各种"堆高"情节，可以由量变引起质变，悲剧变喜剧、喜剧变悲剧常常是这样实现的。

他讲萧红的《手》，指出小说的主旨是写人的命运，决定命运的是一双被染料染黑的手。随后他讲了三个故事：一是历史逸闻，说一位侍奉三位皇帝的老臣，偶然因为一番话感动了汉武帝便获得提拔；二是西方故事，说一个黑人一路升迁，顺风顺水，四十岁就当上了大学校长，这只是因为他的上级领导害怕自己被人批评歧视黑人；三是他自编的故事，说一个美女因为长相漂亮，应聘后在公司几个部门都无法立足，最后被辞退。他总结说，这三个故事，都是《手》的变体，人物事业的成败非关自身努力，这就是命运。

他讲小说中的"作法自毙"情节时，先从"请君入瓮"这一历史故事开始，继而分析了一篇西方小说《爱情与逻辑》，并指出这种故事的特点就是写"搬起石头砸自己的脚"，共同之处是"对人作法，法适足以自毙，自毙又完全非始料所及"。在结构上，有个规律，对立的双方，通常先是西风压了东风，然后东风再压了西风。分析之余，他一口气编了四个"作法自毙"的小故事，告诉读者，这是小说常见的一种类型，总是可以创造出人意料的结果。

由此，我们可以发现鼎公"化读"的方法：先分析样本作品，通过概述故事、解读、点评，指出其某一突出特点，然后针对这一特点，另行以故事做展示。他"化读"样本，主要是解析故事内核及其包装形式，而他向读者讲授小说的技巧和做法，也是利用自己编织的故事情节——或是自己熟悉的古今逸闻，或是中外文学名著中的某些细节，促使读者感悟这种故事的内核与形式。这一过程，实际是先通过解构样本的情节来总结一种创作模式，再以其他重构的情节向读者演示小说在这一模式下的基本技巧。我以为，此种"化读"方法，属于鼎公苦心孤诣的自创，或可称之为"模式演示法"。就好像一位美术教师，为了教会学生绘画，向学生展示和讲解了一幅景物写生画的立体透视规则，然后就依据这种规则自己绘制了另外一幅（并展示他人绘制的多幅）写生画的草图，在此过程中告诉学生应该如何运用透视原理。这是需要见真功夫的，一招一式，都要与样本的模式对应，没有文学创作、阅读和鉴赏经验的积累，没有对小说艺术规律的深入认知，没有对这些样本作品的内涵与形式的特殊感悟力和辨识力，是不可能写出这样的文字的。一句话，非大手笔不能为也。

鼎公之所以可以这样写，是因为他有其他人不具备的条件。这就是他作为作家、文学评论家和语文教育家的三重背景。尽人皆知鼎公是散文大师，但人们未必知晓，他的创作是从小说起步的，早在半个多世纪以前就写过若干中短篇小说，有丰富的创作经验。后来他专注于散文，也是一种广义的创作。散文包括叙事、抒情、说理三类，一般作家，通常仅擅长三者之一，而鼎公却是三者皆通、皆精。他的散文，在华人作家群中，被称为"崛起的山梁"，是文学园林中一道独特而靓丽的风景。仅就叙事散文来说，鼎公的"回忆录四部曲"可谓传世经典。以一人一笔写尽20世纪中国的世间沧桑、人生百态、生死流转、因果相依，感人肺腑，震撼人心，这样的著作，在中国当代文学史上实属不可多得的佳构。而在抒情散文方面，鼎公有系列作品集为文坛推崇，其中1988年出版的抒写乡愁的《左心房漩涡》，几乎囊括了台湾文学界和出版界评出的所有的好书大奖，由此奠定了他作为当代散文宗师的地位。至于说理散文，又分为两类，一类是文艺批评文字。鼎公出版过多种评论集，他最早进入文学领域，写的著作中就包括《小说技巧举隅》和《短篇小说透视》。这两本书所做的研究，实际就是他今天写作《现代小说化读》最初的积累。当然，他后来又有《灵感五讲》《文艺欣赏七论》等理论著作问世，这证明他同时还是一位文学评论家。另一类说理的文章鼎公写得更多，这就是指导青少年写作的书。他出版的第一部著作《文路》就属于此类（后来经修订增补成为《作文六要》），而《作文七巧》《作文十九问》《讲理》等书更是影响了海峡两岸整整一代青少年的文学写作，甚至引导其中一些人走上了文学道路。所以，应当说，鼎公是一位卓有建树的语文教育家，他对于语文教育的热情之高、投入之多、用功之深，在海峡两岸文学大家中为仅见。这本《现代小说化读》在一定意义上也属于语文教育著作。鼎公在60年代中期曾在台湾主编《中国语文月刊》，从那时起，他就一直认为语文教育是文艺事业的根本，无论是文艺创作、文艺批评还是文艺欣赏，都要首先具有某种程度的语文修养。这种修养，需要依靠语文教育获得，所以鼎公把训练文学爱好者，特别是青少年的写作能力和培养作家当作一件事的前后两端，而他在这方面的写作则是一脉相承、一以贯之的，从初级到高级全程覆盖。《现代小说化读》可以说是训练写作者从初级走向高级的入门之书。这是鼎公发挥自己各方面的优势写出的一本向广大文学爱好者讲述小说创作奥秘的别开生面的书。

说别开生面，指的是作者把理论形象化了。本文开篇就讲到这个特点，作者明明要讲理论，却偏偏让你看不到理论。举凡鉴赏现代小说，必然要涉及作品的构思、立意、主题、风格、结构和各种创作手法、表现技巧，涉及小说的艺术规律，但鼎公却执意用具象的故事来呈现这些抽象的思想和理论。有必要进行理论概括时，他使用的概念，也大多不是专业术语，而是人们口头上的白话，诸如要将题材"放大""压缩""拉长""堆高"，要把材料"捏合"成小说，"使叙事波浪式前进"，等等，都是明白易懂的语言。为了说明某一创作模式，他常常上下求索、八方举例以示之。在这里，鼎公的识古通今、博闻强识令人叹服。大量中外文学事例，包括细节，他都一一信手拈来，随机插入文中，却无不丝丝入扣。这种写法，让一切都渗透在娓娓的叙述中，融化在形象的描写里。如此传授小说艺术，可谓"不着一字，尽得风流"，令人想起佛祖释迦牟尼在灵山会上拈花示众的故事。读者若能对此会心一笑，必是领悟到此中真谛、得到文学大师的真传了。

由此，我想到书名为《现代小说化读》，此"化"是何义？鼎公过去写过《古文观止化读》，曾解释说，此书书名一度叫《古文观止演绎》，意为他实际采用的是演绎之法来解读前人名著。我以为，"演绎"二字用在这本书中也无不当。本书当然就是对小说艺术规律的推演和铺陈，但鼎公后来偏爱"化读"二字，取"大而化之、食而化之、化而合之、合而得之"之意，也是恰如其分。不过在我看来，这个"化"字，更是"化境"之化也。达不到对现代小说技法融会贯通的至高境界，是无法对它们做出如此生动、浅白而又通透的解读的。

很荣幸，这本书或可说是由我催生。大约两三年前，在读到《古文观止化读》之后，我去函询问鼎公，可否再写一本关于现代作品的"化读"？本是我和商务印书馆的同事偶发奇想，没想到鼎公当即认起真来，开始做资料准备，并咨询相关版权问题。去年他告诉我已经开始着笔，我一则以喜，一则以忧。喜的是期待中的鼎公新著即将问世，忧的是鼎公已经 97 岁高龄，且处于疫情期间，他的身体健康堪虞。我甚至自责不该在此时给鼎公增添精神上和创作上的压力。幸而鼎公健朗，且才思敏捷，完成了这本富有突破性的创新著作，成为他给予社会和读者的又一精彩奉献，实在可喜可贺。

2023 年 2 月 12 日

目
录

1. 陈衡哲:《一日》

　　文学史老师曾说,陈衡哲女士写的《一日》是中国现代文学第一篇白话短篇小说,1917 年发表在《留美学生季报》上。

　　1917 年的中国是什么样子? 女孩子还在裹小脚,留大辫子,不上学堂。小学的语文课还在教文言文,报馆的记者还在用文言写新闻,政府还在用文言写布告,民众用白话写的陈情书,衙门不收不看。新文学的思想出现了,五四运动还没有产生。陈衡哲女士能在那个时候推出她的短篇小说,文学史不可不记,我们也不可不看。

两年后，1919年，五四新文化运动产生，涌现了一代新文学作家，体裁学西洋，语言用白话。那些诗歌、小说、散文、剧本，史家统称为中国现代文学。陈衡哲是江苏武进人，1890年生，到上海读书，是清华首批留美专科女生，后来成为中国第一位女教授、中国第一位出席国际学术会议的女代表，也成为中国现代文学第一篇白话短篇小说的作者。

这篇"最早"的白话短篇小说并非"最好"，那时白话文学的语言尚未成熟，有些句子难免生硬，词汇也贫乏。那时有国学大师和新潮流对抗，认为写白话文不能成为作家，一如"推着小车在路旁卖茶的人"不能成为教授。其实那时的作家，如陈衡哲女士，并不知道"推着小车在路旁卖茶的人"怎样叙事抒情状物写景；国学大师也没有料到，"推着小车在路旁卖茶的人"虽不能成为教授，研究"推着小车在路旁卖茶的人"怎样说话倒可登上讲坛。我们今天翻出这篇最早的白话短篇小说来，不是用文学批评的态度看它，而是用学习的态度看它。在批评家眼中"尺有所短"，在学习的人眼中"寸有所长"。有些新观念、新技巧，那时候已由先贤引进，我们到现在还有人没有领受，太抱歉了！

什么是小说？小说家彭歌介绍过一个定义：小说是你骑在墙头上，把墙内发生的事说给墙外的人听。专家学者也许嫌它太简单，但它对我们学习的人倒是很有帮助。小说基本上是叙事，陈衡哲的《一日》叙述了中国的一个留学生在美国一家女子学院宿舍里一日之内的生活情形。

　　中国原来就有自己的小说，那些小说家叙事的时候，照例先把"何人、何地、何时"交代清楚。陶渊明叙述世外桃源的故事，开头先说晋代太元年间武陵郡一个打鱼的人；蒲松龄叙述一个孝子的故事，开头先说山东青州东香山前有一个叫周顺亭的人，有名有姓，有凭有据，表示他笔下叙述的这件事情很真实，请读者相信。

　　陈衡哲的《一日》没有沿用这种传统的格式，小说正文开篇，她既未交代这是美国的女子学院，也没说她本人就是这家女子学院的一名新生，她下笔第一行写的是"当！当！当！当！七下钟了"。看下去，才知道一个房间里住了两个人，这两个人的作息时间都受钟声支配。再看下去，两个人到食堂里去和许多人一同吃早餐，才知道她们过的是集体生活。再看下去，她们谈论昨夜发生的事，才知道这是美国女子学院的宿舍。……就这样，你一点一滴地逐渐知道"何人、何地、何时、何事"，一小块一小块地拼贴全貌。这种写法来自西洋文学，直到今天，大家还在使用。

从前，中国小说叙事，总是有头有尾，有因有果。那个武陵人既然是渔夫，那他离不开河，河的源头是山，他又有好奇心，于是找到了山里面的那个世界。他怎样进入那个世界，为什么离开那个世界，后来那个世界怎么又消失了，都有合理的交代。陈衡哲女士的《一日》不这么写，她写一个在校外寄宿的学生昨夜没有回到寄宿的地方，房东关心她，打电话给学校管理宿舍的舍监，打听那学生的行踪。舍监连夜查问了一百多个房间，她自己一夜没睡，也惊破了那么多人的好梦，徒劳无功。结果呢，她要找的那个学生确实在学校的宿舍里住了一晚，但舍监漏掉了那个房间，没有去查。

她写美国学生不了解中国，对中国留学生提出许多可笑的问题。听说中国人没有桌子，在地上吃饭。"你们在家吃些什么？有鸡蛋么？""我有个朋友，他的姑母在中国传教，你认得她吗？""我的哥哥认得一个姓张的中国学生，这不消说一定是你的哥哥了。"

她写学生贝田的功课成绩太差,教务长说她已经到了退学的边缘。这个警告并非直接向贝田提出,而是找了一个叫玛及的学生转达。

她写一个学生当选了级长,到了晚上,一些同学在她窗外唱歌,表示祝贺。

这几件事情互相没有连带关系,整篇小说就像那种点心盒子,分成好几个方格,每个方格里放一种点心,端出来待客。这种写法也是学西洋。

有人说,怎样写短篇小说,教科书里有格式,陈衡哲的《一日》跟标准格式不合。关于教科书里的格式,希望另外有机会讨论,现在先说一句:教科书里的格式并非唯一的格式。有人说,《一日》很像是一篇日记,也好,小说也可以用日记体来写,鲁迅先生有《狂人日记》,丁玲女士有《莎菲女士的日记》。有人说,《一日》更像是散文,也好,在小说这个大分类中,有一个小分类叫作"散文小说"。如果我们还在学习,还能学习,你我都可以写自己的《一日》,可以照陈衡哲女士这样写,也可以不照她的样子写。

如果采用她的写法呢?你得有三件、四件可写的事情，不能太少，也不宜再多。

例如，今天是你的生日，上午，爸爸教你去买蛋糕，买你自己最喜欢吃的那一种。那是一家老店，店面很小，门面、橱窗、柜台、包装，多少年来都是那个老老实实的样子，没什么设计。今天你去买蛋糕，发现同一条街上有一家新店开张，店里面灯火辉煌，店门口五彩缤纷。走进去看，玻璃柜里面的蛋糕有各种不同的造型，非常可爱，顾客可以当场试吃，店员在旁边端盘伺候。你尝了一口，滋味平常，不及老店的蛋糕好吃，但确实比老店的蛋糕好看。你应该买哪一家？求新还是守常？要面子还是要里子？服从视觉还是服从味觉？本来想回去问爸爸，继而一想，"我"今年几岁了？这等小事，应该自己可以下判断做决定了，就捧着新店的商标回家了。

例如，你收到很多生日礼物，其中有一双运动鞋，妈妈教你试试尺寸是否合脚，你穿上去不想再脱下来。这种鞋柔软，有弹性，走起路来飘飘然，跟同伴站在一起，自己觉得有几分鹤立鸡群。过生日的滋味，成长的滋味，这滋味真好。既然穿了运动鞋，就抱起篮球到球场蹦蹦跳跳，好像跳起来比以前高了几寸，跑起来比以前快了几尺，这滋味真好。这种鞋防滑，鞋底有很深的沟槽，回家的路上经过一片刚刚铺好的水泥地，很想踩上去留个脚印，当然，忍住了，这种事不能做。暗暗盘算要再过多久才下雪，雪地留痕，做个长大的人。

例如，这天下午，你家来了许多客人，大家为你唱生日快乐歌，为你吹烛、许愿、鼓掌，吃你切开的蛋糕。你一口蛋糕吞进喉咙，流出眼泪，妈妈赶快坐在你旁边，把你搂在怀里，全场寂然无声，邻居夏伯伯慢吞吞地说："我小时候过生日也哭过，不哭长不大，长大了不再哭。"你一听，眼泪马上停住。大家围过来看你把生日礼物一包一包地拆开：爷爷送你一笔钱，要你考进大学的时候拿出来交学费；爸爸送你一笔钱，等你结婚的时候用于蜜月旅行；级任导师送你一件毛衣，说是冬天很冷，由你家到学校的路很远。（现在还是夏天呢！）怎么都是为将来！怎么没有"我"的现在！

例如，好久没下雨了，加上天气炎热，村后池塘里的水干了，怪不得这几天听不见青蛙的叫声。说起蛙鸣，那可是从古到今人人印象深刻。它们的头部能把叫声放大，大家约好了一同呐喊，你在梦中也听得见，惹人讨厌。现在很清静，你反而挂念它们，特地去看看那个池塘，一看吓了一跳，池塘的水全干了，青蛙一个也不见了，它们能到哪儿去呢？这一片田野都是农田，它们能到哪儿去呢？你以前总是拿池水当镜子，看这张脸一年一年模样不同，这天你忘了自己。

你看，陈衡哲用四件小事呈现了中国留学生的生活，你用四件事呈现了青少年的成长。

2. 沈从文:《菜园》

菜园里种的是白菜，这家白菜的菜心特别大，很出名。种菜的人姓玉，这个姓氏也配得好，玉家白菜，叫起来响亮。他如果不姓玉，姓黄，黄白菜谁爱吃？如果姓焦，焦白菜谁爱买？加上玉太太是个美人，他家白菜格外生色，这就不愁没销路了。

这玉家怎么能种出特别好的白菜来呢？看姓氏就知道他是旗人，也就是满洲人。当年满洲人做皇帝，全国各地的八旗子弟都享受终身的俸禄，不用工作，专心研究什么最好吃、什么最好玩。玉家出京的时候带着这种白菜的种子。后来推翻了帝制，取消了旗人的一切特权，许多旗人没有技能谋生，玉家则靠白菜种子救命。仿佛当年苏联革命成功，俄国的一些贵族流落上海，他们能玩某一种乐器，可以到夜总会里去伴奏，以此度过危机。

年复一年，玉大爷去世了，玉家少爷也长大了。贵族的后代嘛，这个男孩也是一块玉，长得帅，惹人注目。那年代，一个这样的儿子可以抬高家庭的社会地位，玉家这个卖菜的，跟其他那些卖菜的人，更不一样了。

世事总是在变化，这是短篇小说，你我不知道变化怎样酝酿，直到累积到某个程度，它突然冒出来。怎样变，向何处变，固然由小说作者来制造，更可以说是由小说中那个人物的生活条件来形成。玉家来自北京，在北京还有亲人，有一天，儿子对母亲说，他想回北京探望舅舅。这一去三年，儿子在北京读了书，回来的时候带着一个美丽的新娘子。这媳妇也是一块玉，璧人成双，轰动城乡。玉家除了多了一些衣冠楚楚的访客，也增加了几畦菊花。媳妇爱花，种菜为了赚钱，种花为了观赏，贵族的生活品位复活了。

这是玉家的全盛，紧接着是玉家的衰落。没多久，官厅派人把这一对璧人捉去，就地枪决了！官厅说，他俩都是共产党！怎么会是这个样子？就是这个样子，情节急转直下，不容分说，这是短篇小说。

玉家发生了这样大的变故，"做母亲的为这种意外不幸晕去数次，却并没有死去"。当地官员需要她的白菜，有势力的士绅常在她园中设宴待客，饮酒赏花。玉家这个老妇人在沉默寂寞中又活了三年。官厅给玉家菜园改了名称，叫玉家花园。这年冬天的一个雪夜，玉太太"把一点剩余家产全分派给几个工人，忽然用一根丝绦套在颈子上，便缢死了"。

沈从文先生在这篇五千多字的小说里，写一个家庭从兴起到消失，我用近九百字显示了它的骨架结构。借用老生常谈，议论文有起承转合，短篇小说也有起承转合。玉家种菜，这是"起"，事件发生了。然后接着说，玉家的白菜出了名，赚了钱，玉家的少爷也长大了，这是"承"，把事件托住，展开。然后需要"转"，玉家下一代不能仍然老老实实地种菜，事件出现变化，变化似乎突然发生，其实变化的种子早就埋伏在玉家的生活条件里。玉家来自北京，京中仍有亲人，玉家少爷有了钱，回北京探望舅舅。这一转，量变质变，玉家少爷变成一个大学生，变成一个新郎，也和他的新娘一同变成共产党员，变成两个死刑犯的尸体。

这是短篇小说，变局不再叙述下去，任其在园外起伏。故事的主线仍然放在玉家菜园，园内这根线也不会太长，私人的玉家菜园变成公共的玉家花园，玉老太太用"一根丝绦套在颈子上"，园外园内两条线到此合而为一，小说结束了。

"转"很重要，"行到水穷处，坐看云起时"是转，"洞中方七日，世上已千年"也是转。发生了，发展了，恰在此时碰撞了；或者生长了，茂盛了，恰在此时折断了；不一定转好，也不一定转坏，也许转得很有趣。并不是小说作者要转，乃是小说读者要他转：观赏一条河，希望它是长江，有三峡有太湖；希望它是黄河，有龙门有河套；不希望它是巴拿马运河，河身总是那么直，河床总是那么宽，河水总是那么平静，刀裁尺量，没有一点意外和多余。

小说中有起承转合，长篇很多，短篇很少。为学习者选范例，短篇比较容易掌握，从文先生这篇《菜园》非常难得。我们在学习期间总希望照着模式操练，"起承转合"当然不是唯一的模式，还可以从其他的范文里寻找更多的模式。你得到了模式，使用了模式，然后丢掉这个模式，就这样一路向前，模式是你走过的脚印。

看看下面两段文字，能不能找出它的起承转合。

（一）吾十有五而志于学，三十而立，四十而不惑，五十而知天命，六十而耳顺，七十而从心所欲不逾矩。

（二）公少读书不成，学击剑又不成。学医自谓成，行医三年，无问之者。公忿，公疾，公自医，公卒。呜呼！

看看下面，为你设计的一个骨架：

（一）

张小妹，李小弟，都在一个小学里读书。

日子一天一天过去，无非上课下课，考试放假，夜晚一盏灯，早晨一个闹钟。有时心念一闪，盼望有不寻常的事情发生。

小学毕业了，两个人又进了同一家初中。新环境一切陌生，连洗手间在哪儿都得向人家打听。两个人在校园里见了面，忽然发现对面这个人对"我"有特别的意义。在这里，我只认识你，你只认识我，你的记忆里有我的过去，我的记忆里有你的过去。这个感觉很新鲜，一直放在心中品味。

这是"起"。

（二）

这家初中的体育老师对学生很有吸引力。学校对体育老师的要求，照例是希望他组织一支很好的球队，参加校外的比赛，夺得锦标。上体育课的时候，照例是少数男生表演，多数女生参观。李小弟发现张小妹爱看篮球，就参加了篮球队。

李小弟不但在学校里用心练球，还要求爸爸买了篮球，在自家院子里铺了水泥。他也买了哑铃，锻炼臂力，绑上沙袋，锻炼腿部的肌肉。球场如战场，他的发育朝着冲锋陷阵的方向发展，他很注意张小妹的反应。他也常常买新出版的小说，在球场边送给她看，希望她喜欢。那些小说，他自己一本也没看过。

这是"承"。

（三）

日子一天一天过去，小妹和小弟一同进入高中。小妹仍然爱读文艺小说，可是不来看李小弟打球了。

小妹受文艺小说熏陶，意中人换了型，那人身材高，脖子细，手指长，走路的步伐小，戴近视眼镜，爱读文艺小说。上体育课的时候，人家去看校队练球，到合作社吃零食，到另一年级去寻亲访友，这个人哪儿也不去，独自一人在教室里读小说。不，他也不是一个人了，还有张小妹，她也哪儿也不去，坐在自己的位子上陪他读小说。

这是"转"。

（四）

日子一天一天过去，小弟和小妹也同时毕业了。

毕业典礼如期举行，校长颁奖给那些有特殊表现的毕业生，小弟受奖，他是校际的明星球员，小妹也受奖，她是校际征文比赛的冠军。校长把以前历届毕业生中间成名的校友请来参加这一次的毕业典礼，以他们为荣。校长还说，他要在学校里盖一座名人堂，把成名的校友都陈列在内，以后一届又一届学生受到激励，对国家社会做出更多的贡献。

小弟心里想的是小妹，想他们两人的共振与分歧，要他忘记分歧不容易。可是，坐在毕业生的序列里，他忽然发现他们两个并没有分歧，他们都在成长，都找到了自己需要的东西，他们彼此都向对方输送了养分。她帮助了他，他也帮助了她。

这是"合"。

3. 落华生:《黄昏后》

　　《黄昏后》从黄昏写起,两个小女孩登上后山采集干草,要用这些材料编造果筐花篮。她们是姊妹两个,一个叫承歡,一个叫承懂。"喝醉了底太阳在临睡时,虽不能发出他固有的本领,然而还有余威把他底妙光长箭射到承歡这里。满山底岩石、树林、泉水,受着这妙光底赏赐,越觉得秋意阑珊了。汐涨底声音,一阵一阵地从海岸送来;远地的归鸟和落叶混着在树林里乱舞。"落华生先生把秋景写得极好:"二人顺着山径下来。从秋的夕阳渲染出来等等的美丽已经布满前路;霞色、水光、潮音、谷响、草香,等等,更不消说;即如承歡那副不白的脸庞也要因着这个就增了几分本来的姿色。"这一部分大概九百字，可以算作"序幕"。

"两姊妹在山上采了一篓羊齿类的干草……她们从那条崎岖的山径一步一步地走下来，刚到山腰，已是喘得很厉害；二人就把篓子放下，歇息一会。"这是两姊妹之所同。"承歡底年纪大一点，所以她底精神不如妹妹那么活泼，只坐在一根横露在地面底榕树根上头；一手拿着手巾不歇地望脸上和脖项上揩拭。她底妹妹坐不一会，已经跑入树林里低着头，慢慢找她心识中底宝贝去了。"这是两姊妹的不同。少女情态，如诗如画。这一部分二百多字，它可算作由序幕到主场的过渡，可以称之为"过场"。

然后，作者引领小说的人物次第现身。两个小女孩在路上谈论父亲，希望父亲出门迎接她们，如此引出父亲。回到家中，不见父亲，也不见室内挂在墙壁上的吉他，料想父亲又到母亲的墓地弹唱悼念去了，如此引出母亲。父亲从墓地回来，三人同进晚餐，黄昏后就是晚餐后，一家四口来到读者眼前。小说出现新人物，好比隔壁搬来了新邻居，办公室来了新同事，你总想了解他从哪儿来，是什么样的人，做过些什么事——读者有期待。小说家时然后言，爸爸开始对女儿（也是对你我读者）讲他心中埋藏多年的故事，小说进入主题。这才是作者要写的、读者要看的，这一席话近六千字，可以称之为"主场"。

没想到这位父亲是个艺术家，留学法国，专攻雕刻。没想到他回国之后，赶上大清朝建设海军，有一位邓大人再三邀请他到海军主持翻译工作。这位邓大人应该是邓世昌将军。他统领北洋舰队，在甲午战争中几乎全军覆没。邓将军战死，李鸿章割地赔款，中国人至今心有余痛。

这个留学法国的雕刻家说："自那次打败仗，我自己觉得很羞耻，就立意要隔绝一切的亲友，跑到一个孤岛里居住。"那年代，清政府不断被外国军队打败，也就不断跟外国政府签约，外国人享有各种特权，他也得不断地搬家。这地方，忽然有外国国旗飘扬了，他要搬；忽然有外国军人的皮靴刺刀的响声了，他要搬；忽然有外国衙门贴出来的告示了，他要搬。他要找看不见"外国"的地方居住，甚至要找没人认识他的地方居住。这些事情可以看出他的性格，原来他是这样一个人！他不是画中人，不是剧中人，不是名利中人，不是神仙中人，他是小说中人！有这样的人物，小说先成功了一半。

这样一个人间荒岛上的鲁宾孙，他怎样野外求生呢？依教育背景，他可以做法文教员，做艺术品买卖的经纪人，可是受性格限制，他不能。他也不能做股票，不能跑单帮，不能到殡葬业专刻墓碑。他也没有能力种田，只能回家乡做小地主。他又绝对不愿意雇用外面的人到家里来做事，养育孩子，他不请保姆；每日三餐，他不请厨子。经过一番抽丝剥茧，好像他是芸芸众生的一个多余，又好像芸芸众生是他的多余。对这样一个人，我们不禁充满了同情。

说到搬家，且休怪中国人安土重迁，西方人也说搬家一次等于失火一次。《黄昏后》的主角既然漂泊无定，当然影响他一家的生活品质。他的爱女在迁徙中长大，他的爱妻在道途中染病不治，他也在迁移中度尽英年。终有一天，他的态度改变了，因为他不能种田，只能种树，在这山下海边经营了一片果园维持生计，落地生根，寸步难移。他的爱妻死后，葬在屋后的荔枝园里，他亲手用大理石营穴、竖碑、立像，此心如石，不可转动。墓地种植荔枝，恐怕亘古未有，桃李鲜艳，松柏阴沉，荔枝的果实小巧玲珑，白眼球黑眼珠，美目盼兮，秋水伊人。他要与这一小片干净土地共生死，纵然海边有外国军舰出没，他也决心固守。

最后，这个父亲生怕他的爱女晚间说话过度，半夜做梦，就结束谈话，教女儿早睡。他安顿好了女儿，又摩挲亡妻的遗物，对着她的雕像低声说些情话，一如生前。这算是"尾声"了，尾声也有近七百字。

这是短篇小说，篇幅要短，故事从头到尾的时间也要短。这位雕刻家说平生往事，他的大女儿已经十五六岁了，十五六年的时间很长，本是长篇的题材，《黄昏后》是短篇，要求他一夕说完，时间很短，这种手法，叫作"压缩"。怎样压缩，要观摩作品。这里说个比喻，敲敲边鼓。大气离地球越远，气温越低，因此，高山由山底到山顶，景色不同，山底是热带，向上是亚热带，再向上是温带，再向上是寒带，你由山下登上峰顶，看四带的动物植物，这是长篇小说。如果山下有个博物馆，博物馆里有一面墙，把整座山由立体移到平面上，外面最大的一圈、离平地最近的一圈是热带，缩小一点，里面比较小的一圈是亚热带，再缩小一圈是温带，是寒带，这就是压缩，是短篇。短篇小说并不是把长篇剪短，也不是从长篇中摘出一段，它是另一种构造。

《黄昏后》有序幕，有过场，有主场，有尾声，这是先行者早期的写法。一路发展下来，有人把过场省略了，有人把尾声删去了，有人连序幕也不要了，即使有，也非常短。我们从学习的角度看前贤，有时学他的全篇，有时学他的局部，古人甚至有"一字师"。读《黄昏后》，他的序幕对风景描写做了示范，他的过场对人物描写做了示范，他的尾声对抒情做了示范，对我们都有益处。也许我们写短篇小说的时候不需要序幕、过场、尾声了，一心注意主场和压缩，但是我们写别的文章仍然需要抒情和写景。

我住的这个地方流行晚婚，有一个男子终于结婚了，多年的单身生活，他的书房简直是个字纸篓。婚后内助有人，新娘彻底整理书房，她希望借此机会能够读到丈夫历年积存的文件，对他有更透彻的了解。这是故事背景，可以先写成序幕，也可以不写出来，压缩到主场里面去。

他在学校读书时得过很多奖状，她拿着一叠奖状要他谈一谈得奖的经过。好！他也很乐意回味一下少年勇。她先问年代最早的第一张奖状——绘画比赛第一名，那时他在读小学二年级，全年级绘画比赛，老师要每个学生画出"我的爸爸和妈妈"。他那时根本不会控制线条，画人只画脸，爸爸妈妈都是一个大圆圈儿，爸爸的下巴多了几根胡子。不料老师大加赞赏，说他能掌握物象的特征。是了！每人一双手，农工商学兵，手不相同，阿兵哥打扮成种田的人，手一伸出来就被人看出破绽，每天操枪和每天拿锄头，手掌会留下不同的印记。每辆汽车有四个轮子，新车轮和旧车轮磨损的程度不同，侦探察看轮胎在地上的痕迹，可以追上罪犯。图画老师一句话，给他无穷的启示。

小学低年级的光阴特别快，转眼升上高年级。图画课换了老师，常常带他们出去写生。写生免不了去公园，公园里少不了一个池塘。那年代，那地方，公园的池塘里没有花，也没有鱼。如果栽花，游人带着剪刀来，花成了他家的瓶中物；如果有鱼，游人带着网兜来，鱼成了他的腹中物。学生写生，免不了有人画那个池塘，别人画中当然没有花，也没有鱼，可是他那天画着画着不知不觉添上了花，也添上了鱼。游鱼难画，只能大略有个模样，看画的人知道他想做什么。凭这幅图他得了奖，老师夸奖他知道补自然之不足。有时候，河里最好有一艘船，天上最好有一抹云，花上最好有一只蝶，屋顶上最好有一缕炊烟，可是没有；你没有，作家有，给你添上。作家添的花，游人剪不掉；作家添的鱼，游人捕不去。

然后，他进了初中。初中三年，他年年得奖，而且得奖的经过都有些奇怪。第一年，老师在课堂上讲画家的故事：三国时期，有一个画家叫曹不兴，他不小心把一滴墨汁误落在屏风上，别人以为应该换一张，他却继续画下去，把那一滴墨画成一只苍蝇。图画老师对学生说，苍蝇太讨厌了，不宜入画，如果你想改造一滴墨汁，你怎么做？大多数学生认为这个题目太难了，没法交卷，他却以这一滴墨水为基础，画成牛蹄的一个蹄印，然后画出一行蹄印，取了个题目——归去。他记得还有一位同学画的是围棋，还有一位同学画的是落叶。老师认为蹄印有感情，第一。

说时迟，那时快，初中又到三年级，当地各中学联合举办绘画比赛，题目是《多余的东西》。老师带他们到会场去观摩参赛的作品，看见了手套、蜘蛛网、水中月、汽车后面的备用轮胎，还有人画了一群雏鸡中间有一只丑小鸭，等等。老师默然不语，好像认为人家画得不坏，担心自己的学生落选。他——主场的叙述者，我们的男主角，在一张纸上画了三只手，并不是说三只手都多余，而是表示其中一只多余。众所周知，小偷中间有一类叫扒手，妙手空空，专门从身旁人的口袋里窃取财物，民间俗语给这一行起了个别名叫"三只手"，不知是谁专为这一行造了一个字，把三个"手"合成三角形。在一张纸上画三只手，语意双关；画题为《多余的东西》，批判了扒手这个行业，有漫画的趣味。谁知道呢，因为有这一点趣味，评审委员也许认为有欠庄重、难登大雅。谁知道呢，结果是十个人得奖，《三只手》为其中之一。

由小学入学到初中毕业，大约九年，九年内发生的事情，经过压缩，齐头并列，可以在两小时内呈现。仅仅如此，还不能算是短篇小说，还有待女主角一问："你有绘画的天才，为什么没有学画呢？"这一问，问得他变了表情，也换了声调。他的父亲反对儿子做画家，儿子小学毕业的时候，教绘画的老师很想把这个可造之材送进专门的学校去受特殊的教育，走一条和普通中学、大学完全不同的路。孩子的父亲坚决反对，儿子接二连三得奖，父亲一直于心不安。这位父亲把初中毕业的儿子带进书房，关上房门，很恳切地告诉孩子："画画赚钱太难了，一辈子活得很辛苦，你的兴趣不能这样发展下去。明年你进高中，要跟画画断绝关系。"说这句话的时候，父亲的手掌如刀，朝着地面挥臂一割。不学绘画学什么呢？

父亲要他学土木工程，带着工人盖房子，将来不论社会怎么变，人总得有房子住，而且人口增加，要盖许多新房子，社会繁荣，要拆许多旧房子。一天能砌多少米高的墙，能铺多少平方米的屋顶，能赚多少钱，可以计算，风险很小。继父亲之后，他的母亲也不断叮咛："你不能永远只有十五岁，你会有五十岁、六十岁；你也不会永远只是一个人，你会有妻子儿女。人生在世，对将来要有规划，每个家庭都得在春天夏天想好怎样过冬。"这位母亲说，她有时看见胡子茬儿灰白的人背着画箱在街上游走，牛仔裤上有点点滴滴的油画颜料，她就觉得有一把锥子插在心上。

如此这般，他终于进了大学的土木工程系。

难过吗？咳，别提那滋味了！失恋是什么滋味，它就是什么滋味；破产是什么滋味，它就是什么滋味；投降是什么滋味，它就是什么滋味。心，痛过；泪，流过；理智和情感，战斗过。妈妈心上的那把锥子，拔起来插在他的胸口，可是他永远守住了父亲那挥掌一割。那一割，割出长江天堑、大峡谷绝地。他说："好容易那一段已经淡了、远了，今天你把这些奖状翻出来，我是痛定思痛、心有余痛呐。这些奖状，每一张都是伤疤，咱们都别留着啦，点一把火烧了吧!"

拍电影有个术语——ending，一场戏拍完了，最后那个镜头对着谁。写小说也有 ending，只见她，我们的女主角，在火光中有些惊惶，好像做错了什么事，希望补救，可是又不知道究竟做错了什么。

4. 郭沫若:《歧路》

　　歧路,俗话叫岔路。本是一条路,走着走着前面分成两条,一条向左,一条向右,我该走哪一条?

　　在这里,歧路是个比喻,说的是一个中国留学生到日本去学医,跟日本女子结婚,也得到了医学士的学位,可是他回到上海并未挂牌诊病,而是天天跟几个搞文学的朋友聚在一起,商量怎样办刊物、写文章,改造中国人的灵魂。单靠写文章不能养家,他打发太太带着孩子回日本谋生,自己留在上海为理想奋斗。他一面这样做,一面不断自问:我这样做对不对? 我是不是做错了?

　　如果一个歧路算一关,这位日本去来的医学士也是

"过五关斩六将"，屡次在两难之间做出选择。究竟是做医生还是当作家？太太劝他迁就现实，学以致用，他最后的决定是："医学有甚么！能够杀得死寄生虫，能够杀得死微生物，但是能够把培养这些东西的社会制度灭得掉吗？"他雄辩滔滔，激昂慷慨，冲破藩篱。

"是亲自把太太孩子送回日本，还是让太太带着孩子自己回去"，这个问题在他心中多次反复，他一再想："我是应该送他们回去。我是应该送他们回去。……在船上去补票罢。……在船上去补票罢。"如果全家一同回去，这笔费用很大，即使筹得出来，还不如交给太太做她在日本的生活费。好在有一个朋友也去日本，恰巧彼此同船，就拜托这位朋友沿途照料吧。太太孩子上了船，同行的朋友还不见踪影，他几乎要上船补票了，在这最后关头，只见一辆马车来到，那个朋友从里面下来了。

临别一吻，太太勉励他好好写作。回家的路上，他对太太充满了感激，一定要创作一部长篇，一部精彩的长篇，弥补对太太的亏欠。长篇小说的题目定下来了——洁光，下船的时候，他又看见太太眉间有圣洁的光辉。他沿途吟诵西方诗人的诗篇，空气中弥漫着文学的音符，仿佛童话世界。可是他又想起来，虽然自许弃医从文，实在并未写出像样的作品，"理想的不能实行，实行的不是理想"，"逡巡苟且"，虚度光阴，一时又愧悔难当，痛不欲生。回到家中，推开房门，空洞的楼宇向他吐出一口冷气，拉开书桌的抽屉，里面是孩子们看残了的画报，断腿缺脚的洋娃娃。他把画报和洋娃娃收进箱子，开箱又见妻子的一件中国棉衣。他拥抱棉衣，轻微的香泽使他隐隐作痛。心怯空房不忍归，他又成了顾影自怜的多情种子。那是郭老的浪漫主义时期，一支笔忽而把读者带进这个世界，忽而又带进那个世界，大受当时文艺青年的欢迎。

然后，展开稿纸——好不容易看见他展开稿纸，他自问："怎么样开始呢？还是用史学的笔法从年月起头呢？还是用戏剧的作法先写背景呢？还是追述，还是直叙呢？还是一元描写，还是多元呢？还是第一人称，还是第三人称呢？"原来他八字还没有一撇！那时文坛先进就说，现在也还这样说，内容决定形式，你得有一个包法利夫人，或者安娜·卡列尼娜，至少你得有个小妇人。他也没有因创作冲动产生的狂热，只是觉得疲劳，脱掉大衣，倒在床上睡去。

最后，小说结尾，写道："马蹄的得得声，汽笛声，轮船起碇声，……抱着耶稣的圣母，抱着破瓶的幼妇，黄海，金蚌壳……棉布衣裳，洁光，洁光，洁光，……"郭老用电影的蒙太奇手法，为他组织了一个乱梦。

这是短篇小说，篇幅短，故事的时间也短，完全符合文学评论家设定的标准。故事里的这个"我"，早饭后送太太孩子上船，回家后呼呼大睡，只有一天，这一天，我们叫作"小说故事的时间"。故事情节化用了郭老早年的生活史。查年表，郭老1914年反抗包办婚姻，离开家庭，东渡日本，在日本读医科大学，和日本女子安娜结婚，1923年回国，投入新文学运动，时间近十年。这十年，我们称为"生活的时间"。小说把这十年"生活的时间"，盘绕镶嵌于一天的小说时间之内，形成了年轮一样的结构。我在前面说过，这种技巧就是"压缩"，这种写法被称为"横断面"的写法。

"歧路"一词有歧义，"歧义"是含有两个或两个以上的意思，可以做不同的解释。举例来说，我写这篇文章的时候，全世界正在流行一种叫作"新冠病毒"的瘟疫，由人和人接触传染，因此各地政府都颁布禁令，人要待在家里，不能随意出门，叫作"居家隔离"。有才情的人给"居家隔离"换了个名字叫"自我守灵"，守灵是在葬礼中陪伴亲人的遗灵，自我守灵则是人在死亡的背景下守护自己心头的一点灵明，不要焦虑，不要忧郁，不要自暴自弃，一语双关，就是歧义。

郭老的"歧路"，应该是"选择"。小说中的"我"，本来学医，但是他后来选择了文学。孩子到了某个年龄要学习自己穿衣服，先穿左边的袖子还是先穿右边的袖子？从此开始，面临无穷的选择，不同的选择有不同的后果，每一次选择都是一次冒险。项羽冲出垓下之围，向农夫问路，农夫告诉他"左"。他向左边走，陷入大泽，那是一条绝路。后来有一个指挥官自作聪明，他问路，答案是"左"，他偏向右走，右边有一条大河，也是绝路。所以，古代有一位杨子，他面临歧路的时候戚然变容。

歧路也是错路，成语有"误入歧途"是不是？通常歧路比较窄小，小路不是正路。郭老小说《歧路》中的这个"我"，把医生看得那样负面，但这只是他的私人感受，并非天下的公是公非。我问过一个朋友，当年学医为何选择了皮肤科，他说皮肤科医生没有半夜急诊，和病人没有医疗纠纷。他说皮肤科的疾病只有两种，一种治不好，另外一种你不治也会好。他每天以游戏的心情和病家周旋，心理上没有负担。这些只是杂文笔法，戏剧对话。医生维护全民的健康，即使是某一年代的赤脚医生，他们也有贡献。医学训练是科学训练，现在教育家也认为人不能只有科学训练，特别规定医学院的学生要选修一门艺术课程，让他们也受艺术熏陶，有艺术修养，这样就可以了。更何况，做了医生仍然可以做作家，台湾的陈克华、鲸向海、罗大佑，都鱼熊兼得、左右逢源。看小说《歧路》，里面的那个"我"搞文学十年无成，最后发下弘誓大愿，也不像能够产生惊世名篇，使人担心他纵然孤注一掷也未必是个赢家。

也许，郭老写这篇小说的灵感，来自"歧路"一词的歧义。我们都听说过，订合约要竭力避免歧义，作诗要用心营造歧义。那时，郭老是个诗人，而且是浪漫主义诗人。如果他写"我"回到家中，奋笔疾书，一鸣惊人，收到大笔版税，又把太太孩子接回上海，那样就俗气了。郭老把"我"的选择放在成败之间，读者都知道他为文学做出的牺牲，他的太太为他做出的牺牲，后事如何，为他担忧，留下悬疑。

赏析《歧路》，说来话长，这里只谈"选择"。一个故事，以选择为高潮，以悬疑为结局，可以写成很好的短篇。

小说不一定要写正确的选择，也可以写错误的选择，错误的选择也不一定要得恶报，正确的选择也不一定要得好报。选择，前贤教我们"两害相权取其轻，两利相权取其重"，我们未必那样幸运，往往只能选择那能够得到的，虽然有害，不能拒绝；放弃那不能得到的，虽然有利，不能保全。《水浒传》中，贼船谋财害命，深更半夜拉起船上的客商：你要吃板刀面还是馄饨？"若还要吃板刀面时，俺有一把泼风也似快刀在这艎板底下，我不消三刀五刀，我只一刀一个，都剁你三个人下水去！你若要吃馄饨时，你三个快脱了衣裳，都赤条条地跳下江里自死！"这也是选择。

谈到选择，想起一首诗，那首诗还在流行吗？"生命诚可贵，爱情价更高。若为自由故，两者皆可抛！"这首诗代表一种选择。有人质问，一个人若是被迫放弃了生命，放弃了爱情，那剩下的东西怎么还能称之为自由呢？自由的定义究竟是什么？有人进一步问，自由怎么会那么重要呢？它怎能凌驾于生命和爱情之上呢？人生也不是只有生命、爱情和自由，还有责任呢，还有信仰呢。

于是民间流传不同的版本："自由诚可贵，爱情价更高。若为生命故，两者皆可抛。"老生常谈，好死不如赖活着，倒也不必发出嘻嘻之声。你想，若是自由和爱情都被剥夺，那是多大的压力，有人要自杀，有人要发疯，有人要心肌梗死，有人还是活下来，那需要多大的定力！他们活着一定不能躺平，人类能走出洪荒、建设文明、披荆斩棘、披坚执锐，没有一件事舒服，他们忍辱负重，做出贡献。今天我们有什么理由讥笑他们？

尊重是一回事，选择又是另一回事，于是还有第三个版本："生命诚可贵，自由价更高。若为爱情故，两者皆可抛！"这又代表一种选择。想想罗密欧、朱丽叶，想想梁山伯、祝英台，想想每个村庄乡镇都有殉情的故事。茶余饭后，老年人连声悲叹：这是何必呢？这是何必呢？老年通达，青春执着，也是代沟。统计数字显示，人为爱情自杀只有一次，倘若没死，这人觉悟了"何必"，不会再有下一次。糟糕的是，殉情的人多半下了最大的决心，使用了最致命的方法，再也不需要第二次。

理论上还有一种选择——爱情、自由、生命，他都不要，那就是遁入空门，这种小说很多，已经成了老套，我不建议采纳。或者爱情、自由、生命，他都要，这种小说怎么写，我没见过。汉朝人传下来一个小故事，"东家食，西家宿"，有些近似。

"东家食，西家宿"：女孩长大了，东面有个家庭托媒人来，西边有个家庭也托媒人来，"你们家的千金嫁给我们家的小子吧"。东边这个家境富裕，但是儿子相貌丑陋；西边这家是个帅哥，但是没钱。女孩的母亲问女儿愿意到哪一家去，女儿说，她希望跟帅哥住在一起，每天跟那个有钱的人一同吃饭。

汉朝有个人叫应劭，他留下一本书叫《风俗通义》，里面记载了这么一个小故事。今天有几个人读过《风俗通义》？今天有几个人不知道这个小故事？它由汉朝流传到现在，以后还要流传下去，生命力如此强韧！我们今天谈小说、写选择，应感谢应劭先生留下这一件文化遗产，可以供我们继承发挥。你可以用这个小故事做骨架，生肌长肉。你可以写这女孩终于做出了选择，嫁到东家或嫁到西家。学习嘛！你也可以写了一篇再写一篇，先写她嫁到东家，后写她嫁到西家。

5. 王统照：《遗音》

在这里，"遗音"的意思是遗留的影响，一个女孩对一个男孩留下"终身不可磨灭的痕迹"。这篇小说的题材是初恋。

初恋！天下少女少男都要为之动心的题材！千千万万文艺青年，当初醉心写作，都是因为有过初恋。多少青年作家，自己写作有了成绩，想写别人的初恋，用自己的一支笔，使天下有情人都同情别人的初恋，分享别人的初恋。

一样的题材，各人有各人的写法。且看王统照先生，他先展出一条江，一个镇，一座建筑。"远远的一带枫树林子，拥抱着一个江边的市镇，这个市镇在左右的乡村中，算是一个人口最多风景最美的地方。镇前便是很弯曲而深入的江湾，湾的北面，却有所比较着还整齐而洁净的房子，房子中也有用砖石砌成的二层楼的建筑。正午的日影将楼影斜照在楼前的一片草场上，影子却很修长。"用电影手法比拟，这是远景，先显示全貌。

然后镜头推近，一一显示局部，"这所建筑，是镇中公立小学校的校舍；……校舍的西角，便是教员住室"。

"教员住宅靠江的一间屋子里，一个二十七八岁的青年"，这个人就是初恋的男主角。小说家就像舞台导演一样，先安排布景，再让剧中人出场。

人物出场，可以一个一个次第现身，也可大幕"刷"的一下拉开，舞台上已经有了三五个人。《遗音》给人物出场定了顺序，好让读者慢慢熟悉他们。男主角在宿舍里写文章，翻抽屉翻出女主角当年的一张"美丽信片"，由此引出女主角。话说当年，有一天下午，校中的女学生都散学走了，男主角拿了一本诗集，出了村子，就在河岸上的一个桃树林子里，坐在草地上读。在那个年代，这样的行径在文艺青年中普遍流行。也只有在这样的地方，少男少女才可以单独相处，不受干扰。

这是短篇小说，男女相遇不是"梦里花落知多少"可以满足的，他们要发生事故。女主角和女伴沿着河岸走来，一个儿童顽皮，撒土扬尘，女主角睁不开眼睛，失足跌倒，晕了过去，男主角起身救助，结下因缘。今天看来，这样的情节不怎么样，是的，莫忘了王统照先生是新文学的先驱，"预支五百年新意，到了千年又觉陈"。也有人问怎么那样巧，恰好在这个时候晕倒，我可以解释，在那个年代，女孩子普遍营养不良，晕倒是她们的一个特殊标志。

出了桃林，就是俗尘，一落尘世，就要受那个"刺激—反应"的定律支配。爱情不能隐藏，那么多人看得见听得见，这是受到刺激；这些人都想做点什么说点什么，这是做出反应；他们的反应又构成对别人的刺激，引起别人的反应，各角度万箭齐发，形成枪林弹雨，在这种情势下，弱小必定受伤。小说写人间事，故事依"刺激—反应"的定律展开，小说家"行乎其所不得不行，止乎其所不得不止"。写小说好比打篮球，球到了某个人的手里，他有他的打算，他有他的动作，全场球员都盯着他看；球一出手，全场球员各有各的打算，各有各的动作，由不得哪一个人。

那时，社会人士还把男女相悦列入"非礼"的范围，今天所谓情侣，那时到处受人歧视。天方夜谭！当年英国公园里的灯，到了夜晚，还要专人专责一盏一盏把它点亮。点灯的老人来了，他一看灯下的椅子上一对情侣拥抱在一起，他就不点这盏灯了，让他们在一团黑影里不受惊扰。美国一个警察夜晚巡逻，路旁一辆汽车在停车位上超过了时间，他走近一看，驾驶座上一对情侣拥抱在一起，这张罚单他就不开了。他们忘了时间，也让时间忘了他们。这样的事在中国有没有发生过？

王统照先生写下他的发现。那时候一般大众还不能够尊重爱情，由于女主角家境贫寒，就把她的爱情说成金钱交易的行为。人言可畏，大众总是把某些人的道德水平定得很低，好显得自己高尚。男主角为人师表，又在女子学校教书，居然自由恋爱，为青少年做出不良示范，家长们如何放心！众人又把别人的道德标准定得很高，掩护自己修身的亏欠。恰在此时，女主角的母亲去世了，增加了女主角对男主角的依赖。男主角的母亲断然做出决定，儿子从小就订了亲事，现在立刻完婚。一切矛盾发展到顶点，女主角远走他乡，不知所终；男主角的性情由活泼变得孤独，虽然娶妻生子，他的生活一年比一年暗淡，"心里有个东西成日里刺着作疼"。

写初恋，这是王统照先生的写法，你如果还没有自己的写法，不妨先仔细看看他的写法。在《遗音》里，初恋有三个重点：他们是怎样认识的，他们为什么分散，爱情幻灭以后留下了什么。

初恋是你看见异性时突然产生一种特殊的感觉，你好像被击中了，产生短暂的眩晕。为了描述这种感觉，西洋人发明了一个丘比特，到处放箭射人；现代中国人多了一个比喻：来电。这是性意识的觉醒，发现自己不完整。它既是得到又是失去，既是冰冷又是温暖，既是饥饿又是饱足，既是幽暗又是光亮。虽然有学问的人早已用科学的语言解释这种感觉，但也破坏了这种感觉，诗人和小说家仍然不愿揭去它的神秘面纱。初恋发生，人正少年，年少无知，他的初恋经验应该在月光下，不必在日光下，应该在神话里，不该在方程式里。

初恋发生，多半没有经过故意安排。事先安排，那叫相亲。爱情是陪人家去相亲，主角没有感觉，配角却一见钟情；爱情是奉父母之命成婚，典礼告成，新郎不爱新娘，爱上了伴娘。合唱团招募团员，男孩去报名，女孩也去报名，两人没有交集。合唱的那天，指挥棒扬起，男孩听见女孩的歌声，马上神魂颠倒了。神秘吗？那是因为初恋年纪小，不懂事，天上一只鸟，草上一滴露，都不可解。到了写小说的年龄还神秘吗？小说家必须能够挽回那逝去的秘密，让他的人物，不，让他的读者重新坠入五里雾中，如年光倒流、儿时可再。

小说家对他作品中的初恋有安排，尤其是初次见面，环境、地点要别出心裁。公园里的双人椅，往往只坐了一个人，如果已经有一个男孩坐上去，另外一个女孩多半不肯坐在他旁边；如果已经有个女孩坐着，来了个男孩坐在她旁边，那女孩多半立即起身离开。这年代什么都求新求变，有人把公园里的双人座椅设计成 S 形，男孩肯坐，女孩也肯排排坐，两个人并肩而坐，却又像交臂失去。男孩女孩这样接近又这样陌生，这样公开又这样机密，这样"危险"又这样"安全"。说时迟，那时快，男孩就在女孩坐下去的时候突然"来电"了！

《遗音》里面的初恋以失败告终。初恋多半无结果，为什么？读《遗音》思想起，初恋失败是由于客观环境发生了变化，少男少女没有能力应变。例如搬家，搬家等于黄河决口，初恋结束不是冲走了你的玩具，你的感受谁知道？天地也不知道，父母也不知道，幸而小说家知道，他借张三李四的名替你写出来。女孩搬家的那天早上，男孩在家坐立不安，他也许应该预备一叠信封，每个信封上写好自己的地址，贴足邮票，亲手交给那女孩，对她说："请你给我写信。"倘若这样做，他得有十五岁。例如毕业，高中毕业是一次分散和重组，男孩也许应该早已暗中记下女孩读哪所大学，住哪栋宿舍，星期天到女孩的宿舍里面登记会客，即使没见到面，也可以留下鲜花。倘若他这样做，他得有二十岁。例如出国留学，这是拆散鸳鸯的无情挖掘机，女孩驿马星动，男孩急忙筹学费，申请入学许可，亦步亦趋，紧追在后，倘若他这样做，他得有二十四岁。可是贾宝玉几岁？林黛玉几岁？罗密欧几岁？朱丽叶几岁？你几岁？她几岁？即使是维特和绿蒂，又有几岁？现在有个名词叫"危机处理"，危机发生了，要设置一个"停损点"，使损害到此为止，不再扩大，那要到四十岁、五十岁了。贾宝玉、林黛玉、罗密欧、朱丽叶，即使是维特和绿蒂，谁懂得"危机处理"？谁听说过"停损点"？

请来读小说，你可以提前知道。请来写小说，让别人也知道。

6. 丁玲:《莎菲女士的日记》

你进了别人的书房，看见这里也是书，那里也是书，书桌上摆着他的日记，你首先注意的可能是日记，你想打开看看的也是日记，因为日记里面藏着机密。如果有好几个人的日记都摆在那儿，你可能对其中女孩子写的那一本特别有兴趣，因为女孩子心事多，藏得严密。如果那里有三本日记，作者都署了名字，一个叫淑贞，一个叫玉洁，一个叫莎菲，最抢眼的是莎菲，这个名字显示她成长的背景很西化，有欧美女性的那种开放和大胆，人家不敢做的她敢做，人家不愿说的她愿意说，下笔必有可观。《莎菲女士的日记》，丁玲女士用这个题目写出她的成名之作，那是 1928 年。

《莎菲女士的日记》名为日记，其实是小说，丁玲女士把小说写成日记的样子，属于"日记体小说"。这个"体"是体裁，量体裁衣，给小说穿上日记的衣服，把小说化装成日记（一如书信体的小说，把小说化装成书信）。写小说和写日记又有什么分别呢？简单一句话，写日记没打算给人家看，写小说是为了给大众看，一念之差，造成很大的分歧。你看鲁迅先生的"丙辰日记"，正月一日，放假，在家会客。二日，微雪，到诊所看牙，入市买绒裤，买碑帖拓本。三日，接二弟来信，夜间有大风。会客，看牙，买绒裤碑帖，二弟来信，这些事情彼此之间没有因果牵连，下雪刮风对他的生活也没有产生什么影响，这种日记可以供自己日后查考，也可以为研究鲁迅先生的专家保存史料。这是日记，不是小说。

鲁迅先生还有一篇《狂人日记》就不同了，这个写日记的人认为中国自古以来都是人吃人，现在家人和邻人正准备吃他，他由邻人的目光、小孩子的脸色、狗的眼睛、鱼的眼睛看出危机四伏，打开书本，看见"易子而食""食肉寝皮"一类成语有特殊的体会，甚至在满纸仁义道德的间隙里看到"吃人！吃人！"这种感受从头到尾贯穿全文，琐琐碎碎的事件结合成有机体，其他大小事件一概不录。一般日记纪实，这样的"日记"是出于想象；一般日记是备忘录，这样的"日记"是白日梦；一般写日记是为了自用，这样的"日记"在某种程度上是一种表演。

言归正传，且说莎菲女士患了肺病，一人独自住在北京某处疗养，写日记发抒内心的苦闷。也许需要解释一下：在那个年代，民间所谓肺病指的是肺结核，这种病容易传染给别人，依那时的医疗条件，几乎没有办法把它治好。患者长期身体衰弱，需要与他人隔离，学业、职业、婚姻都不能规划。就这样，我们的莎菲二十岁了！

《莎菲女士的日记》一共写了三十天，她并非每天都写，例如第一篇是十二月二十四日，第二篇是十二月二十八日，日记实际的时间跨度是整个冬天。冬天是肺病患者最难过的日子，但莎菲女士并未多谈她的病情，没有记下医疗的过程，她对医术的进步、新药的发明没有什么期待。那年代，患肺病的人很多，不见她对病友的同情，更不见她对公共卫生、国民健康的关怀。她在日记中不顾一切、尽情倾吐的是两个男子进入了她的生活，彼此一同进入情天恨海。这应是一篇爱情小说。

第一个出场的男子比莎菲大四岁，日记中称他"苇弟"，他来了，"握紧我一双手，'姊姊，姊姊'那样不断的叫着"。他爱莎菲，但是不知道怎样讨好他喜欢的女孩子，莎菲"确确实实的可怜他，竟有时忍不住想指点他：'苇弟，你不可以换个方法吗？这样只能反使我不高兴的……'对的，假使苇弟能够再聪明一点，我是可以比较喜欢他些，但他却只能如此忠实的去表现他的真挚"。后来，第二个男子出现了，这个人高大成熟。有一天，两个男子在莎菲的住处碰见了，苇弟急忙退出，第二天再来，坐下就哭，问他哭什么，他大声回答："我不喜欢那高个子！"日记中说，这样的男孩不是女孩子恋爱的对象，只是女孩子捉弄的对象。莎菲仍然呵护他，只因为有他出现，莎菲那阴冷、潮湿、孤独的住室才有了生气，不像一座停尸间。

　　第二个出场的男子名叫凌吉士，对莎菲先递上一张名片，和苇弟相比，可谓出手不凡。那是她喜欢的那种男人，一张名片的授受使她有异样的感觉，她为这个感觉写了八百字。这以后，日记多次记述他们的相见，莎菲把他的什么细小处都审视遍了，"我觉得都有我嘴唇放上去的需要"。"我要占有他，我要他无条件的献上他的心。"

但莎菲不是蒙昧少女，"在这上面，不是我爱自夸，我所受的训练，至少也有我几个朋友们的相加或相乘"。她发现凌吉士同时跟多个女人有亲密的关系，其中包括娼妓，不可能和她心魂相守。她虽能识破凌吉士的伪装，却仍然不能摆脱凌吉士的魅力，她在日记的最后还有这样的海誓山盟：

> 假使他能把我紧紧的拥抱着，让我吻遍他全身，然后他把我丢下海去，丢下火去，我都会快乐的闭着眼等待那可以永久保藏我那爱情的死的来到。唉！我竟爱他了，我要他给我一个好好的死就够了……

一个患了传染病的人，独自住在偏僻的地方疗养，活动的范围有限，接触的人很少，她的故事难以线性发展，就在有限的立足之地上团团转，散而复聚，去后又来，难合难离，没完没了。这种情形有一点像舞蹈，如果你对舞蹈不能领会，那就说有一点像舞台剧，戏剧编导将这种情节叫"缠"。丁玲女士对"缠"字诀的运用得心应手，放任情欲，仍能控制情势，在剃刀边缘扬汤止沸，人去楼空又十分遗憾，觉得本来可以再多发生一点事情，于是读者和莎菲一同期望"然后"。《莎菲女士的日记》知名于世，在很大的程度上是由于大量吐露女人的情欲。

就小说论小说，丁玲女士既然要莎菲口无遮拦、一鸣惊人，就得给莎菲塑造一个鲜明的性格。这个人，"没有人来理我，看我，我会想念人家，或恼恨人家，但有人来后，我不觉的又会给人一些难堪"。她请了几个朋友一同去看电影，不待剧终，自己却丢下客人，独自回家了。她要搬家，朋友给她找好了房子，忽然又不搬了。生了肺病的人不可喝酒，她以酒浇愁，进了医院。生了肺病的人要进补，她煨牛奶，煮鸡蛋——那时候都是高档食物，食物准备好了，她却不一定吃，从未想到暴殄天物，从未谈过经济来源。谈到家人，她的想法只是"我想能睡在一间极精致的卧房的睡榻上，有我的姊姊们跪在榻前的熊皮毡子上为我祈祷，父亲悄悄的朝着窗外叹息，我读着许多封从那些爱我的人儿们寄来的长信，朋友们都纪念我流着忠实的眼泪……"她说"我的生命只是我自己的玩品"，表示吐露情欲是她的权力。莎菲是一个任性的女子，三毛也任性，琼瑶的小说人物也任性，这种性格可以给作品加分。

我现在居住的地方，州政府发行一种奖券，买一组六个号码只要两美元，倘若六个号码全中，得头奖，奖金的数目很大，也许是两千万美元，也许是两亿美元。两亿美元，扣除各种税金，大约有一亿美元到手。一亿美元是多少钱呢？我写这篇文章的时候，在一般小区，一亿美元可以买一百栋住房，有了一百栋住房，坐收租金，每个月可以收入二十万美元。花小钱，发大财，很能打动人心。市面上除了专设的奖券行，各处的药房、杂货店、加油站、超级市场，都附设了卖奖券的摊位，生意不错。

奖券每星期三开奖，有时候摇出来的头奖号码没有卖出，大笔奖金发不出去，这笔钱就留到下期开奖，跟下一期的头奖奖金合并。于是，这一期，头奖累积到四亿美元了！中了头奖的人可以领到两亿美元了！有一家奖券行贴出大字广告："想一想，买一张！"两百栋住房呐！就算海市蜃楼，你也会看上两眼，行人到此，脚步不知不觉放慢了。有人从来不买奖券，眼前这个奖有三十年历史了，本市人口超过三百万，三十年开奖一千六百八十次，还没听说有人中了头奖，可是想一想，三十年风水轮流转，财神爷应该来到头顶上了，正因为没人中过，所以现在到了中奖的时候。好，买一组！进了店门，掏出一张十美元的钞票，忽然觉得只花两美元买一组号码未免不好意思，买五个！十美元都给他！多一组号码多一个机会！

回到家中，关起门来看奖券反面的说明，照着它的规定签了名，这张奖券才是你的。三天以后开奖，现在放个妥当的地方，装进衬衫胸前的口袋里？万一糊里糊涂交给洗衣店了呢？夹在一本书里？万一忘了是哪一本书了呢？最好是贴在书房的墙壁上，忘不了，丢不掉，太惹眼也是缺点，怕只怕今夜来了强盗小偷，起了疑心，随手揭走。那就在墙上再贴一张本市的地图，把奖券盖在下面。

头奖的号码开出来了，急忙拿来跟购买的号码核对，每一个数字他都有，只是排列的次序不同，头奖号码有个36，他的奖券号码有个63，诸如此类，总之就是没有中头奖。我没中，别人也没中，头奖奖金和下一期的头奖合并，现在有六亿一千万美元了，钱摆在那儿，不管怎么说，每期总有人一夕暴富，千真万确。奖券行说得好，"多买多中，少买少中，不买不中"。好一个"不买不中"！买一组号码只要两美元，不买，省下这两美元又能怎样！

再买五组号码吧，到了开奖那天晚上上网查看，这次中了一个小奖，四美元。主办单位深通人性，倘若一组六个号码中了五个，得二奖，也有一百万美元，以下递减，最小的奖只有四美元。四美元可以到卖奖券的摊位换两组号码，让你不至于灰心丧志，你留住你的希望，他留住你这个顾客。四美元！那个有幽默感的人笑了，财神爷想跟世人玩游戏，那就陪他玩玩！

买下去，没有中，头奖奖金涨到八亿美元了！

继续买下去，仍然没中，钱都好好地摆在那一头儿，这一头儿手里握着奖券，两者之间有神秘的联系，觉得自己是个有钱人，滋味很甜蜜。买下去，头奖奖金涨到十亿美元了！"十亿"这个数字突然在众人眼底涌出，家里藏着奖券的人都觉得这个小宇宙大爆炸，万物重新创造，谁中头奖谁是造物主。十亿还不算数，两岸猿声啼不住，马上十二亿了，不但本州的居民都到奖券行排队，外州的人也长途开车仆仆风尘地来买，外国的人也小题大做，腾云驾雾地坐飞机来买，监狱里的犯人也一人凑两美元集体购买。卖奖券的地方也卖报纸，报纸一大早卖光，上面用特大的标题报道：现在十五亿了！

十五亿美元，折合人民币差不多一百〇五亿，折合新台币约四百八十亿，折合港币约一百一十七亿，即使税金扣去一半，教人如何花得完！天下只有赚不完的钱，哪有花不完的钱？有一所小学发动全校师生家长捐款，希望建造一座游泳池，可惜募来的钱太少了，大家一商量，把这笔钱买了奖券吧，不是说多买多中吗，中了奖再建游泳池。上天负了苦心人，他们白买了，很多孩子哭了。有一个财团看到这条新闻，立刻派人送去一张支票：别哭，你们可以修游泳池，我捐钱！这样的事咱们也可以干。有一所大学给应届毕业生举行典礼，邀请了一位多财善贾、大有成就的校友来演讲。这位贵宾居高临下、要言不烦，他对这一届的毕业生说：你们的学费贷款由我统统替你们还清！读大学很贵，很多人要靠向政府借钱交费，这些人毕业以后找到工作，政府再从他们的薪水中分批扣还。毕业虽是喜事，心情并不轻松，如今贵人一句话，胜打十年工，何等痛快淋漓！这样的事咱们也可以干！

　　热潮汹涌中，以前中了头奖的人如何花钱，成为一时热门的话题。网络搜索数据，洋洋大观。募捐的人来了，压力捐，人情捐，良心捐，涓滴不欠。借钱的人来了，手足亲情，朋友道义，自古有价。绑票的人来了，对不起，弟兄们混不下去了，现在拿你儿子的命换八千万。

劝你买股票的人也来了，你这样的新手叫菜鸟。劝你进赌场的人也来了，你这样的外行叫肥羊。不如意事常八九，万事不如杯在手，千金一掷，万金一醉，无计消愁，再去吸毒。结果是妻离子散，领救济金饿不死，或者抢劫偷窃，进监狱吃牢饭撑不死。

难怪社会上有一种声音反对奖券，一个人突然有了一大笔钱，往往是一场灾祸。如果根本没有这回事，倒也清净，而今十五亿美元像个华盖一样罩在头顶上，你走到哪里它跟到哪里，不动心也难。钱来了，人烦恼，财去了，人也未必安乐。不知不觉，十美元一张钞票掏出来了，不知不觉，五组号码装上衣口袋里了，仍然只花十美元，没有加码，已经算是孔夫子的好学生了。如果中了奖，照样也翻了车，总算酸甜苦辣的世味尝过，寒凉温热的世态受过，坎坷崎岖的世路闯过，照单全收，任它上心下心，也算是没有留白。

好了，开奖了，头奖奖金十六亿四千万美元了，本市鸦雀无声，没人中奖，这样也不坏，买奖券的人落了个轻松愉快，心无挂碍。

说书打鼓板，为什么要插进这一段呢？无他，我们不是正在谈日记体小说吗，这内容适合装进日记体里。爱美食者闻香下马、知味停车，你我看见小说的蛛丝马迹，眼明手痒。日记体小说的事件一天一天向前发展，如竹有节，如水成浪，这一段插话自然具备。想把这个事件写成日记的形式，需要从中拉出一个人来，由他经历一切，由他记述始末，文学术语称为"视角"（观察的角度），犹待你经营。

7. 杜衡:《王老板的失败》

听说过没有? 小说是一个人, 遭遇到一个问题, 他想了一个办法去解决, 产生了意外的结果。杜衡先生的短篇小说《王老板的失败》, 正是如此。

这位王老板开了一家理发店, 九年了, 生意很淡, 尤其是从来没有女顾客上门。经过几番认真检讨, 王老板觉悟"只有女人才会吸引光头发的男子, 只有光头发的男子才会吸引更多的女人"。他决定增加一个女招待, 给顾客绞手巾、递香烟、刷帽子; 同时把"祥记理发铺"这块招牌改成了"芙蓉美容馆", 特别加上"女子招待"四个大字。五个男性理发师一律换上洋服, 店里的壁纸、灯光也重新装修，王老板本人当然也注意仪容，一眼望去，人的素质都提高了。

新来的女招待叫"三妹"，排行第三，可见年轻，上头有哥哥姐姐呵护，可以想象她活泼娇憨。她给王老板的第一印象是她的手，"好一双细嫩的手，从这双手里，他想，是无论那个主顾都不至于残酷到竟会把找头收回去"。三妹是裁缝的女儿，家境并不富裕，难免日常为家事操劳，她的指甲皮肤依然美丽，可以想见天生丽质。王老板拿出钱来，给她做了一套新衣服，人要衣装，格外容光焕发。

小说越往后越重要，更重要的事情出现了，那就是三妹的笑声。上班第一天，三妹拿错了大衣，把一个主顾的大衣交给一个没有穿外衣的年轻人了。三妹发现错误，破颜一笑。第二天，三妹认为她需要把店里五个理发师的面貌辨认清楚，一个一个面对面端详一番，轮到谁，谁笑，三妹也笑，如响斯应，大家都笑。这一笑可不得了，王老板苦心经营的那一点严肃的气氛完全消失了！王老板觉得不妥，他想力挽狂澜，他想说的话居然说不出口。

你若想知道，一个女郎的笑声使清一色男性的职场起了什么样的变化，那就读下去吧。

"这笑的毛病会传染。几天之后，所有的伙计们似乎都变成傻里傻气的人物。……同时，老板和伙计们之间又似乎树立起了一种经济的对立之外的新的对立。"老板开始猜忌他的五个伙计："那五张说油滑不油滑，说庄重又不庄重的脸真使他受不住。他尤其不喜欢看见他们咬耳朵。咬耳朵，那当然是在说起三妹了：只消看那付神气！而他是不愿意任何人提到三妹的一根汗毛的。"他以前没想到过，现在十分介意："为什么这班人到这样的年纪都还不讨老婆？"他忘了自己也没有老婆，他想一切光棍都靠不住，他希望他的伙计们都早已娶妻生子了。这家理发店有五个理发师，墙壁上有五面镜子，三妹走来走去，每一面镜子里都有一个三妹，他真希望有这么多的三妹可以分配。

　　王老板增加了许多开支，理发店的生意还是那样平淡，他心烦意乱，月底连结账都忘了。

　　就在此时，小说作者不慌不忙地推出一个人物来，这个人物早就埋伏在那里，等待小说家把他推到舞台口。小说如果有教科书，教科书会告诉你，短篇小说的人物应该在小说的前半段全部出现，到了后半部，不要临时抓一个重要的人物上场，但是《王老板的失败》并未遵守成规，我们读到这里，倒也觉得风云不测、奇兵突出，欢迎这位不速之客带来变数。

这个人绰号"小宁波"，在"芙蓉美容馆"对面开了一家吃食店。小说家告诉我们："他能把那句要牵涉到别人母亲身上去的咒骂语用十种不同的方言来说。穿一身花缎的小衫裤，帽子常是歪戴的。烟卷儿在他嘴上会从左嘴角到右嘴角地时常换位置。可是我们不能把他的一项更重要的资格忘记：他是从'祥记'到'芙蓉'的七八年的老主顾。"

"这位忠实的主顾却未必忠实到每次都会用现钱来交易"，他常常欠债，三妹也爱向这位忠实的主顾笑，就像她爱向任何人笑一样，这些现象倒也平常。谁料"平常"的背面隐藏着"意想不到"。有一天，"小宁波"拉着王老板去看他的店，吃食店已改成"玫瑰咖啡馆"。"王老板在刚进去的时候几乎连眼睛都张不开。墙上糊着花纸，花纸上挂着洋气的图画。白漆的桌子和椅子，台布，闪光的玻璃杯……"门口招牌上店名之旁也有四个大字：女子招待。"小宁波"挖角，三妹跳槽，她到咖啡馆上班来了。

就这样，王老板得到一个意外的结果，他的生意失败了，但是杜衡先生的小说却成功了！我们各人无妨以自己的阅读经验互相印证，我们爱读的那些短篇小说，大部分都是"得到意外的结果"，宗教小说的弱点，就是信徒的祷告都灵验了。别总以为"种瓜得瓜，种豆得豆"是格言，别忘了"人算不如天算"，"兴一利必定生一弊"，还有"不如意事常八九"。

英国小说家克莱尔有一个短篇，我读过沉樱女士的中译。英国某地有一老农，老伴已去世，有两个儿子，大儿子在远方工作，不常回乡，小儿子和父亲共同生活。现在老农也死了，小儿子想独吞父亲的遗产，他想了一个办法，伪造父亲的遗嘱。

这个小儿子对父亲寿终守口如瓶，他先拿着五枚金币去找一个名叫康古甘的人，这人年纪也很大了，体型样貌近似他的父亲。这人答应在昏暗的灯光里冒充死者，躺在床上，当着在场的许多邻居，照这个小儿子的要求说出遗言。

以上算是一个序幕，所占的篇幅很短，然后康古甘躺在他应该躺的地方，左邻右舍的见证人坐在他们应该坐的地方，众人鸦雀无声。康古甘开始发言，这才展开小说最重要的部分。事情重要，所费的笔墨必多，这一部分所占的篇幅很大，并非因为事件复杂，也不是因为事件的过程漫长，短篇小说需要的是单一和拉紧。短篇小说有时像橡皮筋，拉长才会拉紧，拉紧需要拉长。故事的主体既然是康古甘假装临终宣布遗嘱，当然不能张口见喉、草草收场，小说家需要为读者制造悬念、酝酿危机。拉长，才有地方布置悬念和危机，有了悬念和危机，自然变紧。

于是小说家让我们看见康古甘当着观众扮演他的角色，也看见这一幕闹剧的制作人唯恐演出失败，处处提心吊胆。康古甘的开场白，令人觉得多余，担心他言多必失，还好，他不久就进入正题，历述某处的草地、某处的马场、某处的石灰窑，都留给小儿子彼得。这老农的田地不少，我正担心他记不全，有遗漏，不料他忽然要求喝酒润喉，令人大吃一惊，这哪是一个垂死之人的动作？还好，没人看出破绽。遗产全归次子，台词没有错误，那个谋吞遗产的小儿子总算定了心。可是这个冒牌的老农又喝一口酒，乘着酒兴脱稿演出，他把一块土地赠送给康古甘了！也就是他自己把一份遗产留给他自己了！对于用尽心机谋夺全部遗产的那个小儿子，这确实是一个意外的结果！小说家不失幽默，这个短篇的题目是《康古甘的遗产》。

　　为什么总是发生意外的结果呢？这就得从因果谈起，有因必有果，没错，但是别人也在种因，也曾结果，你的因果和别人的因果相遇，起了变化。就说"种瓜得瓜"吧，你种西瓜，去年有人在这块地上种过苦瓜，你的西瓜照样有收成，滋味却是苦的。月明之夜，你来到池塘旁边，朝水中投了一块石子，想看看波纹浪圈在湖面上逐渐扩大。你这"扑通"一声，惊动了池边的青蛙，它们纷纷跳进水中，破坏了你的美景。

　　你看那个康古甘，他心中充满贪念，接受了五枚金币，和小彼得结为共犯。那个小彼得心中也充满贪念，图谋独吞父亲的遗产。小彼得的贪念进入康古甘的贪念，康古甘升高了自己的贪念，趁势蚕食对方的贪念，因果相生，这种情况叫作"黑吃黑"——伸手不见五指，谁也不敢擦亮一根火柴。你看王老板在他的理发店里雇用了一个女招待，他种了因，女招待来了，她在五个男性理发师心中也种了因，在对面吃食店的老板"小宁波"心中也种了因，有因必有果，这么多的因果投射纠结，事态怎么会照着王老板的计划发展？

　　就"得到意外的结果"而言，我这里也有一个小故事。铅笔是很普遍的书写工具，用铅笔就要削铅笔，现在有"削铅笔机"，电力发动，几秒钟就可以把一支铅笔削好。年光倒流，"削铅笔机"的前身叫"削铅笔器"，一个小小的铁盒子，里头装着刀片，左手捏紧它，右手把铅笔插进去，左右两手向相反的方向旋转，削瘦木杆，露出笔芯。年光倒流，在没有"削铅笔器"的时候大家用"削铅笔刀"，通常用刮胡子的刀片改装而成，很薄，很锋利，也很难操作，一不小心就割破了手指。我的这个小故事就发生在那个"削铅笔器"还没有发明的年代，或者"削铅笔器"还没有流行的地区。

那时候，那地方，有一个父亲叮嘱他的小女儿：在学校里读书的时候多交朋友，他拿出一个"削铅笔器"来，教女儿带到课堂上去，谁要削铅笔，让他用。那时候，那地方，削铅笔是一件麻烦事，听说有工具，可是谁也没用过，如今近在眼前，立刻成为全班的新闻。你也来借用，我也来借用，没借用的准备"有一天"，已借用的准备"下一次"，她的书桌前面不断有人留个脚印，露个笑脸。放学回家的路上有人喜欢和她并肩，操场玩球的时候有人喜欢和她互传，中午吃饭盒的时候有人喜欢和她面对面。慢慢地，她有了许多朋友。

可是，另外也发生了以前从未有过的事情。下课十分钟，大家利用时间去洗手，教室外有一条长长的水槽，水槽上有一排长长的龙头，洗手的时候有人挤她，抢她的位置。下雨了，她的雨伞撑不开，另一个打伞的人昂然走过，旁若无人。老师称赞她的一篇作文，要她贴在教室的墙上，第二天，不知被谁撕掉了。现象也越来越明显，为什么？她得罪谁了？有这么多人不喜欢她！

她不明白，我也不明白，直到有一天，我读到四句话：

朋友的朋友也是朋友，

朋友的敌人也是敌人，

敌人的敌人也是朋友，

敌人的朋友也是敌人。

原来如此！如果你增加了一个朋友，同时也会增加一个敌人。"削铅笔器"出现，不是朋友也变成了朋友，不是敌人也变成了敌人。这么一个微不足道的东西改变了全班同学的组合，今天流行的说法叫重新洗牌。到了选举班长的那一天，敌我的阵营表面化了……

会发生这样的事？小说并不需要写"一定"发生的事，它可以写一切"可能"发生的事。

　　我在这里天马行空，解放你的想象，你认为行，接着想，你认为不行，另外想。

8. 施蛰存：《春阳》

　　"春"这个字是指一年四季第一个季节，可是还有"少女怀春"呢？"阳"这个字是指太阳，可是还有"壮阳补肾"呢？这春阳不是那春阳。每年春天，动物植物都萌发了开放的欲望、裸露的欲望、繁殖的欲望。春天的阳光唤醒了它们，鼓励了它们，人们称之为春意、春情，这春阳又是那春阳。施蛰存先生的《春阳》这篇小说，写的是一个单身女子，奔走于外在的春阳之下，掩饰着内在的春阳的骚动。

　　小说开头三个字是"婵阿姨"，施先生给女主角起了这么一个名字。婵，读者一望而知是女性，紧接着是"阿姨"，表示她不年轻了，看后文，知道她今年三十几岁。前贤强调写短篇小说要用最经济的手法，你看这就是经济，用字少而含义多。

《春阳》通篇写婵阿姨一个人物，由她出门到她回家。她又是一个什么样的人呢？施先生的写法也很经济，他只选了一件事，一件只要三言两语就可以说明白的事，就让我们对她有了充分的认识和关心。

十二三年前，婵阿姨的未婚夫忽然在吉期以前七十五天死了。他是一个拥有三千亩田的大地主的独子，他的死，也就是这许多地产失去了继承人。那时候，婵阿姨是个康健的小姐，她有着人家所称赞为"卓见"的美德，经过了二日二夜的考虑之后，她决定抱牌位做亲而获得了这大宗财产的合法的继承权。

这叫"冥婚"，和死者的灵魂结婚。她爱财，果断，她以果断取得一大笔遗产，以果断隔离一切欲望。这一天，她到银行打开保险柜取款，看见天气极好，顺便在马路上走走。经过春天的阳光的照射，她忽然想对自己反抗一下，犒赏一下，决定进饭馆点菜进餐。中午食客不多，婵阿姨独自占了一张桌子，偌大的桌子只摆上来一副碗筷，这才觉得孤单寂寞。附近另一张桌子上坐着一对年轻夫妇带着一个孩子，笑语殷殷，惹她羡慕。这时又进来一个单身男客，从她的桌子旁边经过，她很希望这个男子可以坐下来同桌，甚至幻想他在饭后说："我奉陪你去看影戏，好不好？"可是那人迟疑地走开了。

这时候，她想起银行里管理保险柜的那个年轻的行员：

　　婵阿姨就特别清晰地看见了他站在保管库门边凝看她的神情。那是一道好像要说出话来的眼光，一个跃跃欲动的嘴唇，一副充满着热情的脸。他老是在门边看着，这使她有点烦乱，……当她走出那狭窄的库门的时候……她的确觉得，当她在他身边挨过的时候，他的下颌曾经碰着了她的头发。非但如此，她还疑心她的肩膀也曾经碰着他的胸脯的。

婵阿姨在春阳之下动了春心，她之所谓"对自己反抗一下，犒赏一下"，其实是性意识的觉醒与探险。她怀疑离开银行的时候没有把保险柜锁好，心理学家会说，她只是找个借口再去和那个年轻的管理员见面，希望他的下颌碰她的头发，她的肩膀碰他的胸脯。可是回到银行以后呢？保险柜当然是锁好了的，那个男性管理员没把她放在心上，十分殷勤地为另一位年轻美丽的客户服务。在管理员口中，那年轻美丽的客户是"密司陈"，婵阿姨是"太太"，这一声"太太"惊破了婵阿姨的梦幻，回家吧，她已在一切青春游戏的局外。

婵阿姨，凭她这样一个人，也有大作家为之树碑立传，这样的文章也载在经典，你我都司空见惯了。想当年新文学运动初兴之时，牢守文言正统的老师、宿儒不以为然，他们认为写人要写圣君贤相才子佳人奇士异行，写事要可泣可歌可风可传。那些新文学运动的前贤是接受了西方的文学思潮，认为文学作品写的是人性，婵阿姨有贪心，自愿钻进阴暗的牢笼，牢笼太小，什么东西也带不进去，她又到阳光下冒险，看能不能把失去的捡回来。这是人性，值得小说家一写再写，写得好，就是人性的烛照、文化的遗珍。

恻隐之心人皆有之，是非之心人皆有之，羞恶之心人皆有之，恭敬之心人皆有之，辞让之心人皆有之，这些都是人性。加上：喜新厌旧人皆有之，幸灾乐祸人皆有之，党同伐异人皆有之，忘恩负义人皆有之，轻信盲从人皆有之，这些也都是人性，都值得写，现代小说的题材放宽了很多。

婵阿姨在春阳下漫游一日，性意识觉醒，冲撞了内心道德的藩篱，施蛰存先生一直要说破，要说破，并没有说破；我们读者一直担心她要出事，要出事，并没有出事。这种效果，前贤有人称之为张力。

听一位老太太说她当年考试作弊，想到张力。她说她每次大考都准备作弊，她知道品德很重要，可是升级和毕业也很重要。她的家境艰苦，全家节衣缩食给孩子交学费，倘若她不能按时毕业，那是对全家人的虐待。每次大考，她都把一些繁难的公式和方程式写在大腿上，监考的先生虽然严厉，总还不至于掀起女生的裙子。考卷发下来了，先把会做的题目做好，然后苦思冥想，向三更灯火五更鸡求助，然后天人交战，夹带的小抄，近在手边掌下，看还是不看？彷徨反复，心力交瘁。收卷的时间到了，考生出场，校园里，树荫下，布满了陪考的家长。她坐在母亲怀里放声大哭，母亲紧紧地搂着女儿也泪如雨下，没人知道到底是因为作了弊才哭，还是没作弊才哭？不管是作了弊还是没作弊，她们都有理由一哭。

听老宋谈官场经历，想到张力。他升处长的那天，有人送来贺礼，打开一看，很别致，黄金铸成的印章一方，成色足，白文仿汉的水平也不低。第一个念头，收下吧，不过是个印章；第二个念头抢过来，不能收，到底是一块金子。如果不收，人家认为这人不通人情，没有人缘；如果收下，人家说这人不守法律，没有品德。一会儿决定收下，把金印章放进抽屉里；一会儿又决定不收，把金印章放在桌面上。夜得一梦：书桌底下一条河，金印章变成金鱼，顺流而下，他急忙到下游拦截，绕到屋后，只见四野茫茫，迎面一堵高墙，醒来若有所悟。他把金印章带到办公室，摆在桌面上，把送礼的人叫来，在众目睽睽之下，吩咐他把礼物拿回去，而且教他签了一张收据放在档案里。

这里有一个人，他的家族有心脏病史，他时时预防自己有心脏病，也时时准备接受有心脏病，各种心脏病的预兆、急救和死亡率，一直念念不忘。

为了健体强身，他很少搭乘公共汽车。这天中午，天气很好，他在街道上大步迈进，不觉出汗，风拂面吹来，凉意贴身，他心中一惊，心肌梗死的预兆之一是冒冷汗，如果心肌梗死发作，下面应该头晕。走着走着，果然头晕。如果心肌梗死发作，下面应该胸闷气喘，走着走着，果然呼吸有些困难。是了是了，该来的终于来了，有效抢救的时间只有十分钟，怎么来得及？"难道我要像祖父一样倒毙在墙角街头？"一手扶墙，一手拭泪，他用眼角的余光看墙，看见一个招牌，手边身旁正好是一家私立医院！

急急闯进急诊处，医生护士一听"心肌梗死"，立即引起一阵旋风：鼻孔插上氧气管，口中插进温度计，胸前贴满导线，手腕插针抽血，手背绑上松紧带，血压量了一次又一次，心电图做了一张又一张。护士用活动病床推着他去用X光照胸部，连一步路也不让他走。……风定尘埃落，医生对他说："我们没查出来你有心脏病，但是这并不代表你没有心脏病。""是是是。"他满脑子都是心脏病的病例，有人进诊所检查，一切正常，离开诊所就倒在门外的走廊上。他要求住院彻底治疗。

第二天，他服务单位的同事都来探病，在他病床的四周围成一个人井，大家都教他躺在床上不动。他睁眼一看，密密一圈两圈排着微笑的面孔，人去后，半个病房里都是鲜花。护士说鲜花太多对病人不好，建议分送到每一层楼的护士服务台，结果这一天每一位护士小姐都和蔼可亲。真奇怪，他在服务单位的职务平常，怎么会惊动这么多人来探病？

第三天，远亲近邻也来探病，新知旧雨也来探病，相关单位在业务上面红耳赤的人也来探病，筵席上因为敬酒大声喧哗的人也来探病。这就更奇怪了，他跟这些人虽然认识，平时难得一见，为什么也来对他伸出温暖的手，或者替他在茶杯中斟满温开水？他走来走去，打躬作揖，说"不敢当"如顺口溜，人去后，满床满桌子都是水果。水果不能长久储存，他建议分送给护士小姐，结果下班的时候每位护士的手袋都膨胀饱满。

外面的人这么关心他，医院里的人倒是好像慢慢忘记他了，心电图也不做了，点滴也不打了，药也不吃了。每天早晨，主治医师带着一群实习的学生巡查病房，从他的病床旁边走过，顺手把挂在床尾的名牌拿起来望一眼，蜂拥到邻床病患那儿问长问短去了。奇怪，这又是怎么了？

第三天静下心来，他把奇怪的事合在一起，恍然贯通。一定是他已病入膏肓、无可救药了，医院看他是一具弃尸，只等着签死亡证明书了；那些恩怨是非中人都来探病，不过是做给身旁的人看，借此机会表示宽宏大量、不念旧恶。他想起，殡仪馆里瞻仰遗容，其实大家都是俯视，居高临下，"我原谅你了，我超过你了"，暗中沾沾自喜。说穿了一点也不奇怪，两件事情其实是一件事情的两面。他越想越生气，觉得受到了侮辱，他按下病床旁边的叫人铃，打算立刻出院。

叫人铃按下去，不见人来，也幸亏没有人来，他改了主意。出院之后又怎样？孤零零地死在单身宿舍里？他们会怎样对待遗体？这边有人吐一口唾沫，骂一声晦气？那边有人摇一摇头，窃窃私语："猫知道自己要死，也会离开主人家到野外去找个地方。"想到这里，更是怒不可遏，他狂喝温开水，真想把怒气倒灌回去，他真想一头撞在墙上，撞出一个大窟窿来。

一夜突围，似睡还醒，记得蒙眬合眼时玻璃窗上一层曙色。蓦然于无声中惊醒，只见服务单位的总务主任坐在病床旁边看报，这位新到任的红人一大早就来了，不声不响地等他自然醒。总务主任握住他的双手道贺："恭喜你高升了！领导从医院院长那里知道你没有病，教我来接你出院。"没有病？升官了？怎么会？又怎么不会？医院冷淡，是因为一个健康的人对他们无用；亲友热情，是因为一个当权的人对他们有用。是了是了！幸亏自己沉住气，没有当众出丑。

有一张名嘴说过：什么是修养？"修养就是憋着，看谁憋得住，看谁憋得久。"依我看，憋着就是张力。你看那万家灯火，每一盏灯下面都有一个人像拉足了的弓，等你写。

9. 黎烈文：《决裂》

《决裂》，是儿子跟父亲决裂。主角是一个十五岁的男孩，在职业学校读书，住在学校宿舍里，由他的父亲供给学费、住宿费、伙食费。他父亲想娶一个妓女进门为妾，他和他母亲反对，父亲一怒之下弃家不顾，跟那妓女共同生活去了，不管他的学业，也不管他母亲的生活了。他每个月都写信向父亲要钱，父亲也没有回音了。他常常欠交学费，一再遭到学校当局的催讨训斥。距离毕业一个月，校长亲口告诉他，如果不把欠费交清，他不能参加毕业考试，拿不到毕业文凭。于是他，这个十五岁的大孩子，请了一星期假，到他父亲做官的地方去求告。

这一趟行程历尽艰辛，真是动心忍性，增益其所不能。他到了督军署，却没法子跟父亲见面，守卫和门房照例虐待这种弱势的上访者。他愤怒，但是可以忍耐。这愤怒，小说家称之为冲突升高；这忍耐，小说家称之为冲突缓和。他整天守在督军署的门外等父亲出现，好不容易见到父亲，得到的只是责骂嘲讽。他有足够的理由可以反驳，这是升高；但是，小不忍则乱大谋，他把话吞回去了，这是缓和。后面一连串情节都是忍，再忍，忍人之不能忍，就是不断地升高、缓和。

最后，父亲带着儿子到妓女的住处去取钱。父亲教儿子向妓女讨钱，他觉得这是奇耻大辱，气血冲动，但控制住了。儿子再也没有想到，为了收到这几张钞票，他得跟那妓女叫妈妈。这时只有升高，不能缓和。这一瞬间，小说家称之为最高潮。浪潮不能久驻，立即扑落，扑落不是缓和，而是崩溃、消灭。儿子撕毁钞票，掷向父亲和妓女，而且破口大骂，小说结束了。

小说最后还有一行字："他从此以后，便永没有再进过学校。"这一行，算是高潮之后的回澜了。

做小说家要有两个本领：其一，把题材拉长；其二，把题材堆高。为什么可以堆高？因为人物之间有冲突。为什么可以不断堆高？因为冲突没有从根本上解决，只有表面上的缓和，在缓和中酝酿下一次更大的冲突。君子报仇，三年不晚，三年以后又升高。退一步海阔天空，你退一步，对方进一步，还是升高。"不如意事常八九"，你有八次、九次缓和，两个缓和之间必定有一次升高。这是人生，小说取法人生，这也是小说。

你看黎烈文先生笔下，这一父一子，冲突，缓和，再冲突，再缓和。黎烈文先生是知名的翻译家，多年教授文学课程。这篇《决裂》，其中的堆高，为我们后学做了一次示范。十五岁的儿子向他的父亲要学费，今天的社会还有这样的故事吗？清寒子弟交不出学费来，有些学校会为他找奖学金，有些学校会让他欠着，毕业以后找到工作再还。在今天，为人父者要为他未成年的子女负担生活费和学费，否则就是犯了遗弃罪，法律上明列着条文，谅他不敢。我们从学习的角度看，前辈小说家留下的不是故事，而是故事的表达方式。

人生，不可避免地要遭遇到许多大大小小的挫败，挫败来自情感或意志受阻。人，总是要设法使自己的情绪得以宣泄，意志得以贯彻，实现心中的愿望，以主观的努力去改变、去造成客观的事实。可是，客观的世界是如此庞大复杂，难以控驭，每个人在奔向目标的途中，都竭力忍受各种程度的失望。有人受不了接连而来的痛苦，自甘退缩，那特别勇毅的人继续挣扎前进，等到他越过同伴的尸体，接近此行的终点，又可能突然陷入被动，片刻之间，他的血泪化为泥土。

举例说明，"眼看他起朱楼，眼看他宴宾客，眼看他楼塌了！"十八个字道尽由堆高到崩溃的过程。在这十八个字背后有一个"他"，竭力创造自己的兴盛繁荣：他的愿望实现了，起朱楼，这是堆高；他进一步朝更大的愿望努力，宴宾客，这是堆得更高；他的眼睛还在往上看，却不知业已站在针尖一般的顶点上，离此一步，下面就是悬崖深谷。不说楼空、楼破，直截了当地说高楼倒塌，说明失败之彻底与无救。原文十八个字，写堆高用了十五个字，写崩溃只用三个字，迅雷不及掩耳，前后产生强烈的对照，令人心弦震颤。

报纸上有一条农夫盖屋的新闻，前后经过相当具备短篇小说的雏形。他有一个主观的愿望，盖两间房子。客观的事实是他没有钱，于是他勤劳节俭，为排除客观的限制而努力。几年辛苦，他买齐了砖瓦材料，这是堆高；

然后他亲手施工，这是继续堆高；上梁和盖顶是危险的工作，他也冒险完成，这是高上加高。他钉天花板，粉刷墙壁，一一完成。终于有了自己的新居，可想而知，他非常兴奋，他的情绪、读者的情绪都升到最高。最后一步工作是亲自动手接电，这门技术他陌生，出了差错，他触电而死。你看，从头到尾，人物一直为预悬的目标奋斗，而在大有成就之时幻灭。成就来得慢，如在泥沼中挣扎；幻灭来得快，连旁观者都来不及思索。前面，储款兴工占了大部分篇幅，酝酿后面触电暴卒的艺术效果。

农夫盖屋崩溃，是由于自己亲手接电，但接电只是表面的原因，背后还有潜在的因素。倘若那农夫把接电交给电料行的技工去做，他就可以安居乐业了，为什么不呢？由于节俭。若非节俭，他不至于横死，但是若非节俭，他能否筹足建屋的费用？他舍不得让电料行赚走他的钱，如果他有电工常识，也不至于触电，无如他世代务农，他的专长限于耕稼，以及模仿祖先留下的土墙茅顶。他的祖先并不用电，一件事物离土地越远，离现代越近，对他而言越陌生。这个农夫如果不是农夫而是都市里的电器工人，他固然比较安全，可是，城市里寸土寸金，他想盖房子岂不更难？我们追查这个农夫的死因，发现他死于自己的优点。他节俭，有土地，能兼做泥水匠，他的这些优点得到了充分发展的机会，但是到了某一个环节，又统统变成致命的弱点。"崩溃"最难设计的就是这个环节。崩溃看似是意外，其实它已潜伏在内，小说家先立后破，高抬重摔，不需要温柔敦厚。

做一个有心人吧，历史上多少事具有堆高结构。冒顿单于挑选了一群最优秀的战士，予以特殊的训练。他规定，他的响箭射到哪里，这些部下的箭就要集中射到哪里。他带着部下打猎，他射鹿，大家一起射鹿，他射虎，大家一起射虎，这个容易。然后，射他自己最喜欢的马，然后，射他最爱的女人，这就难了。然后，他把父亲头曼单于的坐骑做箭靶，这样更难，但他秘密训练的战士也毫不迟疑，一窝蜂地跟进。最后一步最难，做起来反而熟极而流，大家一同射死头曼单于。这也是步步堆高。

我写过一个故事：

纽约，一个中国人的家庭，儿子告诉妈，他找到了结婚的对象，约个日期带她来家给妈妈看看。妈妈一看是个白妞儿，坚决反对，费了许多力气，把他们拆开了。

过了一年，儿子又告诉妈，他又找到了结婚的对象，约个日期带她来家，再给妈妈看看。妈妈一看是个黑妞儿，更坚决反对，费了更多力气，总算又拆散了。

再过一年，儿子告诉妈，他这回找到最贴心的伴侣了，约个日期带回家，再给妈妈看看。——妈妈一看，是个男的！

这也是堆高。

朋友间流传的故事：

游览车在路上行驶，车中塞满了乘客，超载。乘客对驾驶人说：万一交通警察发现了，要扣你的很多分数。驾驶人说：扣分得有驾驶执照，我没有执照，这个分他怎么扣？大家一听，吃惊不小。有人问：你没有执照怎么敢开车？驾驶说：喝酒的人胆子大。原来还是酒驾！另一个乘客急忙发问：你为什么不考驾照呢？回答是：我近视，右腿还是义肢，没资格参加考试。乘客听到这里，魂飞魄散，纷纷要求下车。驾驶说：刹车坏了，现在车子下坡，不能停！

这也是堆高。

堆高并非易事，关云长过五关，诸葛亮七擒孟获，陶朱公三致千金而三散之，都没堆高。写小说要想登堂入室，你一定得迈进这个门槛，有事没事，找个习题做一做，也许能破茧。有些事，堆高了会成为喜剧。从前，欧洲有一个风俗，诗人可以到当朝贵族之家献诗，希望能博得他们的赏识。贵族的门卫照例让诗人在门房等待结果，贵族多半马上送给诗人一点钱，表示奖励。有一天，贵族某公读诗，觉得诗好，吩咐左右："给他五镑。"话犹未了，下面的诗更好："等一等，给他十镑。"越读越高兴，大声吩咐："给他二十镑。"左右应声说是，预料主人的命令还会改变，没有立即执行。果然，主人大叫："赶他走，我要破产了！"

有些事，堆高了会成为悲剧。某富翁征求女秘书，最后面试时他对应征的女孩说：现在，你如果肯当场脱光衣服，就可以得到这个职位。女孩很需要工作，迟疑一下，脱下外衣，停下来，当然不够，经过挣扎，脱下内衣，她觉得到了她的最大限度。可是那富翁等她继续，她实在需要工作，咬牙切齿地除去乳罩内裤。富翁点头，她及格录取，第二天就可以报到上班了。……女郎回到家中，自杀了。

有学问的人常说量变质变，拉长、堆高都是量变，悲剧变喜剧、喜剧变悲剧是质变。条条大路通小说，对写小说的人来说，天下没有白读的书。

10. 朱自清:《笑的历史》

　　朱先生的这篇小说以一个女孩为主角，她爱笑:"不论有人引逗，无人引逗，我总常要笑的。她只有我一个女儿，很宠爱我，最喜欢看我笑;她说笑像一朵小白花，开在我的脸上;看了真是受用。"爸爸呢，妈妈每回和他拌嘴以后，"总叫我去和他说笑，使他消消气呢"。"小五那日在厨房里花琅琅打碎两只红花碗的时候，她忙忙地叫郭妈妈带我到爸爸面前说笑。她说:'小姐在那里，我就可以不挨骂了。'"那时候，她的笑是被鼓励的、受欢迎的，"那时我家好像严寒的冬天，我便像一个太阳"。

　　以上算是一个段落。

她十三岁的时候，母亲去世了，人生的忧患也开始了。

"又过了三四年，她们告诉我，姑娘人家要斯文些，笑是没规矩的。小户人家的女儿才到处哈哈哈哈地笑呢！"她收到第一份禁令。女孩子长大了总要出嫁，出嫁后，她满眼都是生人，孤鬼似的，有时微笑着，"听见人声，也就得马上放下面孔，做出庄重的样子。——因为这原是偷着笑的"。在新的环境，新的禁令陆续传来，丈夫也劝她："真的，我劝你少笑些好不好？有什么叫你这样好笑呢？而且笑也何必这样惊天动地呢？"婆婆也对她说："以后要忍住些笑；就是笑，也要文气些，而且还要看人！"依当年大家庭的传统，公公不直接责备媳妇，这个家庭破了例，公公也借着一件小事当众对媳妇发了脾气。她彻底觉悟了，小孩子可以笑，长大了不能笑；男人可以笑，女人不能笑；长辈可以笑，晚辈不可以笑。她黯然结束了笑的时代。

以上算是第二个段落。

在小说家笔下，世事如同"西下夕阳东上月"，笑声稀少的时候，泪珠开始落下。丈夫谋职，妻子送别，小说中第一次出现"哭"字。

那夜里我哭了一点多钟，你后来也陪我哭。我们哭得眼睛都红了；你不是还怕他们笑么？走的时候，我不敢送你，并且也不敢看你；因为怕忍不住眼泪，更要让他们笑了！但是到底忍不住！你才走，我便溜到房里哭了。四弟、五妹都来偷看我，我也顾不得了。自从娘死后，我不曾哭过……

以上算是第三个段落。

这个女孩的公公本来在衙门有个职位，收入不错，可是他失业了！公公的经济来源断绝，丈夫的收入不能抵补，家庭的生活水平下降，家人的社会地位也随之下降。下降带来痛苦，全家的怨气要找一个弱者来发泄，这个失去笑声的女孩子说，她成了全家的仇人。当年女孩子出嫁以后，丈夫是唯一的依靠，娘家是唯一的临时避难所，这个失去笑容的她，唯一的依靠既不在身边，唯一的避难所呢——亲生母亲去世了，后妈究竟不能跟亲妈相比，眼看亲家败落，"嫁出门的女儿泼出门的水"，等于把这个避难所也关闭了！

没奈何，该来的总是要来，家中雇不起用人，全家的劳务由媳妇担当。那年代没有冰箱，没有烤箱，没有微波炉，没有洗衣机，三代同堂，单是一日三餐就多么麻烦！没奈何，该来的总是要来，那年代不懂得计划生育，孩子生了一个又一个，孩子要喂奶，要换尿布，要种牛痘，要出麻疹，同时养育两个婴儿多么辛苦！"才生的孩子，最难照管。穿衣服怕折了胳膊，盖被又怕捂死了他。我是第一胎，更得提心吊胆的。那时日里夜里，总是悬悬不安！"没奈何，该来的总是要来，"身子瘦得像一只螳螂——尽是皮包着骨头！多劳碌了，就会头晕眼花；那里还像二十几岁的人？"

她说："这一来我的笑可不容易了。好笑的事情，都觉淡淡的味儿，仿佛酒里搀（掺）了水"，"我此刻哭是哭不出，笑可也不会笑了；你教我笑，也笑不来了。而且看见别人笑，听到别人笑，心中说不出的不愿意。便是有时敷衍人，勉强笑笑，也只觉得苦，觉得很费力！"

以上算是第四个段落。

写小说就是说故事，小说家先要决定这个故事由谁来说。通常有两种选择：可以让故事中某一个人来说，这人亲身经历主要的事件，由这人来说"我"怎样怎样，把别人的事情也带出来，这叫"第一人称"小说；也可以由一个局外人来说，这人是故事的发现者，了解全部经过，由这个人说出故事中每个人的经历，"他"怎样怎样，这叫"第三人称"小说。朱自清先生这篇《笑的历史》，开头第一个字是"你"，有人认为是"第二人称"小说，我看未必，因为"你"并不是说故事的人。"你是林黛玉，我是贾宝玉"，这是"我"在说故事，第一人称；"她是林黛玉，他是贾宝玉"，这是另外有个"他"在说故事，第三人称。"你"不能说故事，只能听故事，所以没有"第二人称"小说。

还有，朱先生的这篇小说，由一个少妇向她的丈夫诉说委屈，有人认为是书信体小说，我看也未必。书信体小说中的那些信，固然出于小说作家的假托，但是假托的书信仍然要像书信，《笑的历史》怎么看也不像一封信。与其说它像书信体小说，毋宁说它像独白式小说，自言自语，欲休还说，无意中让你我听到。小说应该都是故意让人听到，独白看似无意，仍是出于故意，这是小说的技巧。

朱先生用这篇小说反映大家庭的缺点。也许需要解释一下，一夫一妻组织的家庭叫小家庭，如果上有父亲母亲，下有儿子女儿，三代住在一起，叫作大家庭。有些家庭把孙子孙女也包括在内，五世同堂，传为美谈。大家庭是农业社会的生存方式，农民离不开土地，世代聚居，自然形成大家庭，许多大家庭又进一步合成大家族，那时政府对养老没有制度，对育幼没有政策，对劳动者的结合互助没有组织，这些问题可以在家庭、家族之内寻求解决，但是也慢慢形成许多问题。到了现代，中国作家受西方思潮的影响，认为大家庭摧残个性，限制年轻人发展，阻碍社会进步，集中火力轰击这个封建堡垒，朱先生的这篇小说也有这种倾向。今天我们以学习的态度接受文学遗产，先把这些搁在一旁，我们注意，在《笑的历史》里面，人物的性格前后不同。

我们遇见一个多年不见的朋友，常常拿现在的他和从前的他比较，判断"他变了"或"他没有变"。所谓变与不变，不但指形貌，也指性情气质；不但指习惯，也指观念态度。说他变，是说他在过去一段时间里面，丧失了某些东西，另外择取了某些东西；说他未变，是说他继续保持着当年的一切，并随着时间生长充实。我们读小说，对小说里面的人物慢慢熟悉，发生类似朋友之间的感情，我们关心这朋友"变了"或是"没有变"。他们有的始终抱着一个决心、一个企图，实行奋斗，坚持到底，前后所不同的只有手段与方法；他们有的在中途放弃了当初所坚持的意念，改向相反的方向行进，以至于"行年五十而知四十九非"。前者是人格的生长与形成，后者是人格的矛盾与蜕变。

矛盾与蜕变也可以说是一种生长的现象，这些人物，本来也许吝啬，后来却变得慷慨大方；本来也许热心，后来却变得冷淡苍白。这些人物不只在外表行为上变，而且从内心变起。假使这个人物白天做工吃苦，夜晚做梦享福，一旦中了马票，果然专务享受。从前吃苦，现在享受，看起来好像这个人变了，其实没有，所变的不过是外部动作，不变的是他好逸恶劳的心性。假如他做工吃苦本来苦而无怨，有一天竟然认为吃苦太冤枉了，于是拒绝吃苦；或者，他中奖享乐本来乐而不倦，有一天竟然认为享乐太荒唐了，于是摒弃享乐。这种变，构成自己对自己的纠正与反抗，变化发生在内心。小说家窥破这隐秘，表现出来，我们对人性才有更深更多的了解。

我经历世变，见过许多在生命中急转弯的人，归纳一下，可以列出儿种原因：其一，大手术，有人换了肉体的心脏，也换了精神上的心脏；其二，冤狱，有人蒙受不白之冤，判了死刑，送上法场又牵回来，这一来一去，使他不能再做同样一个人；其三，被出卖，他最信任的部下叛变了，事业彻底崩溃，他的人生也成为碎片，需要重新拼凑成另外的形状；其四，衰老，断腕的行为、过激的思想都依附在青壮年时期蓬勃昂扬的生命力上，妥协原谅的态度多半发生在老年，和平中庸的要求也多半发生在老年；其五，思想信仰改变了，有人拿出一大笔赔款，要求出版社收回他刚上市的新书，因为他已从有神论者变成无神论者。有学问的人说，人生有很多变数，需要我们适应，我们的大脑也有一种天然的构造，可以灵活变化。

人物性格转变，多半是用长篇小说来表现。说来话长，小说有"横断面的写法"和"纵剖面的写法"。横断，锯断树干，从树的年轮看一棵树；纵剖，由根到梢看一棵树。树的纵剖面很长，横断面很短，横断面虽短，我们仍可凭此一面知道这棵树的生长状况。拿树比人生，人生也有纵剖面和横断面。一个人由少小而壮大，而成家立业，而生儿养女，现在闹到离婚，这是"纵"，写成小说，就是由根到叶的写法。如果一开始就写这一对夫妇在律师事务所里办离婚手续，手续办完，小说也结束，这是截取了其中一段来写。凭这一段，读者可以知道他们何时结婚，有几个孩子，累积了多少财产，为什么离婚。今天为他们办离婚手续的律师，正是十年前为他们办结婚手续的律师，读者从律师那儿可以窥见更多的细节。这种写法，论空间只限律师事务所一地，论时间只有两个小时，论表现却写出全部因果，这就是短篇小说的"经济"之处。

前贤说过，短篇小说不但篇幅要短，故事的时间也要短，从开始到结束，不过是一席话、一餐饭，做了一个梦，开了一个会，他们曾举一首古诗为例：

> 上山采蘼芜，下山逢故夫。长跪问故夫，新人复何如？新人虽言好，未若故人姝。颜色类相似，手爪不相如。新人从门入，故人从阁去。新人工织缣，故人工织素。织缣日一匹，织素五丈余。将缣来比素，新人不如故。

这首叙事诗就是用故夫和"故人"相遇的片刻，借人物的一席话，透露了一个男子前后两次不同的婚姻生活、三个人不同的性格。我们新文学运动的先驱曾说，这首诗的写法也就是短篇小说的写法。作家们早就发现，人的谈话天然具有横断的作用，"话"总是很自然地带着历史背景和生活的缩影。因此，表现人物性格的转变本是短篇小说最难做到的事情，作家也可以借着人物的一席话来完成，朱自清先生写《笑的历史》，也是利用当事人的自白，把一个纵剖面压缩进入横断面。

写小说的人需要博闻强识、触类旁通。这里介绍一下美式父母的育儿经验：孩子成长有三条歧路，有一天，他会用硬币换糖果了，知道金钱重要，他可能学习偷窃；有一天，他知道女孩可爱了，知道诚实不能讨好，他开始学习说谎；有一天，他受同学欺负了，知道权力重要，他可能加入帮派。你看，人物转变了。

再介绍一个美式笑话：一个人，走在纽约街头，如果他被强盗抢了，他第二天会变成共和党（他以为共和党主张扩大政府的职权，约束人民）；如果他被警察打了，他会变成民主党（他以为民主党主张提高人权）。你看，人物转变了。

人物的转变是对小说家的挑战。

11. 鲁迅:《兔和猫》

　　我当年上学的时候,语文课本选了鲁迅先生的《兔和猫》做教材,老师叮嘱大家跟这篇课文学习怎样写小动物,没提到小说。现在我从短篇小说的选本里看见了这篇作品。

　　《兔和猫》以兔为主,邻家三太太买了一对小白兔,非常可爱,立刻吸引了亲邻好友的目光,在孩子们中间造成轰动。小白兔到底有多可爱呢?教科书要求写短篇小说要使用"最经济"的手段,所谓"经济",一是最少的数量,二是最大的效用。兔子的上唇有个缺口,露出门牙,动物学家称为三瓣嘴,俗话叫豁嘴。"任何民族皆不以豁嘴为美"，这是《时代周刊》上的一句话，我引用过。现在我得紧接着说，在鲁迅先生的这篇文章里，小白兔可爱，连它的三瓣嘴都可爱，其他就不用多说了。

迅翁写兔写猫，拿它们当人看待，他用"天真烂熳"来形容小白兔，好像在幼儿园里遇见了一群幼童。他看见小白兔"竖直了小小的通红的长耳朵，动着鼻子，眼睛里颇现些惊疑的神色，大约究竟觉得人地生疏，没有在老家时候的安心了"。他对白兔如同体贴初来乍到的异乡人。有一天，这一对小白兔"忽而自己掘土了，掘得非常快，前脚一抓，后脚一踢，不到半天，已经掘成一个深洞。大家都奇怪，后来仔细看时，原来一个的肚子比别一个的大得多了"。既然找到了安身的地方，继而决定安家落户、生儿育女，不是更像我们的同类吗？

这时候，墙头出现了一只大黑猫，朝着院子里恶狠狠地看，看乌鸦、喜鹊和白兔争食，看白兔"躬着身子用后脚在地上使劲的一弹，耸的一声直跳上来，像飞起了一团雪，鸦鹊吓得赶紧走"。三太太开始有些担心，我们读者读到这里也有些担心，鱼到哪里，渔夫也到哪里，尸体在哪里，鹰也在哪里。人间事往往如此啊！有人说"牛永远是牛，而人往往不是人"，我要接着说，在小说家笔下，牛也可以是人。有人说"如果不能拿动物当人，必定会拿人当动物"，我要接着说，小说家可以拿动物当人，也可以拿人当动物。迅翁写猫写兔，使我们感觉人与动物都是众生，众生一体，产生感应。

单是白兔可爱不能成为小说，有了白兔又有猫，猫是肉食动物，兔在猫的阴影下生活，有可能成为小说。

白兔生了幼兔，幼兔比它们成年的父母更能吸引附近的孩子来一同天真烂漫。可是这两只幼兔忽然失踪了。三太太掘开兔窟察看，发现窟下有窟，"睡着七个很小的兔，遍身肉红色，细看时，眼睛全都没有开"。就现场的迹象推断，早生的那一胎已经被大黑猫吃掉了，兔夫妇又生下第二胎。

兔子的生殖力很强，每月都可以产一胎。日本有个小岛叫兔岛，岛上本来没有兔子，有人带去几只，于是满岛都是兔子，成为观光旅游的一个景点。兔子为什么要多产呢？因为猫要吃兔子，狗要吃兔子，老鹰狐狸都要吃兔子，必须经得起大量折损，才可以留下后代。就像鱼一样，鱼是卵生，鱼妈妈产卵不是十个二十个，而是几千个几万个。鱼没有办法把卵藏在窝里，卵都在水中漂流，成为鱼的食物，所以必须产很多很多，它们吃不完，剩下来的才能孵化成鱼。就像人一样，人类有一段很长很长的时间，卫生设施不足，医疗技术不足，营养知识不足，婴儿的死亡率很高。"只有一个儿子的人家不算有儿子"，必须早生贵子，多生贵子，死不完，这才有人传宗接代。

生物界弱肉强食，有学问的人给它起了个名字："生物链"。狼吃狐狸，狐狸吃野兔，野兔吃草，像一条链连接起来。这是科学家的态度，谁吃谁没有道德问题，谁被谁吃也没有情感问题。这么说，中国人老早就发现了食物链："大鱼吃小鱼，小鱼吃虾，虾吃泥。"小鱼的食物包括虾的幼虫，虾吃的某种生物有时沉淀在水底，古人观察不精细，但差不多。"螳螂捕蝉，黄雀在后"也是一条食物链，黄雀吃螳螂，螳螂吃蝉，蝉吃什么？蝉是树的寄生虫，它的口器很特别，能插入树内吸取汁液，古人只听见蝉唱歌，没看见蝉觅食，以为它餐风饮露。

小说是一个有情的世界，既然有情，就有悲喜爱恶，就有肯定否定。生物学家视为当然的，迅翁认为不然，小白兔之死，引发了他的一番议论。教科书说，短篇小说不可以有很长的议论，迅翁骨鲠在喉，不管那许多，他说：

　　自此之后，我总觉得凄凉。夜半在灯下坐着想，那两条小性命，竟是人不知鬼不觉的早在不知什么时候丧失了，生物史上不着一些痕迹，并S也不叫一声。我于是记起旧事来，先前我住在会馆里，清早起身，只见大槐树下一片散乱的鸽子毛，这明明是膏于鹰吻的了，上午长班来一打扫，便什么都不见，谁知道曾有一个生命断送在这里呢？我又曾路过西四牌楼，看见一匹小狗被马车轧得快死，待回来时，什么也不见了，搬掉了罢，过往行人憧憧的走着，谁知道曾有一个生命断送在这里呢？夏夜，窗外面，常听到苍蝇的悠长的吱吱的叫声，这一定是给蝇虎咬住了，然而我向来无所容心于其间，而别人并且不听到……

假使造物也可以责备，那么，我以为他实在将生命造得太滥，毁得太滥了。

你看，只要写得好，小说里面也可以大发议论。

当年我的老师没教我们学迅翁的议论，他教我们学"把动物当作人"。说来也算是个小小的秘诀。母鸡带领一群小鸡在院子里觅食，一直咕咕咕叫个不停。她把一条小虫啄死了，分给小鸡做食物。你回想上体育课的时候，体操教练一直吹哨子集中你们的注意力，你回想母亲用汤匙舀起婴儿食品一口一口喂你，马上有许多感想和感动，觉得有话可说、有文章可作。你常常看见狗，哪儿没有狗？一条狗又有什么可写？有一天，你忽然想到，狗对主人很忠诚，中国人反而认为狗很低贱，用"鹰犬"骂人，这是怎么回事？由人对狗不公平，想到人对人也不公平，"人善有人欺，马善有人骑"。有人谈恋爱遇见情敌，打听对方是个什么样的人，听到"忠厚"两个字，胸脯一挺，胜券在握：咱们不怕他！有人看见自己的孩子慢慢长大，露出羞恶辞让的天性，不禁唉声叹气：这孩子将来怎么办？……

鸡是鸡，狗是狗，要想成为小说，两者要纠缠碰撞，发生事件。一个家庭既养鸡又养狗，狗受过主人调教，两者的矛盾不大。陌生的狗，遇上陌生的鸡，你也许可以安排一个乞丐。当年大村小镇条条大街有乞丐，乞丐那样穷苦可怜，只有狗愿意陪他。乞丐多了，他们之间也自动分类。乞丐住在破庙里，穿破衣服，拿着破碗，睡在破席上，却拥有一条完整的狗，乞丐有了狗，马上显得出类拔萃。写到这里想到阿Q，可惜阿Q不养狗，如果有一条狗，他的形象会有所不同。

乞丐免不了偷鸡，他偷鸡有特殊的技巧。有一天，你会有机会听到江湖中人谈丐帮掌故，让他说，别打岔，用心默记，你写小说用得着。乞丐爱他的狗，跟狗一同吃烤鸡，没想到给了狗某种启示。他带狗行乞，狗在门外，鸡在门内，狗想起自己原是猎手，动了杀机。有一种能力叫作第六感，人有，鸡犬也有。母鸡惊心动魄，把小鸡藏在翅膀底下，厨房里的主妇好像从空气中闻到了火药的气味，提着菜刀出场。她申斥乞丐，要他带着狗立刻离开，拒绝施舍。

很多家庭养鸡，养鸡的家庭怕狗，这条狗成了乞讨者和施与者中间的矛盾。那年代，乞丐与乞丐也自动分类，没狗的乞丐和有狗的乞丐之间也有矛盾。有一天，矛盾发展到某一个程度，几个乞丐结伙把那条狗偷走了。乞丐偷狗也有绝招，他们偷狗不养狗，把这条狗烤了肉吃了。这是另一个故事，一个短篇之中不宜有两个故事，这第二个故事不必明明白白，只能隐隐约约，叫作"暗场"。迅翁写大黑猫吃小白兔，用的就是暗场。

"把动物当作人"，虽说学西洋，倒也不是异端，咱们的圣贤也有人主张，天地好比父母，一切人类和动物都是同胞同伴，提出一个口号："民胞物与。"在我们的语言里面，多少动物都人格化了，蝴蝶、蚂蚁、狐狸、猴子、羔羊、家犬、乌龟、乌鸦、燕子，都是某种人的代名词，可见我们自然具有这种心肠，没事的时候琢磨琢磨、培养培养，这也是做小说家的一个条件。

"动物小说"之外还有"动物散文"。楼肇明先生在他的《第十三位使徒》中描写了鹰、雁、鸡、刺猬、八哥。这些文章表现了楼氏对动物的了解。写鹰："我"与鹰俱化，化成渴望冲破藩篱、扩展视野的山地少年。写八哥：模仿人言，吐音含糊不清，和少年作者结为生死之交。写大雁：在"大雁城"里有个雁的世界。写刺猬：这是散文少见的题目，刺猬在劳苦匮乏的某一地区扮演一个奇异的角色。写鸡：在从来没有乌骨鸡的地方，一只来历不明的乌骨鸡演出了一段传奇。这些题目（除了刺猬）都是习见的，而内容（包括刺猬）都有创意。我想，若是作家把动物当作人来写，那样的作品已经就是小说了。

说到这里，可以联想寓言，请参阅本书的《徐志摩：〈小赌婆儿的大话〉》。

12. 老舍:《一封家信》

　　题目是一封家信，开篇不见家信，只见一门之内丈夫和妻子之间的矛盾。只听见那位太太吵叫，而那位先生仿佛是个哑巴。"他不出声，她就越发闹气:'你说话呀! 说呀! 怎么啦? 你哑巴了? 好吧，冲你这么死不开口，就得离婚! 离婚! '"

　　那妻子是个什么样的人? 且看老舍先生的描述:"头发烫得那么细腻，真正一九三七的飞机式，脸上是那么香润;圆圆的胳臂，高高的乳房，衣服是那么讲究抱身……吵闹一阵之后，她对着衣镜端详自己，觉得正像个电影明星。"她嫌丈夫赚钱少，"越是因为美而窘，便越须撑起架子，看电影去即使可以买二等票，因为是坐在黑暗之中，可是听戏去便非包厢不可了——绝对不能将就！"

那个丈夫又是一个什么样的人呢，在妻子的眼里，"不挑吃不挑喝的怪老实，可是，只能挣二百元哟！"老舍先生说他"非常的忠诚，消极的他不求有功，只求无过，积极的他要事事对得起良心与那二百元的报酬——他老愿卖出三百元的力气，而并不觉得冤枉。这样，他被大家视为没有前途的人，就是在求他多作点事的缘故，也不过认为他窝囊好欺，而绝对不感谢"。

文坛前辈告诉我们，小说的人物与人物之间有矛盾，有矛盾才有小说，如果"王子和公主结婚了，从此过着幸福快乐的生活"，那就不是小说的开始，而是小说的结束。人和人之间怎么会有矛盾呢？前贤说，因为人有个性，至少，小说要求其中的主要人物有鲜明的个性。人和人有共同的需要，所以有连接，每个人又有独特的个性，所以有排斥、有冲突。有一句话可以描述这种态势："拴在一根线上的两个蚂蚱。"

当两只蚂蚱拴在一根线上的时候，若想共同行动，需要其中一只迁就另外一只。《红楼梦》说："不是东风压了西风，就是西风压了东风。"民间流传这么一个笑话：张三怕老婆，李四故意问他：你们家里谁管事？张三说："大事归我管，小事归太太管。""什么样子的事情是小事？""例如每天吃什么菜，星期天看什么戏，亲友家的红白喜事送多少礼金，结婚纪念日怎样庆祝，孩子进哪个学校，都是小事。""什么样的事情是大事呢？"张三说："结婚三十年，我家还没有发生过大事。"

很显然，双方的结合靠其中一方牺牲了自己的个性来维持，老舍先生的《一封家信》里面的这个家庭也是如此。可是，有一天，这个住在北平的家庭终于发生了大事，日本军队进入北平，占领了华北，中国正值抗日战争，多少人不甘在日本的太阳旗下讨生活，纷纷离开北平。小说的男主角老范也决定出走，"可是，他走不出来。他没有钱，而有个必须起码坐二等车才肯走的太太"。这个太太羡慕的是"人家带走二十箱衣裳，住天津租界去！"

太太既然不肯离开北平，老范打算独自行动，他和太太当面沟通很困难，想留下一封信告别，小说中出现了一封家信。

他开始写信。心中像有千言万语，夫妻的爱恋，国事的危急，家庭的责任，国民的义务，离别的难堪，将来的希望，对妻的安慰，对小珠的嘱托……都应当写进去。可是，笔画在纸上，他的热情都被难过打碎，写出的只是几个最平凡无力的字！撕了一张，第二张一点也不比第一张强，又被扯碎。他没有再拿笔的勇气。

他知道谈民族大义太太听不懂，就改变方式，当面告诉她到上海、南京去赚钱，这话她听得进。原来老范并非没有性格！他是小说人物，必须有性格，而且性格还如此强烈。

老范到了武汉参加抗战工作，每个月都给太太写信，也每个月都给太太汇钱（当然，钱数目不多）。他天天盼望邮差投送太太的家信，结果只有日本飞机投下来的炸弹。……终有一天，信来了，小说中第二次出现一封家信，空袭警报也来了，炸弹无情，太太的来信一样无情："大部分的字，都是责难他的！……他眼前只是那张死板板的字，与一些冷酷无情的字！警报！他往外走，不知到哪里去好；手中拿着那封信。再看，再看，虽然得不到安慰，他还想从字里行间看出她与小珠都平安。没有，没有一个'平'字与'安'字，哪怕是分开来写在不同的地方呢；没有！钱不够用，没有娱乐，没有新衣服，为什么你不回来呢？你在外边享福，就忘了家中……"

飞机到了，高射炮响了，敌人的飞机投下来的炸弹也爆炸了，小说的情节升到最高，老范和太太的矛盾也升到最高，短篇小说到了应该结束的时候——在炸弹的爆炸声中，老范突然倒地死亡，小说戛然而止。这时，老范和太太的矛盾代表了前方和后方的矛盾："前方打仗，后方打牌；前方吃紧，后方紧吃；前方流血，后方流油"，小说家表现了对战时社会的批判。

《一封家信》不是书信体小说，而是小说里面有一封家信。家信只是小说里面的一个情节，先是丈夫要写一封信给太太，没法下笔，只好口头说谎，后是丈夫昼思夜想太太来信，好不容易接到一封信，信中没有他盼望的讯息，全是误解和怨恨。《一封家信》其实是两封家信，两封家信等于没有家信，设计十分精巧。就像雕刻一样，不管大理石多么沉重，艺术品一旦完成，看上去总有几分玲珑。

《一封家信》可供我们学习的地方很多，大处着眼，今天我们先盯住人物的矛盾不放。小说家认为，人和人之间一定有矛盾，"一个和尚挑水吃，两个和尚抬水吃，三个和尚没水吃"，因为他们有矛盾。"敌人的敌人未必是朋友，朋友的敌人未必是敌人"，因为他们有矛盾。"如果你有一个强大的对手，你很难把它打倒，如果你有一群强大的对手，反而比较容易"，为什么？也是因为他们有矛盾。有矛盾才有冲突，有冲突才有故事情节，有故事情节才有小说。

你看老舍先生的《一封家信》：妻子时常吵叫，丈夫沉默无声；妻子斤斤计较丈夫能赚多少钱，丈夫念念不忘他能做多少工作；丈夫节俭，妻子爱美。小说用对照的写法显示，这样的两个人生活在一起，你处处妨碍我，我处处妨碍你。不是冤家不聚头？聚了头才成为冤家，这种情形叫矛盾。两人之间有矛盾，才发展出下面的一连串行为，作家这才有了故事情节。

下面我们一同来冥想：

"一个和尚挑水吃，两个和尚抬水吃，三个和尚没水吃"，这三句话很像是短篇小说的骨架。为什么一个和尚变成两个，两个和尚又变成三个？因为他们有共同的需要。为什么由挑水吃变成抬水吃，又变成没水吃？因为他们有矛盾。可以想象，荒山小庙，一个和尚独自修行，自由自在，可是有一天感冒了，不能挑水，这才发觉现状有严重的缺点，将来万一生了大病怎么办呢！这就产生了矛盾。矛盾使他行动，他出外找了一个和尚来同修。

可以想象，这个新来的和尚年纪比较小，身材也比较矮，是个名副其实的师弟。师兄师弟，一同抬水，看上去画面很好，但你也许有所不知，两人抬水，一前一后，水桶要吊在扁担的正中间，两人承受的压力才能平均。两人抬水，一前一后，走在前面的人比较辛苦。两个和尚抬水，当然师弟在前，师兄在后。师兄高一些，师弟矮一些，扁担向前倾斜，自然影响水桶的位置，前面的师弟无法调整，后面的师兄无意调整，或者还故意助长。挑水解决了现有的矛盾，却又产生了新的矛盾。

师兄常常告诫师弟节省用水，自己却稀里哗啦地浪费。师弟新来乍到，是个弱者，一般来说，弱者都是忍者，不会跟你明算账，只是暗中记账，十年不晚。师弟提出建议，他可以下山去再邀一个师弟来，一同负责募款修庙，引导登山的人上香求签。他打算增加自己的人马，联合对付师兄，改变均势。

他要找的人找来了，小庙由两个和尚变成三个和尚，依先后顺序，我们称之为大师兄、二师弟和三师弟。这个三师弟进庙以后，睁眼一看，形势分明，他立刻决定站在大师兄的那一边。常言说得好：帮大不帮小，帮少不帮老，帮坏不帮好。三个月以后，大师兄不抬水了，由三师弟代替；六个月后，三师弟也不抬水了，由二师弟一人挑水。这期间有多少摩擦、多少积怨，不容细表。终于借着一件事，一件很尖锐、很突出的事，三人的矛盾激化到最高点，他们终于没水吃了。这是短篇小说，故事发展到这一步，三个人的矛盾要一下子来个总解决，小说也随之结束。

依常情常理，三个和尚不会没有水吃，他们可以今天 AB 抬水，明天 BC 抬水，后天 AC 抬水，周而复始。即使这个办法失败了，也可以恢复各人自己挑水自己吃。倘若这样写，那就不算是短篇小说了，至少不是教科书承认的短篇小说。矛盾步步升高，"你砸饭碗，我砸饭锅"，"宁为玉碎，同归于尽"，细故可以酿成大祸，三个和尚终于没水吃。也许他们最后破坏了水源，那又是一个什么样的行动呢？……

所以，写小说确实比散文难。

13. 巴金:《哑了的三角琴》

　　三角琴是俄罗斯独有的一种乐器,用手指弹弦演奏,不需弓弦,中国人看在眼里,容易联想到琵琶。"哑了的三角琴"是一把没有声音的三角琴,为何无声? 因为三角琴的演奏者犯了罪,进了监狱,囚人(在狱中服刑的人)被禁止有任何可以发出音响的东西,还被禁止唱歌。这把琴失去了音乐,却产生了小说。有人难免追问:这把琴的主人为何要坐牢? 要坐多少年? 且慢,这并不是小说家受到的感动,小说家也没打算用这些熟套路感动我们。

　　《哑了的三角琴》开头用第一人称书写:"父亲的书房里有一件奇怪的东西。那是一只俄国的木制三角琴,已经很破旧了，上面的三根弦断了两根。这许多年来，我一直看见这只琴挂在墙角的壁上。但是父亲从来没有弹过它，甚至动也没有动过它。"

这个"我"并不是故事的主角，"我"只是发现父亲收藏了一把三角琴，然后把叙述者的位置让给了父亲，由父亲用第一人称的语气把三角琴的来历讲出来。小说中的"我"起初是儿子，后来变成了父亲。借用《公羊传》的话，父亲是"所见"，儿子是"所闻"，我们是"所传闻"。巴金先生用儿子的所闻去表达父亲的所见，我们得以全知全闻。

这位收藏三角琴的人是一位外交官，他的太太爱好音乐。太太的好朋友里面有一个新闻记者，有一年，这位记者要去考察、采访西伯利亚的监狱，预定的项目里有一项是"囚人的歌谣"。囚人里面有很多音乐家，他们用歌曲抒发心声，引起这对外交官夫妇的兴趣，于是决定和那位记者结伴旅行。

他们参访了许多监狱，每到一处，必定问囚人中间哪一个喜欢唱歌。他们会和这个人见面，要求他唱狱中创作的歌或狱中流行的歌。这等事从来没有发生过，囚人唯恐是个陷阱，不肯合作，需要他们多费口舌、攻破心防。行行重行行，皇天不负苦心人，他们终于找到了一个他们要找的人，名字叫作拉狄焦夫。

这人答应唱歌，但是他说，必须用三角琴伴奏。三角琴找到了，他抱着琴，那样兴奋，那样感动，但是他又说，多年没有弹琴，技巧生疏了，要求给他三天时间练习。一波三折，千呼万唤，情节一步一步登上高潮。

三天以后，抱琴的拉狄焦夫出现了，仍然戴着脚镣，仍然由带枪的兵炯炯监视，但拉狄焦夫的神情庄严，太阳斜射在他的身上，他好像被音乐的荣光充满了。凡是艺术家，都有一个精神上的世界，他一旦进入这个世界，就几乎是另外一个人。凡是艺术作品，都是艺术家用物质显示他的精神世界，欣赏者一旦进入其中，也几乎是另外一个人。那天，拉狄焦夫演奏时，歌声一响，人人如同进入梦境，琴音消歇，人人如同从梦中醒来。

"结局好的事就是好事"，事情发展到这一步，结局不坏。没想到，拉狄焦夫最后又提出一个请求，也就没想到小说后面还有一个高潮："请你设法叫典狱允许我把这只琴多玩一会儿……最好让我多玩两三天。"可是典狱却板起面孔断然拒绝了。拉狄焦夫紧紧抱琴哀求，差不多要跪在地上，一面哀求一面跟琴亲吻，像母亲吻孩子一样。典狱长命令狱卒夺琴，拉狄焦夫的面容突然改变了："两只眼睛里充满着血和火，脸完全成了青色。他坚定地立着，紧紧抱着三角琴，怒吼道：'我决不肯放弃三角琴。无论谁，都把它拿不去！谁来，我就要杀谁！'"来宾都吓坏了，不知道会有什么样的结果。

结果呢，狱卒把琴拿走了，拉狄焦夫倒在椅子上低声哭起来。"他哭得异常凄惨，哭声里包含着他那整个凄凉寂寞的生存的悲哀，这只旧的三角琴的失去，使他回忆起他一生中所失去的一切东西——爱情，自由，音乐，幸福以及万事万物。"

结果之后还有结果，事件是一层一层发生，结果也是一层一层出现。外交官夫妇心里很不安，认为这一切都是他们夫妇引起来的，除了再三向他道谢外，还允诺送他十个卢布，甚至还答应他有一天经过某省某地某一座教堂的时候，点一支蜡烛放在圣坛左边的圣母像前，祝安娜·伊凡洛夫娜的灵魂早升天国。

还有呢，结果就是他把那三角琴从西伯利亚带回了家乡，一直挂在他的书房里。

这种乐器用弹拨发声，有一个很大的共鸣箱，弦上的声音经过共鸣作用再让我们听见。提琴、胡琴、三角琴、琵琶，共鸣箱不一样，演奏出来的声音也不一样；同一个曲谱，用不同的乐器演奏，得到的结果也就不一样，发展下去，作曲家也就写出特别适合某一种乐器演奏的曲目来。举例来说，楚汉相争，垓下之围，要用琵琶演奏《十面埋伏》来呈现那种杀伐之气、那种兵临城下的压力。

看共鸣箱的形状——提琴是葫芦形，琵琶是悬胆形，胡琴是一个小小的圆筒，都轮廓圆润，演奏时便于怀抱，避免碰撞摩擦。唯有这个三角琴，线条挺直，棱角尖锐，而且面积很大，设计者只考虑音乐的需要，的确出乎其类、自有特色。可以推想，这种俄罗斯独有的乐器，必然弹奏出俄罗斯独有的乐声，俄罗斯这才产生了一个拉狄焦夫，集他对天下音乐的宠爱于此一琴。读此文，想其人，也就意味深长了。

巴金先生这篇小说内涵丰富，好学者可以从中得到许多灵感，我在这里只提出显而易见、知而易行的一点。巴老在这篇小说的题目下面加了一段附注："这个短篇是根据旧的故事改写成的。"我联想到小说家常常采用的手段：故事新编。在这个四字词语里面，"故事"就是以前的事，包括曾经发生的事和想象虚构的事；"新编"就是我重新写过，加入了我的智慧。鲁迅先生曾经以古代的神话、传说、传奇写了八个短篇小说，合成一集，书名就叫《故事新编》。林语堂先生也从唐人传奇、宋人话本中选出许多故事，用英文写成新编，书名叫作《中国传奇》。刘以鬯先生的《故事新编》五百多页，只收了四个故事——《怒沉百宝箱》《孟姜女》《牛郎织女》《劈山救母》，堪称"新编"的大型工程。

小说家为什么要找前人写过的故事重新改编呢？在小说家看来，故事好比一个谜语，有谜面和谜底，改变谜面也就改变了谜底。例如，谜面是"明月何时照我还"，谜底是归有光，谜面改成"明月松间照"，谜底就换成林有光；谜面是"一钩残月带三星"，谜底是"心"，谜面改成"月如钩"，谜底也换成了"此曲只应天上有"。所以，不但声名显赫的小说家常借故事新编别有寄托、得心应手，多少学习小说的人也都把"故事新编"当作一门功课，反复练习，借此取得小说技巧的密钥。

老子出关的故事本来很简单，老子骑着青牛走近函谷关，守关的官吏望见紫气东来，坚决要求老子留下著述再出关，老子因此写了五千字的《道德经》。这个传说很能诱发人们的想象力，应是道家为他们的道祖成仙而设计的谜面。鲁迅先生把这个"故事"加以"新编"，孔子想做天下的"意见领袖"，儒家和道家产生严重的矛盾，老子可能有生命的危险，他为了避祸而出关。他在函谷关讲学，大家听不清，留下五千言，大家看不懂。有人觉得这样高规格地接待他太浪费了，任他离去。迅翁改变了谜面也就改变了谜底，把道家原来营造的神秘气氛破坏了，孔子、老子都跌下神龛圣坛。

郭沫若先生也写过老子出关（《柱下史入关》），他别出心裁，小说开头就写老子又从关外回来了，他出关的计划失败了，他无法走出那一片大沙漠。他没有水，没有食物，他的牛也死了。他喝了牛血，拿着牛尾，走回关内，再也不能支持，就在一棵树底下躺平了。

"哦，柱下史老聃先生呀！"守关的官吏发现了他。

老聃绝处逢生，下面，郭先生以很多的篇幅铺陈关吏和老聃的对话。关吏说，他常常诵读老子留下的《道德经》，"这炎热的世界，恶浊的世界，立地从我眼前消去……我的灵魂就飘然脱了躯壳，入了那玄之又玄的玄牝之门。……"可是出关和入关改变了老聃，他坦然告诉关吏："我完全是一个利己的小人，我这部书完全是一部伪善的经典啦！"他说他出关西行完全是摆一个标新立异的身段给世人看，青牛用生命启示他，"人间终是离不得的，离去了人间便会没有生命。与其高谈道德跑到沙漠里来，倒不如走向民间去种一茎一穗"。郭沫若先生借着改变谜面，以今之老聃驱走传统的老聃。

迅翁新塑的老聃近似在舞台上耍丑，郭老新塑的老聃近似对法官自白。迅翁用"放大法"，他用考据和想象去补充每一个细节，像吹气球一样把老子出关这件事放大了；郭老用"延长法"，故事本来到出关后"不知所终"，但既然没人知道结局，小说家就更有充分的自由——沙漠无边，回头是岸——又生出许多文章。

再看由西方传来的"失乐园"。亚当夏娃的故事，本意是表现罪与罚的关系，可是多少作家有自己的看法。有人认为，年轻人都要经过诱惑犯罪而后长大。有人认为，这是夏娃和上帝争夺亚当，也是一代一代的媳妇与公婆争夺丈夫。有人写成儿子为了爱情寻求独立，不惜脱离大家庭。有人认为这个故事象征一代一代的父子冲突，俗话说"儿大不由爷"，甚至说"无仇恨不成父子"。为了改变谜底，他们重新设计形形色色的谜面。

说到这里，提醒一句，有个名称叫著作人，著作人对他的作品有著作权，别人不能擅自使用，除非经过著作人同意，或者经由法规许可，这个法律叫《著作权法》。有些故事你我可以新编，有些故事你我不可新编，否则就是侵权，就是犯法。你我既然要做著作人，就要遵守《著作权法》，就要知道有一种行业叫著作权律师。这个法律限制了你取材，也保护了你的作品。

14. 陈白尘:《小魏的江山》

　　《小魏的江山》大约两万字,今天看来篇幅不短。当年新文学的先驱者说,短篇小说可以写三万字,中篇小说可以写八万字,长篇小说至少要十万字。后来的发展是短篇越写越短,最后出现了小小说、微型小说、掌中小说,长篇小说越写越长,没听说有哪位理论家设下限制。

　　短篇为什么越写越短,原因很多:读者大众生活忙碌,趣味改变,图书、电视、网络为争取受众竞争激烈,现代生活方式在复杂中追求简单,使人的境界狭窄。长篇为什么反而越写越长呢?因为小说有记录的功能,多少小说家都有记录癖,有时记录一种现象也可以成为他们写作的动机。若是某位短篇小说作家也对记录不能忘情，他的短篇就会写得比较长，记录也能成为一部作品的特色。

当年的监狱管理腐败，暗无天日，陈白尘先生这篇《小魏的江山》以监狱为背景，镜头逼近囚犯的生活，化远景为特写。我们相信，他写作的旨趣在于为这些没有文字记载的内幕留下记录。那年代，大部分小说家都醉心社会改革，他们不但提倡杂文和报告文学，针针见血，也利用迂回曲折的小说，费尽匠心。他们希望记录产生暴露，暴露产生批判，批判产生行动。这是那个时代的文学前辈的苦心，为当时的大众留下政治意识，为后世的作家留下写作技巧。

读今日书知当年事，《小魏的江山》告诉我们，监狱里有很多房间，叫作号子，每一个号子里关满了囚犯。这些囚犯中间有一个领袖，叫作龙头，他是一个小小的独裁者，整个号子里的囚犯都怕他、服从他、伺候他。政府派来的典狱长，实际上是通过这些龙头管理这座监狱的。他给龙头许多特权，例如拉开地铺抽鸦片烟。龙头自然有爪牙，也会给他的爪牙一些特权，例如摆一张桌子推牌九。其余的那些弱势囚人，都挤到马桶旁边去蹲着，现在闻骚闻臭，明早还要把马桶抬出去清理。这是几千年的老规矩，监狱里没有抽水马桶。

那年代，老囚犯虐待新囚犯也是相沿成俗。按惯例，新囚进了号子，大家都来搜他的口袋和行李，平分他带来的钱。新囚进门先挨一顿板子，号子的设备虽然简陋，倒是少不了一根竹板。这个新人是干吗的？犯了什么罪？若是偷鸡摸狗、伤风败俗，大家瞧他不起。倘若来者是杀人放火的江洋大盗，那就见面先有三分敬重。有时来者自己揭露家底，属于某某犯罪集团的成员，或者是黑帮某大佬的弟子，这个号子的龙头就会立刻请他睡在自己旁边，先抽两口。那时候，监狱把外面的价值系统颠倒过来了，法律否定的，正是监狱肯定的。如果"人之初，性本善"，监狱会把他一步一步教坏了；如果"人之初，性本恶"，监狱则会把他一步一步教会了。所以，坐牢不能重生。

尽管监狱里可以发生一切恶行，但是不能把人虐待致死，人命依然关天。若是官方任命的典狱长掩盖不住，法院照例派人验尸，发现了死亡的原因，要当作命案来审理，追究刑责。监狱的管理未必因此能改善，但这个典狱长的前途一定受到严重的挫折，所以他也不能完全无为而治。倒也别小看了这一点，有了这么一点空间，许多故事才可能发生。

号子的门整天上锁，囚犯不准走出半步，但是监狱有个制度叫放风，每天午饭后打开牢房，让囚犯到院子里散步，这些失去自由的人趁此机会活动筋骨、联络感情、交换消息。最要紧的是交换消息，人生在世不能断了信息，他们需要监狱里面的消息和监狱外面的消息。莫说放风不过是小惠，人和人有了这一点交流，许多故事才会发生。

监狱里有一个小房间，只关押了六个人，叫作小号子。坐牢也不容易，你得健康，能出力气；你得灵巧，能听使唤。或者你带来不少金钱供大家瓜分，或者你外面有亲友时常探监，送鱼送肉。如果来者一无是处，如果他没有钱，又犯了鸦片烟瘾，不停地流泪、流汗、流鼻水、发抖、抽筋，加上腹泻，这样的人如何共同生活？号子里的龙头可以拒绝收容，如果没有任何一个号子可以收容，那就把这个新囚送进小号子。

以上种种，陈白尘先生如此记录了囚犯的生活，这些记录附在故事上，随着故事的进展次第呈现，我把它从"故事线"上摘下来，集中铺展在你的眼前。在小说家手中，他要记录的现象好比牵牛藤萝，他用铁丝编一个花架，让牵牛藤萝沿着铁丝爬行，长成一个立体的形状，使人容易看见，使人看个清楚，还使人看了又看。他的方法是送一个人到"记录"里面去，发生故事，这个人就是小魏。

小魏入狱，进了号子自报家门，他是某某黑帮大佬磕头的弟子，被法院判了无期徒刑。他一句话惊动了各号子里的龙头，显示了囚犯以龙头为中心的生态。但是小魏的谎言不久就被揭穿，龙头把小魏逐出号子，小魏只能到小号子容身。他以小号子的五个弱势囚人为基础，把各号子里离马桶最近的人组织起来，约定找机会共同造反。他指天誓日，对众人许诺有福同享，有难他自己当。

每个龙头都抽鸦片，抽鸦片犯法，每个龙头的罪行都受典狱长包庇。小魏找到缺口，由此切入，指挥群众闯入各个号子，没收了那些烟枪烟灯，口号震天："送法院！送法院！"小说家陈白尘先生深深知道如何煽动群众，写得很好，但是这位小说家也深深知道如何分化群众，在一瞬间瓦解他们，所以典狱长终于控制全局。你看，写小说，有时候连这个也得懂，读书读到这里，我想起当年老师交代的一句话："文学不是专门的学问。"

龙头们大怒，派出爪牙殴打小魏。小魏还戴着脚镣呢，六个人领着一帮打手打一个，按倒在地，用拳头，用脚，用小板凳。地上有个饭碗，小魏抓过来打破自己的头，鲜血直流，这是江湖中人在生死关头自救的一计。敌人唯恐小魏死亡，马上由殴打改为急救，显示狱中的暴行有底线。小魏的头变成血球，昏过去了，敌人才敢围过来看。小魏悠悠醒来，不料他居然还能奋起一击。

不看不知道，一看吓一跳。人在狱中，能打倒别人固然称霸，能经得起毒刑暴打也是英雄。小魏浑身是血但威名远扬，连典狱长都敬他三分，让他在小号子里做龙头，各号子的龙头摆了一桌菜跟他道贺。常言道，"贵易交"，社会地位提高了就要换一批朋友，小魏做了龙头，要跟各龙头的利害恩怨妥协，只好抛弃了他受苦受难的战友。"世事洞明皆学问，人情练达即文章"，这才是小说家！

摘除了一切"记录"之后，以上这个赤裸裸的故事，今天会有很多人说"我看不懂"。鲁迅先生的《狂人日记》，打开线装书，两行字中间空白的地方全写着"吃人"。他看狗的眼睛，认为狗要吃他；他看鱼的眼睛，认为鱼要吃他；早上出门，看邻人交头接耳，对他微笑，觉得这些人正在商量如何吃他。迅翁这个故事，有历史上无数的记录做铺垫，此后的年轻朋友只见赤裸裸的故事，问我这是怎么回事：这样一个人物只能算是一个丑角，文学家为什么要把他抬得那么高？

有人写汉代田横的故事，汉高祖统一天下，田横率领五百壮士在孤岛上称王。高祖要田横投降，田横带着两个随从去见高祖，走到离洛阳三十里的地方，田横自杀了，死前要随从拿着他的人头去见汉高祖，汉高祖给田横举行了隆重的葬礼，封田横的两个随从做高级武官，但两个随从都在田横的坟墓旁边自杀了。消息传回孤岛，岛上的五百壮士集体自杀了。……今天有人问这是怎么回事？田横可以自杀，随从为什么自杀？随从可以自杀，五百人为什么都自杀？他看不懂。

有一年，我参加妇女作家主办的座谈会，会上有人说，她们读小说，读到从前中国妇女的故事，有很多问题，要我解释。例如，男人为什么要纳妾？我说，纳妾的男人有几种类型。其一是有钱的商人，某家金店的老板开了两家分店，有两个小老婆，一个小老婆管理一家，比雇用一个经理放心。其二是大地主，地主年纪大了，需要有人伺候，尤其在抽鸦片烟的时候，要有一个人在卧榻之旁把烟膏烧软装好。大老婆也不年轻了，又是小脚，不够灵活。顺便说明，当年虽然女人没有独立的地位，大家庭中的原配仍然有其尊严，有些事不能让她做。地位尊贵、感情深厚的客人来了，主人接待的项目中若有抽鸦片烟，谁来伺候他抽烟呢？大太太当然不合适，丫鬟配不上，姨太太就刚好。

普通人家也可能纳妾，男主人中年无子，怀疑妻子不能生育，试图纳妾突破。顺便说明，当年民生凋敝，重男轻女，把女孩卖给人家做养女，做丫鬟，做童养媳，司空见惯，买个妾并不表示奢侈豪华。还有，男人既不是富商也不是大地主，只因在外面偷情生了孩子，需要负起责任，只好迎一个妾进来。这家的原配夫人看在孩子的份上，也同意了，当然其间经过许多折腾。这是小说中常见的情节。

天下事一言难尽，最后，男人长得帅、吃得开，虽然没有恒产，自有红粉倾心。顺便说明，那年代女孩子没有独立生活的空间，"薄命怜卿甘作妾"，总算终身有托了。唉！

另一个问题是，女子婚后为什么要冠夫姓呢？天下事一言难尽，新生事物不断出现，后来女孩子要受教育，至少要进小学读书，入学时需要有个学名。政府要建立户籍制度，识别每一个人，一户之内每一个人都得有一个自己的名字。然后，你我都看见了，女子可以就业，可以独身，可以有自己的财产门户，她的名字在社会上可以公开使用。

这时，已婚女子就出现了两种署名方式，读小说的人也发现了新的疑问，有人冠夫姓，有人不冠夫姓。冠夫姓，有人认为是出嫁从夫的残余心理，不以为然，但也不能看得这样简单。女子进入社会，人际关系变复杂了，冠夫姓的方式昭示本人已婚，那些想找对象的男人就止步了。若有人想欺负你，先要估量你反抗和报复的能力，如果你有兄有弟，有帮有派，有干爹干妈干儿子，这些都是防御能力。冠夫姓至少表示"我有丈夫"。

由女子的姓氏谈到女子的称谓，小说家写百年前的故事，写到成年的妇女，怎样称呼她们才妥当？当年中国女子出嫁从夫，李小姐嫁给张先生了，人家问她贵姓，她说姓张。但是，如果有人问她的名字，她仍然说李××，不说张××。当年没有户籍簿，没有身份证，也不选举，女子也不进学校读书，很少有机会使用自己的名字，习俗也不允许你随便问一个女子叫什么名字。

另外一种情形，李小姐嫁给张先生以后，正式的称谓是张门李氏。后来女子地位提高，需要有自己的名字了，冠夫姓由此衍生，载在民法。依民法，女子可以冠夫姓，也可以不冠夫姓，新派女性都不冠夫姓，以示人格独立。蒋宋美龄冠夫姓，当然是因为这位丈夫太显赫了。美国总统肯尼迪英年早逝，夫人杰奎琳嫁给了希腊船王，还在全名中保留了前夫的姓氏呢。

那天我就想到，同场在座的人之所以有这么多的"不懂"，是因为他们读的是"赤裸裸的故事"，有些小说还是应该保持记录的功能才好。短篇既然越写越短，故事也就更赤裸裸，长篇小说才有余裕，所以长篇也就越写越长。既然要记录，你的眼界就要宽，库储就要杂，趣味就要广泛，因此，当年老师传下一句话："文学不是专门的学问。"

15. 林语堂:《恭贺阿丽西亚》

当年林语堂先生旅居台北，为"中通社"写"无所不谈"专栏，每周一次。这种专栏的性质是报道事实，或对众已闻知的事实进行分析评论。有一次，林先生忽然不用报道的写法，也不用评论的写法，改用文艺创作的手法，写了一篇《恭贺阿丽西亚》，在他的专栏里发表，一时显得非常特别。《恭贺阿丽西亚》写一个名叫阿丽西亚的女孩，在纽约获得了美国国籍，家人为之设筵庆祝。论体裁，分明就是短篇小说。

阿丽西亚走的这段路程，就是大家所说的移民。阿丽西亚想移民，第一步先要考取出境留学的资格，然后得到在美国大学入学的许可，她得经过艰苦的奋斗、激烈的竞争。她在读书期间，必须每年维持有效的签证，一旦辍学了，或者毕业了，签证失效了，她就得离开美国，因此，她必须想尽办法，取得永久居留权，弄到大家所说的"绿卡"（正式的名称是外国人的居住证明）。为了这区区一卡，她得忍多少委屈，尝多少辛酸。有了"绿卡"，再过三年，或是五年，她就可以申请加入美国国籍，成为美国公民。入籍是移民之路的最后一站，回顾来时路，有志竟成，亲友同声祝贺，与林语堂先生不期而遇。

《恭贺阿丽西亚》用对话开头。六段话，三问三答，亨利、阿丽西亚、贝蒂、斯丹雷、韦斯格脱等人出场。看这些人的名字，听他们说话的口吻，你发觉他们的生活方式和国内的人不同，几乎疑心这些聚在一起的都是外国人，直到第六段话出现，读者才醒悟地点是在美国，阿丽西亚是居留美国的中国女子。阿丽西亚既是中国人，亨利、贝蒂、斯丹雷、韦斯格脱等取外国名字的人，也都可能是中国人，那么这是一群久居美国的中国人在聚会。我们一度误认了他们的国籍，适足以说明他们留美之久与同化之深。这是报道一个事实：有许多许多留美的中国人业已全部美国化。

《恭贺阿丽西亚》这个标题，已指明阿丽西亚是这篇专栏中的主要人物，但她要迟一些出现（比斯丹雷和韦斯格脱还要迟些，因为斯丹雷已到，正在找地方停车，韦斯格脱看的电影再有十分钟就散场，而阿丽西亚小姐则是到五马路去买东西了，而且是买一件有重大纪念意义的东西，比较多费时间），主角"呼之欲出"而又迟出，在读者的心理上造成一种期待，增加了文章的吸引力。

贝蒂第一句话就问"阿丽西亚为什么还不来"，显示今天的聚会是为阿丽西亚而起，为祝贺她能成为美国公民而起，显示了这一伙人的共同志趣。亨利告诉我们，阿丽西亚过两天即可取得美国国籍，"她高兴极了"，说明了她在美国奋斗的目标是什么。在亨利口中，阿丽西亚除了"高兴极了"竟无其他情愫。阿丽西亚纪念这一件"划时代的大事"的方式，竟然是去买一双皮鞋。皮鞋是最实用的东西，是不能经久保存的东西，在人的服饰中位置最卑下——穿在脚上。她的这一选择，使人想见其境界之低、眼光之短，也使人觉得，她成为美国公民一事，其价值不过像买了一双新皮鞋一样。不写阿丽西亚去买任何有精神意义的纪念品，不写她去买头部的饰物，单单写她去买皮鞋！这时，林先生的报道已经暗藏了批评，或者说诱发了你我的批评。

六段对话之后，作者以第一人称的口吻出现了：

我们坐在纽约二马路一家新开的四川馆子里。以上的会话是从隔壁餐座透过一层帷幔传来的。

"我"在这里以事实的发现者和观察者的身份出现，置身局外。"我"与故事中人在餐馆中隔幔而坐，互不相识，闻其声而不见其人。让你劈头就听见几句没头没脑的对话，是中国新文学作品常用的手法，我们今天已习以为常，但在当初则是一种新奇的手法，这种手法，把"某生，某地人也"的旧有写法打破了。依照那种旧有的写法，本文的开头应该是"阿丽西亚本来是一个中国女子，但是她入了美国籍，改用现在的名字。当她知道移民局已批准她的申请时……"，或者写成"某月某日，我在纽约二马路新开的一家中国馆子里听见隔壁有人说话……"。今天看来，这样的写法是嫌太呆板了。用对话开头虽说有些突兀，其实也是生活中常有的事，例如邻居有人吵架，一开始总是突然发作，但是旁听几分钟，总可以听出原委来。

一群为失去中国国籍而"高兴极了"的中国人，却要到中国餐馆设宴庆祝，证明这些人身上的"中国文化"、生活中的"中国方式"尚有残遗。号称代表中国文化的中国菜，在纽约大行其道，彼处不但有四川馆子，且有新开的四川馆子，也显示了中国文化的势力。但是，单单吃中国菜实在不是做中国人的充足条件。当他们的生活中仅仅剩下吃中国菜这一个项目时，你不能不感慨他们所失去的太多，所存留的太少。所谓中国文化的势力，也就显得太单薄了。

　　作者在这一段采取诉之于听觉的写法，他之所以知道隔壁无疑一座皆是中国人，是他听出来的，他听出来他们口中的"中国腔"。国籍可改，中国腔无法改。这是说，民族加在人身上的烙印是不易抹掉的。但"中国腔"不能用文字在纸上写出来（这是文字的短处），作者只好站出来予以说明。不过带"中国腔"的英语，即使能直接听见，却不是人人都有能力辨别，仍需有可资信赖的人代为判断，这样一来，"作者站出来说明"反而变成必要的手段，文字的短处，借此得以盖而不彰。这一段用诉诸听觉的写法很脱俗，之所以能采用这样的写法，当得力于林语堂博士的英文造诣，他是公认的语言学家。

人物多起来了，除女主角阿丽西亚外，其他人物一律到齐。人物一多，这件事的代表性就比较大，不是一个孤立的偶然的事件了。人物包含了祖孙三代，作者正要借三代人物间的差异，来发表他的意见。现在我们可以查出这"一座皆是中国人"的名单：

亨利、阿丽西亚——夫妇

贝蒂、斯丹雷——夫妇

韦斯格脱——贝蒂之子

杰其

佛兰瑟斯

惠灵吞

西西利亚

黛蕾莎

雅谷

李太玄——阿丽西亚之父

可克——阿丽西亚之子

共十三人。作者介绍前五人出场，利用的是人物对话，介绍后八人出场，改用直叙。这样比较有变化，用字也更经济。倘若一路到底都用对话，在技术上完全可以办到，不过那样就写成好似一出独幕剧的东西。那时，读者要弄清十三个人物彼此之间的关系，势必要花许多精神，事实上，没有这个必要，因为作者写这篇文章的本意并不在此。所以，作者不写他"听"的过程，直叙他"听"后的结果，省去了许多笔墨。

在后面这一段，最可注意的人物是祖父李太玄。作者对杰其、佛兰瑟斯、惠灵吞诸人都匆匆一笔带过，到李太玄，特别用七句话来描述，可以算是刻意经营。"李太玄"这个名字，使人想起老子，"山西省"这个籍贯，使人想起中华民族曾有"西来说"，加上老的年龄，使我们发现李太玄这个人物的象征性。这一段，加上后文，李太玄的孤寂、式微不被了解，也正是中国传统在异域外邦所处的境况。难怪他"不大说话"！在"Brooklyn 腔"的英语声中，能说什么！可是，"一口山西话"之突然出现，究竟使旁听的人怦然心动，这好像大乱之后，在异地忽见故园旧物，一面有故物犹存的欣喜，一面对故物的散失破毁由衷地觉得感伤。这幸存的故物，将来命运如何，更不能不引起我们的关切。对李太玄，作者固然要从帷幔缝中偷窥，我们也急于一读下文。

女主角阿丽西亚在此时出现，在此之前，作者在约六百字内五次正式提到她的名字——其中有一次是文章标题。由大标题之动心醒目，到女主角之姗姗来迟，不啻经过千呼万唤，她的出现遂构成一个高峰，而阿丽西亚在读者正注意李太玄时忽然出现，又构成一个奇峰。未写人，先写高跟鞋声，一方面是为这个重要人物的出场制造声势，一方面也是照应前文——她去买鞋子。鞋子来了，美国公民来了，举座发出欢声，只有李太玄一声不响。这两个最受注意的人物一接触，双方观念的差异立即展现。这一段写李太玄与阿丽西亚的对话，简洁峭劲，栩栩如生。

　　外面滴滴答答的高跟鞋声传来了。突然隔壁哗的一声，大家叫"阿丽西亚！""阿丽西亚！你真勃剃啊！"阿丽西亚也真高兴，向大家招呼。只有那位老头子一声不响。

　　"白爸，你怎么不跟我道喜？"

　　"入美国籍，有什么可道喜？"

　　"白爸！"阿丽西亚有点失望。

　　"中国话父亲都叫'爸白'，重音在第一字，英文叫'白爸'，重音在第二字。"继阿丽西亚出现之后，紧接着出现的是她的儿子"可克"，他使读者看见了留美华人第三代的面目，在斗室之内，开拓了一片新的天地。这第三代人物首先与第一代人物李太玄接触，显出祖孙两代的冲突，老头子对他的孙儿叫"国梁"，小孩子对他的爷爷叫"太玄"。美国风俗，孩子可以叫尊长的小名，表示亲昵。"二战"名将艾森豪威尔退休后竞选美国总统的时候，在一切宣传活动中都把艾森豪威尔的名字改成"艾克"。很显然，在第三代人物可克身上，"中国"的成分更少，"美国"的成分更多。他喜欢喝可口可乐，吃热狗，一句中国话也不会说。他身上唯一的中国气味，是"国梁"——他的中国名字。这个中国式的记号，是祖父李太玄硬给加上去的。很显然，在座的并没有第二个人叫他"国梁"，大家都叫他"可克"。

　　贝蒂于是举起酒杯，庆贺阿丽西亚。

　　"来！恭祝你一杯。谢谢上帝，我们都是美国籍民了。巴忒姆斯呷！"

　　"干杯！"阿丽西亚说。（她"干杯"两字倒很纯正，没有说成 Gan 杯。）"谢谢上帝！"

　　"谢谢上帝！"李太玄老弱的声音带了苦笑地说。

我知道他打败仗了。

大家一致恭贺阿丽西亚，这是"点题"。由阿丽西亚出场到点题干杯，中间有两个高潮，这两个高潮都由小可克引起，对于小可克与祖父李太玄的冲突，阿丽西亚等一干人反而做了旁观者与调停人。作者没有把主题胶着在阿丽西亚身上，前面写一祖一孙，小可克出尽风头，因为他天真烂漫，不知矫揉。他的父母辈人物表面含蓄，内心实在与他比较近、与李老先生比较远。在美国，李太玄这样的中国人是"北京人"（1929年12月2日，在北京周口店龙骨山上发现的化石），小可克这样的中国人是"香蕉"（表皮黄色，内心白色）。李太玄的子女，小可克的父母，算是两者之间的过渡。

《恭贺阿丽西亚》告诉我们：留美华人中的第一代，国家意识和民族思想很强烈，第二代比较淡，第三代就"几希"了。这种江河日下的情形，有如下表。

第一代：

说纯粹的中国话，

说山西腔的中国话，

不可呼父母之名，

由名字可推知他是中国人，

闻入美国籍意兴索然。

第二代：

说夹杂着中国字的英语，

说中国腔的英语，

吃四川馆子，

父祖之名不可呼，母名可呼，

由名字无法推知他是中国人，

闻入美国籍兴高采烈。

第三代：

说纯粹的英语，

说 Brooklyn 腔的英语，

喝可口可乐吃热狗，

父母祖父之名俱可呼，

由名字可推知他几乎已不是中国人，

出生后自然具有美国国籍。

这是林博士所提出的问题，也是他要评论的现象。

这一次，他不亲口把他的意见说出来，他用文学演示情况给我们看，让你我自己产生意见。关于移民入籍，故事很多。有人在入籍口试之前买了一套"二十四史"摆在客厅里，希望后世子孙有人能读它。你觉得这个人怎么样？有人在决定入籍后率领全家去参加国庆游行，象征他对中国的珍重一握。你觉得这个人怎么样？有几个留学生一同读书，一同打工，星期天一同包饺子，入籍时同一天口试。他们在口试前的周末痛饮李太白喝过的兰陵酒，嚼孔乙己吃过的花生米，撕开曹雪芹吃过的烧鸭，醺醺大醉中高吟辛弃疾的词——"是中无有利和名，因甚山前未晓有人行"，泪如雨下。你觉得这几个人怎么样？

16. 王思玷:《瘟疫》

　　在这里,"瘟疫"是个比喻,军队要从这个村子经过,就像瘟疫要来一样。小说的第一个场景,大树底下,村人围着村长开会,每个人都十分害怕。怕什么呢?"兵来了,谁出面接待?"每个人都怕轮到自己。军队过境有什么可怕的呢?"庄东头的刘亡八——就是可意的父亲——不是被兵捉了牵马去,一去没回头?李跛子怎么跛的?……不是长毛捉去运粮台,在冰雪里把足趾冻掉了?"还有人说:"我父亲的那个耳朵,也是那时被兵割去的。"大兵眼看就要来到,人人都想躲起来,可是一个人不留也是不行的,那样会惹怒军爷,全村有不测之祸。小说家如棋手,一个子一个子落下，摊开难解的局面。

写小说行到水穷处，你得产生变数，要有变数，你得增加人物。在这全村上下大难临头之际，本村的屠户挑着他卖肉的担子来了。杀猪宰牛，天天白刀子进红刀子出，你怕他不怕，再加上他喝了酒，酒店门框上的春联年年写得明白："能添壮士英雄胆"。他醉步歪斜，口齿不清，看见他，村中的智谋之士立刻计上心头："咱们把招待他们的东西，都预备在道南客店里。咱们都上家里关好门藏了。……教杀猪的三哥，在这里等着。……他们来到要问，就教他说：'合庄上都害瘟疫，怕传染了兵士，所以都关着门不敢出来。'……"村长一听，眉结解开，对卖肉的另外许下一笔酬劳。

军队比庄稼汉聪明，"兵不厌诈"，战争教育了他们。整个村子怎么会只有一个人，怎么会单单这一个村子有瘟疫，这明明是一个阴谋，什么人摆下的空城计，留下一个卖肉的做耳目。长官下令戒备，士兵的步枪一律上刺刀。卖肉的屠户害怕了，后悔了，战战兢兢的样子，军队更拿他当间谍看待。于是，借着一个兵士买肉，故事情节达到最高潮。

忽然又有一个兵士，手持着枪，自店里出来，一直走到他的面前，他以为这回……这回可真完了！他全不知道这是一个和善规矩的兵士，只不过把几个钱放在盘上说："二十个子的肉。"他这才略微的放下点心来，但终以为他不是真买肉的。又不敢不给他切，只好多多的给他切；切了，他自以为还少，再切；再切了，他仍自以为还少，再切，兵士的眼向那块肉上一看，他便拿那块肉来切。兵士以为他是听错了钱数了，说："我只买二百大钱的！"他便大着胆子极殷勤的说："不，总爷，无（论）多少，这肉是不要钱的。"

紧接着，小说家以最经济的手法显示，兵士认为买肉不要钱是一个奸细为了刺探军情行贿，屠户因过度恐惧而失控奔逃，双方的误解升高到顶点，表面上虚伪的平静爆炸崩裂，"瘟疫"的真相败露，小说结束。

1923 年，这篇小说发表在《小说月报》上。那时王思玷先生既不住在首善之区的北京，也不住在得风气之先的上海，他出身于山东省西南地区的乡绅之家，居然把短篇小说的形式掌握得如此充分，留给我们后学极好的示范。今天的年轻朋友读这篇小说，有人表示大惑不解：老百姓何以这样怕兵？这得为他们谈一谈1923年的社会背景。

1923年，中国的军队不属于国家，军队是大帅的，是总司令的，是督军的，那时中国不止一位大帅督军，后世称为军阀。那时也不知道当兵是宪法规定的权利义务，当兵只是一种职业，叫作当兵吃粮，由军阀发给银元，听军阀指挥。那些军阀多半很腐败：传说某督军有三不知，不知他有多少兵，不知他有多少钱，不知他有多少姨太太；传说某督军有三多，官比兵多，兵比枪多，枪比子弹多。这是文学语言，不是科学语言，别拿它当统计学看，拿它当形容词看。由这些不精确的语言，你可以精确地知道，那年代，当兵不受人尊重。听说过吗，好人不当兵，好铁不打钉。不受尊重的人也需要尊严，当兵的手里有枪，可以设法让人害怕，怕和敬有时也是剃刀边缘。大兵以怕补敬，于是军民关系搞成王思玷先生所写的这个样子。

当年有一个名词："过兵"，意为军队从这里经过。常言道，铁打的营房流水的兵，长途行军，中午要吃饭，夜晚要住宿，那时没有今天的后勤补给，都由沿途的老百姓接待。军队调动，有时是为了换防，有时是为了作战。换防，妻子儿女要搬家；作战，要在前方挖战壕，军人会沿途征用老百姓的劳力，强迫庄稼汉随军行动，叫作"拉夫"。被拉之夫本来推着独轮车，结果人逃回来，车子忍痛舍弃了。被拉之夫本来牵着驴，结果人放回来，驴子被军爷卖掉了。被拉之夫是个壮丁，结果一去再也没有回来——战地伤亡惨重，连长排长强迫他换上军服去扣扳机，敌人的枪法比他准，牺牲了。王思玷先生写短篇，只取中午一饭，如果全面反映，那恐怕就得长篇了。

　　有那样的社会背景，才有《瘟疫》这样的小说，而今社会进步了，几乎没人知道什么是"过兵"了，《瘟疫》何以还有研读的价值呢？这就得深入指出，《瘟疫》写的不是过兵，它写的是恐惧。民看见兵固然芒刺在背，兵看见民又何尝能够处之泰然？一如前贤所说，《水浒传》写的是暴力，《红楼梦》写的是忏悔，《李尔王》写的是愤怒，《哈姆雷特》写的是犹豫，《堂吉诃德》写的是狂想。《瘟疫》借着"过兵"表现人的恐惧，"过兵"消失了，恐惧依然是人的七情之一，也依然是文学作品的主题之一。我们，短篇小说的后学，都可以借它来琢磨一下"恐惧"。

我经历过一个充满恐惧的时代，笔记里留下一些对恐惧的记录。听见鞭炮声，毛细孔冒出寒气，记得鞭炮声掩护枪声，爆炸后的纸屑中伏尸在地。打开书本，问号可怕，它正是铁钩插进人的上颚，把人体悬空吊起，流血流泪，三日不死；惊叹号可怕，把人逼上高楼，再从楼顶把他推下来，肝脑涂地。看画展，四壁都是人像，恍惚间每一张画像都是一个警察，瞪大了眼睛看你。白天出门，晚上回家，走到巷口，忽然两腿发软，举步艰难，自家的房子也许没有了，只剩一堆砖瓦。还记得曾经走进一条长巷，一侧全是高墙，特别高也特别长，没有窗户也没有装饰。这才想起墙里面是监狱，长巷虽长，只有我一个行人。硬着头皮往前走，越走越慢，好像高墙有吸力，把人贴上去做标本。想起日正中天，人影在地，走着走着我怎么忽然没有影子了？原来我经过一座大厦，门窗上的玻璃反光把我的影子消除了，当时只觉得我吓掉魂了。

这些也能写成小说吗？能，"只要你有一个人"。你可以把你零零碎碎搜集的情节集中在一个人身上，这是小说家的特权。你使用的情节必须是你自己观察得来、想象得来、体验得来的，必须是别人没有写过的，这才是创作。即使那情节本来是你的，你的笔记本泄露了，或者你茶余酒后一吐为快了，别人捡去了，使用了，你也不能再写了，再写就是抄袭。所以小说家有一些习惯，谨慎收藏他的情节，甚于收藏他的钱财。

你用恐惧把一个人塑造成型以后，还可以延长一段，使故事完整。这个战战兢兢的人不能过正常的生活，他需要排除他心中的恐惧，他决定从军。军队对外密封，对内密集，心中有勇气，手中有武器，枪不离人，人不离群，热热闹闹，轰轰烈烈。军营铜墙铁壁，军衣铜盔铁甲，齐声唱军歌，齐声呼口号，立时有了仗恃依靠。有一个名词叫"群胆"，一个人的胆子很小，几百个人的胆子加起来很大，何况十万雄兵！何况百万雄师！在军营里，百万人如一人，走到营外，你一人如百万人。若是上了战场，一枪一个洞，一炮一个坑，消灭了阴影死角，粉碎了百魔千鬼。

结果呢，他百战归来，解甲为民，风雨一杯酒，回味那一场一场战斗，这才知道什么是恐惧。

17. 徐志摩:《小赌婆儿的大话》

"小赌婆儿"是一种昆虫,外形像蚕,爱吃树木的嫩叶,算是害虫。它向前爬行的时候先收缩自己,把身体的中段拱高,竖起一个环形来,再放平身体,向前延伸。这个动作很美,孩子们喜欢看,在文言文里面留下典故——"尺蠖之屈,以求信也",为它做了几千年的宣传,益虫害虫,人们倒也不甚计较了。

小赌婆儿当然不会说话,徐志摩先生让它说话,这是拿它当人来写。它这一句话影响了小鸟、夜蝶、萤火虫、跳虫、知了、螳螂、蜻蜓、黑毛虫、蚊虫,还有它的妻子儿女,发生一连串的骨牌效应。徐先生把这些小动物都当作人了，这些小动物休戚相关，好像人类的一个小区。这样写成的作品有很多，有学问的人把它们列成一类，叫作寓言。

小赌婆儿说了一句什么话呢？小说开始的时候，天气很好，忽然来了一块白灰色的云，停在山峰顶上，不让和暖的阳光下来，山色立刻失去青翠，阴气袭人。那只崇拜太阳的小鸟停止歌唱，它身旁青草上的几滴露水，在阳光里像是透明的珍珠，在阴影里像是忧郁的泪痕。这只鸟又惊又疑，四处寻找伙伴诉说，最后找到小赌婆儿。小赌婆儿说，天上来了一个大妖怪，生了一对大翅膀，拖着一条大尾巴，遮没了太阳。它的尾巴一扫，这漫山禽兽全要遭殃，唯一的办法就是回到自己家中躲藏起来。这就是小赌婆儿说的大话，夸张，靠不住，未必符合事实，但是小鸟一听，完全相信，四处找到他的爱妻和三个孩子。"现在好了，那小淘气的也回了家，我的密甜的小灵儿也挨着我，管她妖魔作怪不作怪，我再也不怕了！"

结尾呢，"再过了不多时，在山顶上睡着的那块灰色的云也慢慢的动了，像是睡醒了，要不了一会儿他飞跑了，露出青青的山峰，还是像早上一样，在太阳光里亮着，头顶上也再没有一丝一斑的云气，只有一个青青的青天，望不见底的青天。这时候我们的小雀儿又在唱他的歌儿了，这会唱得更起劲，更好听，他又在赞美他崇拜的太阳与青天，他也笑他自己方才的着忙，他也好笑那小赌婆儿的说大话……"

昆虫和小鸟之间会发生这样的事吗？不会。为什么要这样写？因为这样的事可能发生在人类的社会里。古人有个说法叫"天变"，大自然有变故，不正常，老天爷发脾气，要降下灾难惩罚世人，可怕。古人认为日食就是一种天变，本该是清平世界，朗朗乾坤，怎么太阳黑了？天地昏暗，这还会有好事？鸡也叫，狗也吠，人也敲锣打鼓，没有锣鼓就敲铁锅铜盆，这种情景，岂不和小赌婆儿对一片乌云的反应相同？我们人类为了日食敲铜盆的时候，简直和小赌婆儿同一个档次，把这件事变个花样放在昆虫鸟兽里，把昆虫鸟兽当作同类看待，有共同的喜怒哀乐，扩大了写作的题材。

朋友介绍一句名言给我："不能拿动物当人，就会拿人当动物。"对作家来说，拿动物当人并不难，想想我们的那些语言文字：汗马功劳、舐犊情深、鸡虫得失、桀犬吠尧，还有狐疑、雁行、虎威、牛力，千言万语说的都是动物，说的也都是人。动物，尤其是哺乳类脊椎动物，好像是造物者画人不成，神情宛然。动物中也有它们的生旦净末丑、公侯伯子男，也有它们的十八般武艺、三十六行、七十二变，小说家用它们扮演人的故事，形势自然。有人说，那些成语不过是个比喻罢了。好，以我们学习的经验，小说应该是个比喻，《红楼》《水浒》都是复杂的比喻，复杂的比喻不再被称为比喻，前贤另立一名。小说家进入动物植物的世界，进入比喻的领域，如鱼得水。

既然拿动物当人写，要想写动物，先得有能力写人。要想把人写好，先要有能力写自己。人人关心他自己，没错，但是小说家不能只关心自己，"自己"是基础，是起步，是圆心，你的圆周要一步步扩大。你有七情六欲，你有痛苦快乐，每天开门不止七件事，还有你和别人的矛盾冲突——性格冲突、利害冲突、意识形态冲突，还有和自己的冲突，也就是内心的冲突。这些不只你有，人人都有，要对人关怀，对人同情，替人设想，在小说里面写出来。你的圆周再扩大，对动物的喜怒哀乐有想象，对动物的得失荣辱有感受。动物党同伐异吗？背信忘义吗？既然人间有，你会觉得它们也有。在小说家笔下，动物世界可以是人类社会的一个摹本。

然后，你还可以再扩大，去覆盖山川草木、大地江河、天上陨星、地下化石，一切没有生命的东西在你笔下都有了生命，都有了故事，它们的存在对读者有了新的意义。

谈论把动物当作人来写，很容易想到《伊索寓言》，再联想到由这本书衍生的多少话题。钱锺书教授是大学问家，他认为《伊索寓言》借动物谈世事人情，一语道破。伊索是古希腊人，"古希腊"是个笼统的名词，怎么说也是公元前。那时，希腊民间创造了许多小故事，托名伊索编集起来。我们为什么喜欢这本书呢？钱先生说，因为古人的想法幼稚，像小孩子，后人见广识多，像老人，我们喜欢《伊索寓言》，就像老人喜欢小孩子。这是钱先生的创见，十分有趣。今天读《伊索寓言》，确实觉得那些故事太简单，结论下得太快。幸好"天下没有白读的书"，如果你写小说，这本书也增长你的自信，你可以写得比他好；更可以鞭策自己，你也必须写得比他好，才有一写的价值。

钱先生特别从《伊索寓言》中挑出几个故事来谈论。蝙蝠是哺乳类动物，形体似鼠，翅膀很大，中国农民传说它是老鼠变成的。"蝙蝠碰见鸟就充作鸟，碰见兽就充作兽"，教人对蝙蝠有些瞧不起。寓言的可爱，就在读者大众对同一个故事可以有不同的领会，后人批评《伊索寓言》，说他不该每一个故事都设下标准答案，把活泼泼的生命钉死了。你我也可以说，人都需要同类的认同。中国人的同乡、同学、同宗（同姓）、同事、同好（嗜好相同），号称"五同"，也就是五种归属感。请记住，遇见"五同"的人，多看一眼，多说几句，若有天灾人祸发生，多问候几次。若是出了国门，又需要民族的认同、国家的认同。归属感让一个人觉得很安定，蝙蝠是在寻求归属感，罪过并不大。

钱先生说："人比蝙蝠就聪明多了。他会把蝙蝠的方法反过来施用：在鸟类里偏要充兽，表示脚踏实地；在兽类里偏要充鸟，表示高超出世。"这当然不是说鸟，而是说人。"向武人卖弄风雅，向文人装作英雄；在上流社会里他是又穷又硬的平民，到了平民中间，他又是屈尊下顾的文化分子。"（《读〈伊索寓言〉》）这话使人联想到人在求同之外还有求用，"我"和你不同，这是"我"的特色、"我"的专长，你需要"我"，"我"对你们有用处。蝙蝠到了鸟群，可以做兽类问题的专家，对于兽类的了解，任何一只鸟都比不过它；到了兽群，它可以做鸟学顾问，对于鸟类的了解，任何一只兽都比不过它。有人批评胡适，说他对中国人谈西洋文化，对西洋人谈中国文化。那时中西交流，中国人对西洋觉得新奇，西洋人对东方觉得神秘，谁能促进双方的了解，会受到双方的欢迎。白求恩医师是加拿大人，他在中国缺少医生的地方施医，得到大用。处世做人，包括写小说在内，常要想自己对别人有什么用处，供其所求，不要自私。

秋虫促织也进了《伊索寓言》。促织也叫纺织娘，北京话叫蛐蛐儿。伊索说，冬天到了，促织没有东西吃，向蚂蚁借粮，蚂蚁说："在夏天唱歌作乐的是你，到现在挨饿，活该！"寓言的意思教人平时要勤劳储蓄，"常将有日思无日，莫待无时思有时"，说得也对。促织是用翅膀摩擦发音，大家误会它是"鸣"，古人管它叫"吟蛩"，这些不重要，钱先生摆脱《伊索寓言》的定论，由促织想到艺术家的生前死后，我们是不是还可以有别的想法？促织唱歌也是一种贡献，在"秋声"中有重要地位。蚂蚁知道它唱歌，想必在辛苦搬运粮食的途中也停下来听过，调剂劳逸，增加工作效率，算是一个受益人。拿人间的音乐家比拟，他为大家唱歌，到了他不能唱歌的时候应该有份口粮养他。看见音乐家挨饿，认为人心大快，那不是一个合理的社会。伊索只知说教，不懂治国平天下。

《伊索寓言》衍生的话题很多，世事人情说不完，这里再谈一则：一只母鸡，每天生一个蛋，养鸡的人还嫌不够，把鸡的饲料加了一倍，希望它每天生两个蛋。谁知母鸡长得太肥，反而不生蛋了！寓言的意思是教人不要贪心，我认为养鸡的人不妨希望每天有两个鸡蛋，正确的方法是养两只母鸡。人有人性，物有物性，驯兽师能指挥狮子，他了解狮性。打猎的人都养鹰养狗帮助行猎，他平常多半不让鹰吃饱，让他的鹰总是觉得有点饿，它在捕鸟追兔子的时候才会特别凶猛，他了解鹰性。人也有人性，跟人相处要了解人性，同行生竞争，竞争生嫉妒，就是人性，归属感也是人性。人性复杂，所以待人接物是一门学问。年轻时不懂这一套，人家笑一笑，成年后还不开窍，人家就不原谅了，这也是人性。写小说的人要了解这一切，包容这一切，表现这一切。

有人认为寓言并不适合少年儿童阅读，怕它把孩子们教坏了。我也想过，寓言里写的是人类，作者把人化装成禽兽，禽兽互动，不会有孔融让梨、管鲍分金，不会己所不欲，勿施于人。剧本按照丛林法则编写，突出了狮子残暴、狐狸狡猾。残暴狡猾，人性里面并非完全没有，不过那是人性的阴暗面，一直不对少年儿童揭露。我们的教育把孩子们保护得很好，就像从前皇帝吃饭，一道一道把关，防止食物有毒，只有寓言里面稍微有一点儿人间的兽性。如果连这一点儿也不许，你又能对他们密封到几时呢!

18. 夏丏尊:《怯弱者》

怯懦, 俗话说是胆小, 因为中医认为那个分泌胆汁的小皮囊管决断。小说家认为一个人是勇是懦, 关乎那个人的性格, 他们对人的性格特别有兴趣, 夏丏尊先生这篇《怯弱者》, 专门写一个性格怯懦的人。

小说一开场就交代这是兄弟三人的故事, 背景设在20世纪20年代的上海, 三哥是读书人, 老四做小生意, 老五是个工人。故事虽然从三哥的角度叙述, 焦点却对准老五。那时工人收入很低, 又常常因为罢工领不到薪水, 他居然既抽鸦片又讨一个脱籍从良的妓女做小老婆, 这就免不了常常向哥哥借钱, 那位四弟, 更免不了常常向哥哥抱怨。这位三哥平时竭力避免跟五弟见面，听到老四的抱怨，也只是淡淡地说一声"哦"，没有别的表示。

他为什么不去跟老五见面呢？他的理由是，去也没有用，梅毒已经到了第三期了，鸦片仍在吸，住在贫民窟里，这光景见了何等难堪！何况正妻已被赶走，他不知怎样对待那个妓女从良的小老婆！

这就是他的怯懦。

以上是平时的状况，小说发展下去，一定会出现不寻常的状况。老五突然病了，"昨天晚上起到今天早晨泻过好几十次"，看来应该是霍乱。报信的人说，病人的指纹已经模糊不清了，这是霍乱的症状，肌肉弹性下降，皮肤起皱，出现"洗衣妇的手"。霍乱，如果没有及时治疗，死亡率大约为百分之七十，老四忧虑："照来人说的情形，性命恐怕难保的了。"事已如此，家中非有人去不可，他邀哥哥同往，这个怯懦的人当场拒绝，因为"实在怕见那种凄惨的光景"，在场的人都用惊讶的目光向他凝视。

老五果然死了，后事由老四料理，那个怯懦的老三始终没有亲自参加，当夜入殓，次日送殡，他都未到，死亡使他更难面对现实。殡后第二天下午，他才独自一人，携了香烛，来到停枢的会馆。在老五的生死线上，小说追叙了他们少年儿童时期的手足之情，这位三哥也曾苦口规劝五弟戒除毒瘾，也曾一再筹款接济，只是到了最要紧的关头，他总是选择了逃避。老五之死，使小说家为"怯弱者"的性格绘成完整的图像，也在这幅图像对面竖起对照。他们的母亲病重的时候，老三的妻子说过："你这样夜不合眼，饭也不吃，自割自吊地烦恼，倒反使病人难过，连我们也被你弄得心乱了！你看四弟呵，他服伺病人，延医，买药，病人床前有人时，就偷空去睡，起来又做事，何尝像你的空忙乱！"

会馆停柩的地方阴气森森，三哥毛骨悚然，不敢久留，这表示他和五弟已经没有什么感情，无情者多半无勇，无勇者多半"当作为、能作为而不作为"，所以无勇者往往被人认为无德。所幸三哥吊唁过五弟之后，第二天离开了上海，留给我们一小段不坏的余音：

上船不久，船就开驶。他于船初开时，每次总要出来望望的。平常总向上海方面看，这次独向浦东方面看。沿江连排红顶的码头栈房后背，这边那边地矗立着几十支大烟囱，黑烟在夕阳里败絮似地喷着。"不知那条烟囱是某纱厂的？不知那条烟囱旁边的小房子是老五断气的地方？"他竖起了脚跟伸了头颈注意——地望。船已驶到几乎看不到人烟的地方了，他还是靠在栏杆上向船后望着。

小说写人的行为，作家胸中先要有一个人，这人的行为由他的性格产生，所以要先决定这个人的性格，而"性格不同，各如其面"，同样一件事，领导型的人、逃避型的人、侵略型的人分别会有不同的反应。小说家分别使用各种性格的人，他像一个大老板，派谨慎的人管钱，派勇敢的人防盗，派开朗外向的人对外交际。当年学习写小说，笔记本上有一句座右铭：不要忘记人物的性格！有人认为别人的性格都应该跟他一样，他诚实，别人都应该诚实，他慷慨，别人都应该慷慨，这样的认识对小说创作也是障碍。"不要借钱给朋友，它使你既丧失金钱又丧失朋友"？没错，这样的事常有，但是另外还有多种可能，有人借了钱如期归还，增加了友谊；有人拖了三年才归还，通货膨胀了多少；有人归还的是假钞；有人矢口否认他向你借过钱；有人一去无音讯，二十年后忽然登门道谢，礼物摆满了你的客厅。你我的笔记本上还得再加一句话：不要忘记人物有各种性格！

说到人物性格，意大利小说家有一篇小说，我读过吴友诗先生的译文。男主角从一个女子口中听到风声，他的妻子有了外遇。他追究谣言的来源，一连问了五个女子，终于查明是误传。只有牵涉这么多口舌，才可以显出谣言造成的损害多么严重，只有使男主角一路追问下去，才可以堆高情节、制造紧张感。但是，在一个短篇之中，同一个问题接连出现五次，由五个人提出答案，却是可怕的重复，难免令人觉得厌倦，小说家怎样克服这个困难？

　　他使这些牵涉在内的女子各有不同的性格。第一个女子老奸巨猾，有话不肯直说，暗藏玄机。她挑动了男人的嫉妒和猜疑，把问题甩给第二个女子。第二个女子是个未嫁的老处女，性情刻薄，出语如利刃，但情绪多、事实少，要他去问第三个女子。这第三个女子很阴郁，有心计，一切推给第四个女子。这第四个女子很直爽，对男主角的"家变"幸灾乐祸，说是确有其事、确有其人，连那个男人的名字也不是秘密。这就追到第五个女子，这人年轻、天真，贪图小便宜，男主角给了她一点儿钱，她就完全合作了。

　　最后的真相是，所谓外遇，乃是男主角的妻子瞒着丈夫收容了刚从监狱里出来的弟弟。弟弟犯的是盗窃罪，亲友一律拒绝接待，男主角也曾对妻子说过，不准这样的人进入家门。小说的男主角一路追问下来，每个女子都因性格不同而有不同的应对，每个人提供的答案都能使男主角多知道一点儿他想知道的，同时又迫切希望再多知道一点儿他不知道的。这时，读者和小说中的男主角站在一起，男主角的追寻就是他的追寻，男主角的收获就是他的收获，他和男主角一同全神贯注、不厌不倦。

我们谈过"东家食，西家宿"，看来这个女孩子的智商很低，街谈巷议，一笑置之，但是在写小说的人眼中，这仅仅是故事的开头。我们先为这女孩设定她有某种性格，人慢慢长大，这样的意识、那样的意识先后启蒙，性格成熟了，能为他人牺牲自己。总有一天，她的心一横，嫁了吧，嫁给东家，东家有钱。她不认为丈夫的容貌有那么重要，人间最可怕的是祖父祖母生了病没有医药费，弟弟妹妹开学了交不出学费，父母慢慢老了还要下田耕作，嫁过去，这些都不怕了。出嫁的那一天，悬灯结彩，鼓乐喧天，花轿绕全镇游行一周，聘礼装满了十二个礼盒。这种特制的礼盒没有盖子，里面黄的是金，白的是银，红红绿绿的是绫罗绸缎，由二十四名汉子抬着跟在花轿后面，全镇的孩子都跟在礼盒的队伍后面。看来看去没看见新娘的母亲，她躲在屋子里哭得很伤心。

也许不然，我们为这女孩设定另一种性格，同时也无妨设想她活在另一个时代。有一天，她眉毛一竖，嫁了吧，嫁到西家。西家小伙子长得帅，而且上无祖辈，下无童稚，人口简单，生活自由。她的性格成熟了，知道为自己打算。她要为自己活着，不可以为了跳出这个牢笼而跳进另一个牢笼。她看得清清楚楚，只有婚姻能帮助她改变命运。别看西家没钱，穷人有穷人的社会资源，结婚的那一天，哥儿们一吆喝，立刻组成十个人的伴郎团，把帅哥围在中间。小伙子们个个眼睛放光，毛细孔放热，脚底下有弹簧。镇上想做新娘的姑娘们来了一拨又一拨，说是看新娘，其实是看伴郎。帅哥有个朋友是猎户，他裹粮入山，打死一头大黑熊，星夜运到那个贴了大红"囍"字的大门里面，架起木柴烧烤，香气四溢，远近流涎。参加喜筵的来宾都觉得自己吃了唐僧肉，祛病延年。晚上月色皎洁，伴郎团从城里的唱片行借来唱机、唱片、扩音喇叭，对准街道唱起大戏来。明知道唱片只能听，街道上还是你挤我、我挤你，都朝着新房的大门，好像门里门外都是生旦净末丑。没人看见新娘的母亲，她躲在屋子里哭得很伤心。

《论语》有一段文字，记述孔门弟子言志。孔子问在座的几个学生，如果你们有机会施展抱负，你们打算怎么做？子路抢先发言（《论语》的记载是"率尔而对曰"），说是只要三年的时间，他可以把一个落后的国家变成开发中国家。我当初读到"率尔"两个字不觉一怔，都说古代书写工具太不方便，执笔为文能少写一个字就少写一个字，所以古文的特色是求简，《论语》言志的记述者何以违背了这个原则？他为什么不把"率尔"两个字省掉？

夫子听了子路的表述，脸上露出笑容，这种笑，文言称之为"哂"，有轻视和不以为然的意思。其他的学生看了老师的表情，都不肯紧跟在子路后面发言，于是孔子点名：冉有，你打算做什么？公西华，你呢？读到这里，我又想了一想，如果求简，只要依照前后顺序记下"冉有对曰""公西华对曰"就可以了，夫子点名的过程何必记下来？弟子言志，只要把每个人的"志"记下来就好了，公西华的外交辞令又何必记下来？执笔者为什么不怕麻烦呢？

再读下去更不得了，老夫子问曾点，曾点正在弹奏一种乐器——瑟，他得停止演奏，才可以回答。古人弹琴鼓瑟俨然进行一种宗教仪式，处处都有规矩，曾点听见老师问话不能立刻应声而断，也不能随口高声答应，他得把力度减小，声音降低，节奏放慢，这样表示我听见了。他弹到乐谱可以停止的地方再放手，放手之前还要在某一根弦上弹一个强音，好像留下一个句号，这才把乐器移开。这些居然也记下来了。还不只如此，曾点鼓瑟的时候是一种姿势、一种表情，他和老师对话时要改成另一种姿势和表情，这些也记下来了。

曾点对老师说：我跟他们三个人不一样。曾点想干什么呢？他说，暮春三月，天气暖和了，大家换掉冬天的衣服，觉得全身轻松、四肢自由，"我"和几个成年人带着几个孩子一同到野外散步，跳到河里让水泡一泡，坐在河边让风吹一吹，唱着山歌小调回家。曾点说这些干吗？这些话为什么要记下来？老师不是教你们治国平天下吗！你不是应该"上致君，下泽民"吗！

可是，这时我也发现，幸亏这位记述者没有求简，留下细节，那些言志的人物才有性格，那个言志的场面才是立体的人间，千古之下栩栩如生。曾点说的那一套，离师门的教诲最远，可是老夫子居然大加赞赏："曾点！我同意你的主张！"至少子路听到了要愕然一惊，我在两千年后诵习《论语》也吃了一惊。如果"言志"就在此处结束，它就很像是一个短篇小说了。

19. 莫言:《红高粱》

高粱田——小孩子捉迷藏的地方，青年人打游击的地方，中年人偷情幽会的地方，当年中国北部，西起内蒙古，东到松花江，哪个不知，哪个不晓，可是现在需要解释几句了，因为那一大片土地上早已不种高粱了。

高粱是一种庄稼，顶端结红色的穗子，茎秆实心，又粗又壮，能长到三米高，所谓高粱田俨然是一座森林。高粱幼苗时期，农夫要在它之间预留生长的空间，大约相距六十厘米；成长期间，农夫又要把它们从上到下长满全身的叶子劈掉，使空气流通，这时成群结队的人都可以在高粱田里聚结行走，外人很难察觉。

莫言先生的《红高粱》，背景设在中国抗日战争时期，开篇推出一个名叫余占鳌的游击司令，他和另一个冷支队约好，到公路旁边去伏击日军的汽车队。公路两边都是一望无际的高粱田，可以掩护他们。日军都是惊弓之鸟，听到高粱地里有人声，马上用机枪扫射。两个送饭的妇女先中弹，子弹射断、射碎了她们头上的无数的高粱，米粒纷飞如珍珠雨。战斗打响了，却不见冷支队的人马。余占鳌武器落后，战斗技术生疏，但见男女老幼一起赴汤蹈火，全胜，但是也大半牺牲，这时冷支队赶到现场，收去一切战果。

这一场发生在高粱田里的战斗是这篇小说的主要内容。在战斗之前、之后、战斗的间隙，莫言先生写了发生在高粱田里的许多事情：日本兵在高粱田里修路，鞭打民工，屠杀抗日分子；写了高粱地里的雷雨、劫案、生离死别、家丑人言，还有一顶花轿抬着新娘穿行在汪洋的高粱大海；还有高粱酒，高粱是酿酒的原料，高粱酒又是塑造人物性格魅力的原料——抗日英雄倒地，弹孔里流出来的不是血腥，是酒香。抗战时期，游击队年年在高粱田里与日军鏖战，留下鲜血腐尸。他写高粱田如吊古战场。高粱有抗日英雄的鲜血做养分，高粱酒里有血，人喝下去，血里有酒，酒性即血性，血性淋漓，动天地而泣鬼神。

高粱田注定了这一方生灵的命运。高粱既然如此重要，莫言先生也就把高粱写得如此精彩。他说："八月深秋，无边无际的高粱红成洸洋的血海，高粱高密辉煌，高粱凄婉亦人，高粱爱情激荡。"他说："它们都是活生生的灵物。它们扎根黑土，受日精月华，得雨露滋润，上知天文下知地理。"他说："高粱们奇谲瑰丽，奇形怪状。它们呻吟着，扭曲着，呼号着，缠绕着，时而像魔鬼，时而像亲人，它们在奶奶眼里盘结成蛇样的一团，又忽喇喇地伸展开来，……高粱缝隙里，镶着一块块的蓝天，天是那么高又是那么低。奶奶觉得天与地、与人、与高粱交织在一起，一切都在一个硕大无朋的罩子里罩着。"方东美教授论艺，曾引用《中庸》："惟天下至诚，为能尽其性；能尽其性，则能尽人之性；能尽人之性，则能尽物之性。"莫言先生写高粱，可谓尽物之性，写游击队，可谓尽人之性。真实与幻想互用，写实与象征代换，至矣尽矣，无以复加矣。

文学家使某些植物完全脱离了植物学，化为某种理想的人格，千百年来在松竹梅等几种植物中打转，到莫言有一大突破。小说家垂青高粱，与抗日战争有关。日军侵略中国，占领了东北和华北，两处都盛产高粱。高粱是高秆作物，夏天成长，层层叠叠，连绵万顷，俗称青纱帐。抗日打游击要靠青纱帐掩护。抗日文学写青纱帐者多矣，如今莫言以遮天蔽地的气势、神话史诗的手法，将高粱与神州大地、炎黄世胄合一。他一次把高粱写足了，使读者"五岳归来不看山"。

高粱在长成时通体碧青，故曰青纱帐。一旦高粱熟了，顶穗艳红，故曰红高粱。莫言爱红成癖，六谷中独尊高粱，他并未附会红军。在莫言笔下，游击司令余占鳌集地方豪强、帮会老大、江湖巨寇与社稷忠良的诸般观念于一身，他什么党也不是，什么党也不要他不容他，可是，抗日战争给了这样的人一个地位。"当其贯日月，党派安足论！"莫言写抗战不忍埋没这样的典型，我很佩服。时代能容许作家表现这样的典型人物，在抗日游击战中分一炷香火，是政策开放，也是莫言实在写得好。有时候，作家的发言权跟他的创作水准成正比。

《红高粱》里的人物大都有原型，例如被余司令枪毙的叔叔余大牙。大牙对占鳌有恩，但他不该强暴民女。余司令给叔父磕了个头，秉公执法，又把葬礼办得十分隆重，并在大出丧之日披麻戴孝充当孝子。本案的告发、辩论、判决、执行、善后，是小说的精彩情节之一。鲁老犹存，当能指出这是何时何地何人的作为。那些人身死名灭，但其行谊成为渔樵闲话，进入莫言的小说。原来那人是谁似乎并不重要，重要的是中国好汉有这样的精神，中国需要这样的精神（不是这样的行为），不可将之埋没。

有一种农具叫作"耙"，今天海外没见过耙的人，恐怕比没见过高粱田的人还要多。耙的形状像梯子，插满了尖锐的钢钉，使用时钢尖向下，人站在耙上，牛拉着耙走，用钉尖把刚刚犁过的土地割碎拌匀，以便播种。游击队拿来钢尖向上铺在公路上，农村几乎家家有耙，征集不难，可以一夕之间使公路变成钉板刀山。日军的汽车车队来了，如果前进，轮胎一定穿孔，如果后退，车辆已经挤在一起，运转谈何容易？这时游击队开火攻击，车队完全陷于被动，定要蒙受很大的损失。在《红高粱》这部小说里面，余占鳌用的就是这个办法。那个发明"钉耙战术"的人真是个游击天才，就地取材，四两拨千斤，化劣势为优势。

我想说，小说家偏爱红高粱，是由于小说家偏爱能够产生故事的环境。电影导演不是常常要出去看外景吗，他要找一个地方安放他的故事，写小说也有同样的需要。

我曾一度住在连栋的公寓里，千门万户，来客要仔细寻找门牌，可是我在阳台上摆了一盆花，蝴蝶马上出现了，它有这种敏感，才能成为蝴蝶。听说过吗？要有对新闻的敏感（他们称为新闻鼻、新闻耳）才能成为出色的记者。小说家要有另一种敏感，也许可以将其称为故事感。干涸的河床下有一间木屋，他为什么住在这里？夏天水涨的时候他们到哪里去了？一个疲乏憔悴的行人躺在路旁，头下枕着行囊，他是什么样的人？他是回家还是离家？他是追求什么还是躲避什么？这些都是故事感。

一片很大的树林，不见人迹，地面低洼的地方拖泥带水。你想过没有，这地方可以产生小说，乔治·桑想到了，她写出《魔沼》。这篇小说很长，开头先发一阵议论，议论完了，巧妙地引出人物、展开故事，故事结束之后，作者又描述当地的婚俗，我们可以把首尾"非故事"的两大段文字删去，只谈"魔沼"这个环境。

《魔沼》的主要人物是一个年轻的农夫，名叫热尔曼，他的妻子早已死了，现在岳父劝他再婚。热尔曼跟岳父家共同生活，工作努力，性情温和，从不争取自己的利益，可是他的岳父常常代为计较一切。终于，这位长者想到，女儿去世两年，大外孙业已七岁，女婿应该续娶。他替热尔曼找好了求婚的对象，她是住在若干里外的一个寡妇。

农夫热尔曼骑马去求婚，邻家少女小玛丽要求顺便捎带一程，热尔曼的儿子小皮埃尔又坚持同行。《魔沼》先把三个人一起放在马背上，接着又把他们困在树林里。要增强故事性，得使这三个人有时间酝酿故事，为延长他们相处的时间，得阻碍他们的旅程。于是，因一场大雾，他们在树林里迷了路，转来转去，又走回原先经过的地方。农夫热尔曼原以为除非喝醉了酒，不会迷路，他没有把大雾估计在内。他说："我们大概是中邪了！"他们又累又饿，只好找一个地方停下来休息。

那个小玛丽是牧羊女，对野外生活有经验，她就地生火，烤熟农夫热尔曼携带的野味（这些本来是打算送给准岳父的礼物），烧熟她一路上随手采摘的栗子。她温柔地照顾那个七岁的小皮埃尔，让他跪在她的裙子上晚祷。农夫热尔曼感受到家庭的温暖，掉下眼泪。这一部分是

《魔沼》的主轴大戏，我在这里长话短说了。《魔沼》的结局是农夫热尔曼和小玛丽结婚了，许多情节，我也按下不表了。我只说一说乔治·桑怎样利用了这一片沼泽。

你到银行租过保险箱吗？通常银行都有一个保险库，里面层层叠叠都是大大小小的保险箱，替客户保管贵重的东西。通常这些保险箱由一个漂亮的女职员管理，她用密码打开保险库的钢铁大门，引导租户通过一个极其狭窄的钢铁隧道，进入极其私密的钢铁空间。每一个保险箱有两把钥匙，管理员和租户各执一把，必须两人同时把钥匙插入钥匙孔，同时转动，才可以把保险箱打开。写小说的人会说，这里面有小说，这样的环境会发生小说家希望发生的事件。

小说家刘呐鸥先生将这个事件叫作"杀人未遂"。他用挑逗的语气述说一个男性租户跟在女性管理员后面走进了保险库的库门：

那条廊是那么狭又是那么长，我真猜不出他们为什么造成那么一条——也许是因为空间地位或设计上的关系——然而跟那位女职员走着那条长廊时的心地着实不能算坏。眼前望着她的背影——卷发旁边的油腻的颈部，两个圆圆的小肩头，一对腰身的曲线，从裙角时而露出来的穿着丝袜的脚，我内心似乎感觉着一种欢喜，好像两人已跳出了漩涡似的办事间，那喧哗的尘世，深深地探入了幽雅的境地，即将享受共同的秘密，共同的逸乐似的。

然后是开箱：

两个人两只手提着两根钥匙向着两个并排的锁洞里插进去，同时地转，同时拉。于是把那个强固的箱门开了。这些机械的动物虽然只在沉默的一刹那间经过，但在我的脑筋中却留下了很深刻的印象，好像每一举一动都有着它的意义，没有她我丝毫都没办法去开了它，没有我她个人也是开不开的。一切是合作，是谐调，我对于她那只拿着钥匙的右手是特别感觉到慰藉的。腻媚的小小的白手，有几次我真想停下动作去抚摸它来表示我对于它的谢意。

然后，男的意乱情迷了，灵魂出窍了，身不由己了。女的尖叫了，倒在地板上了，胸襟敞开了，大腿裸露了。

外面警笛响了，那男子觉得好几只强壮的铁手按住了他的肩膀，他眼一花，膝盖一软，什么都不知道了。醒来时才知道他是在铁栏里，他的律师来告诉他，女的并没有死，地方检察官或将以抢劫、暴行、杀人未遂之罪合并提告。

20. 徐玉诺:《一只破鞋》

"一只破鞋",四个字不是等闲落笔。先说鞋,为什么不是长裤大褂?人的肢体,脚最劳苦;人的穿着,以鞋受的压力最大。为什么是破鞋?穿这双鞋的人要徒步奔波。大江东去,长安西去,千里之行始于足下,你可见过坐轿、骑马穿一双破鞋的?为什么是一只鞋?鞋子最容易脱离身体,在正常的状况下,洗澡、上床、爬树、涉水,都是两只鞋同时脱掉,这个人一只脚上有鞋,一只脚上没有鞋,表示他遭遇到了灾难。见鞋如见人,人去鞋空,一只鞋张着嘴有故事要说。

小说的故事情节采用线性发展,徐玉诺先生这篇《一只破鞋》，用第一人称写一个年轻人，一个农村子弟，在城里面读书，住学校的宿舍。他常常逃课打牌，"当赌气正盛的时候，除非一把刀穿入自己心里，立时死倒在桌子旁边，那工作总不肯休止一刻"。但是城郊忽然发生了战争，土匪攻城，知事下令，城内所有的男丁都要上城守卫。这些学生参加了战斗，他们没有武器，在战死的士兵身上取下枪械，不知道害怕，向城外发射一枪之后还哈哈大笑。他们居然用步枪摧毁了敌人的炮兵阵地！所谓炮兵阵地也不过是利用一截土墙作掩护，土墙年代久远，在轰击中倒塌了。敌人攻城失利，在城郊杀人放火连夜撤退。这是故事的第一条线。

还有一条线，一个农夫，三十一二岁，"赤着脚，仅穿两只已破旧不堪而补着皮头的鞋子"。他是这个学生的叔叔，进城来看望侄儿。这位叔叔虽然一粥一饭都来之不易，还是给侄儿送来一笔钱。叔叔告辞，战争发生，叔侄为炮火隔绝。叔叔并未回到家中，而是死于战火，一只鞋子是他仅有的遗物。

这是第一人称小说，"我"不能写自己不在场的事情，叔侄一别，叔父这生死一线中断。战事结束，"我"的父亲进城来看儿子，谈到叔父，爷儿俩出城寻人，一路上只见到残垣败壁、余烬遗尸。父子俩向孤儿寡妇探听消息，找到姑母家门，既然活不见人，只好死要见尸：

> 我们战抖着，心疼着，被引到海叔叔躺着的地方，这里却已有许多野狗正在跑着。……他的面貌已不可认识；两颊的筋肉已被什么东西吃去了，两臂和两腿也有几处露着骨骼。……但是赤条条在那里躺着的，那身略，那架子，我还可以看出那是我的叔叔海！……

两条线合并了。

最后，小说的结尾：

> ……现在还有一只破旧的，补着皮头的鞋，在婶母那里保存着。

破鞋再出现，由一双变成一只。小说的题目是《一只破鞋》，小说中两次出现破鞋，与题目遥相呼应，这种写法叫"点题"。经过点题，故事的两个层面叠合了，渗透了，震撼人心。"我"经此世变，成长了，他说："我的故事并没有讲完，现在我的姑母和父亲都白发苍苍了，我一点也不能向下写，自此以后我也一点不能记忆了……"他还在学校的宿舍里逃课打牌吗？他不必明白写出来，你我都认为不会了。

解释一下"点题"：小说要有一个题目，犹如孩子要有一个名字。取一个适当的名字并不容易，孩子出生前后，父母昼夜思量，要把多少疼爱、多少希望寄托在这两个字里面，他要他的孩子因他所取的名字而显得品性敦厚或神采飞扬。写小说的人也仿佛如是，好题目使作品生色，扩张了作品的效果。

曹雪芹写了一部小说，记下那个时代的风月繁华。它由男女主角的婚姻反映一个巨室的盛衰，由一个巨室反映一个时代的变迁，由一个时代发出人生如梦的感慨。精致的建筑里住着美丽的妇女，过着优雅舒适的生活，外面环绕着支持此一生活方式的男子们，然而这不过是一场梦幻罢了！它像梦一样在当事人的心灵烙下印记，也像梦一样不能掌握、无可追寻，这部书的名字叫《红楼梦》。开篇第五回，男主角贾宝玉梦游太虚幻境听戏，台上唱的是：

开辟鸿蒙，谁为情种？都只为风月情浓。奈何天，伤怀日，寂寥时，试遣愚衷。因此上，演出这悲金悼玉的《红楼梦》。（程乙本）

书名《红楼梦》，书中有一出戏也叫《红楼梦》，戏台上唱出"红楼梦"三个字来，与书名遥相呼应，这是"点题"。

《红楼梦》还有一个名字叫《石头记》，一块灵石能大能小，大到可以刻上一百万字，小到含在胎儿口中一同生下来。这块通灵宝玉贯穿全局，时隐时现，它平时挂在男主角贾宝玉的脖子上，多次在重要的情节中提及，"甄士隐梦幻识通灵""薛宝钗巧合认通灵""通灵玉蒙蔽遇双真"，失通灵，得通灵，都是点题。

长篇小说很长，往往反复点题，如音乐中循环不息的旋律。例如《早安，杜芙小姐！》，这是美国女作家巴登夫人的作品，描写了一个女教师的一生。杜芙小姐是这位教师的名字，她每天早晨在讲台上出现的时候，全班同学齐声用这句话向她致候，于是这句话就在书中不断出现。都德的自传体小说《小东西》，书名是主角的绰号，因为他生得很矮小，这绰号不愁没有出现的机会。后来小东西长大了，结婚成家了，不能再这么叫他了，小说也就结束了。《飘》，原名的意思是随风而逝，指女主角出身的那个社会阶层崩溃了，她追逐的生活目标落空了。到后来拍成电影，也一再使用"随风而逝"这句话。

我说过，学习写作要用"麻雀战术"。你看麻雀，它只吃很小的东西，但是它不停地啄食。今天读《一只破鞋》，我们就强调它的"点题"吧。徐先生写一只破鞋，咱们写一把破伞好不好？我这里有两个留学生，他们是同乡，也是情侣，两个人都得打零工赚学费，省吃俭用，捉襟见肘，走路比人家快，也还有几分闲情逸致："有人说爱情是两个人打一把伞，我们打的是一把破伞，破伞透风漏雨，不是淋湿了我，就是淋湿了她。"

还好，外面有外面的风俗，留学生打零工，到各行各业做人下人，没有一项可以写进履历表，但是每一项都可以写进小说。说到打零工，到餐馆端盘子应该排名第一。把菜从厨房里端出来送到你的桌子上，大小也是一种权力，握有权力的人免不了弄权，让吃菜的人尝到味外之味。我说的这位女主角心地纯良，善待顾客，马上成为这家餐馆的明星。三朋四友聚会，指名要她来了才肯点菜；社区小报办餐馆竞赛，她得到了最佳服务奖。这些乍看是好事，下面接着变坏事，她激化了这家餐馆的五名侍者之间的矛盾，增加了店东管理上的困难，而那家社区小报自认为捧红了这家餐馆，要求店东刊登长期的商业广告。最后店主和我们的女主角恳谈，请她辞职。她问："我做错了什么？"店主说："你没有错，是我们的店太小，承担不起。"

我们的男主角呢，他有他的故事，帮人看小孩。在这个故事发生的地方，依法律规定，小家庭夫妻俩同时外出，不能把未成年的孩子单独留在家里，必须有成年人陪伴看管，于是，一种叫作 baby sitter 的工作应运而生。你外出，请他到你家中去陪孩子，论小时计酬。有时候，几个家庭的幼童聚在一起，雇一个 baby sitter 临时做孩子王。干任何一行都希望留下名声，孩子们年纪太小，不懂事，baby sitter 照例要努力讨好这些洋娃娃。于是，孩子要你把鼻子和脸颊涂红，脖子后面插两根羽毛，举起塑胶步枪向你瞄准，嘴里一齐砰砰砰，你得应声倒地。你不干？不欢而散。于是，那些洋娃娃要你做李小龙，曲肘握拳，弓步迈开，连上衣也脱光。你干！可是干不来，他们怪你不像，不理你了。临走的时候出门看天色，怎么下雨了？主人找出一把破伞对他说："你用过以后把它丢掉吧，不用再还给我。"

留学生打零工，到各行各业做人下人，社会依然对他们敬重，大家看的是未来，不过中国人有中国人的底线。我们的女主角身材不错，有一个画家俱乐部问她是否愿意做女模——model，脱光衣服供画家写生。她的男朋友提醒一句："如果你去做女模，以后就不能竞选总统了！"竞选一定有对手，对方一定把你读小学的时候记大过、做生意的时候开空头支票、你的儿子跟敌国的情报员的儿子一同打球，一一发掘出来向大众公布，那时候，一张裸体照片很有杀伤力。我们的女主角听了心神一动，做总统绝无可能，做总统夫人未必不可能，即使是几万万分之一的可能，也要保留在那里，现在，算了！

留学生常在课余周末为人家遛狗，遛狗就是带狗出去散步。现代人养狗有许多讲究，你如果把狗一直关在家里，影响狗的心理健康；你如果把狗单独放出去游走，卫生局会把它当作野狗捕杀。你最好傍晚自己牵狗出去散步，如果你没空，留学生在那儿等着你打电话来雇用。遛狗的钟点费很高，但是为人遛狗也要受过一些训练，包括对狗的救护常识。你一个人可以同时遛好几条狗，你得用一只手牢牢地抓住狗绳，你握绳的手要离狗的身体最近，你的另一只手要空出来维护狗、抚摸狗，沿途帮狗向行人争道。这样你就得放下身段，降低姿态，与狗同群，一路行来，好不辛苦！

我们的男主角是遛狗的好手，但是也受过挫折。有一次，他牵着狗走，狗忽然挣扎，要去亲近一个行人，那行人也马上认出来，这只狗是他走失的宠物。这一人一狗当街拥抱，行人驻足观看。狗的旧主人马上报警，狗的新主人也来了。第二天，报纸刊出新闻，旧主人的这只狗被贼偷去卖给餐馆，新主人从炉灶边买回；为了收养这只狗，新主人也报告了警察，也向什么协会登记，也到卫生局办了手续。没想到，读新闻的人别有会心。常言道，十里不同风，百里不同俗，留学的地方，天涯海角，狗是朋友，不是食物。"中国人吃狗肉！""吃狗肉残酷野蛮！"不但社交网站声讨，人们还发动了一次小小的游行。其实杀狗卖肉的并不是中国餐馆，新主人乃是救狗的人，但是群众只发泄情绪，不在乎真相。这时，遛狗的人，我们的男主角忍不住了，他在新主人门外和人群争吵，新主人制止他，给他结算工资，告诉他下星期不必再来了。他愕然，问："我做错了什么？"新主人回答："不是你错了，是他们都错了。"

留学之路坎坷，好在一直向前向上。听说过吗，脚永远比路要长。毕业典礼在户外举行，方帽子那么一丁点儿的小方块没有安全感，恨不得能设计得大一些，像日本的笠。我们的男主角、女主角同甘共苦，最后并没有结婚。女主角梦见自己做了总统夫人，踽踽独行，打着一把破伞。

21. 王任叔:《疲惫者》

疲惫者，用大白话来说就是"他累了"，为什么不说他累了？这就是文言文加在早期白话文学头上的紧箍咒。这里有一个人，他累了，他是干什么的，他为什么累，累了以后又怎样，我们都有觉得很累的时候，都想看看这个累坏了的人，这就是给小说定题目的匠心。

这个人，他的名字叫运秧，一望而知是个农民。那年代，农民的收入很低，可以想到他是个穷人。他四十多岁了，父母早已逝世，没结过婚，所以也没有儿女。他没有固定的职业，农忙的时候，哪家忙不过来就到哪家去做短工。听说过吗？有长工，有短工，长工是整年雇用你，每个月都有工资，短工是一天一天雇用你，做一天算一天。农闲的日子，运秧往往没有饭吃，他曾经饿到只能用清水煮青草充饥，但也不肯去偷去抢。

挨饿的时候，运秧也曾算准时间，踱到大户人家的长工开饭的地方，混在一起吃喝。为谋这一饱，运秧受尽那些长工们的排挤和讥诮。读了王先生的《疲惫者》，你我想到穷人未必同情穷人。那年代，文学作品美化贫穷，《疲惫者》做了补充。也是靠读了王任叔先生这篇小说，你我才想起当年生产力落后，农民珍惜物力，留客吃饭是一件大事。记得吗？"下雨天留客天留我不留"，开饭之前，客人如何希望主人留饭，主人如何设计把客人赶走，民间流传多少小故事、小笑话，今天的读者无从想象。

除了吃，还有住。运秧没有房子，起先在祠堂里勉强安放了一张床，后来搬到山腰的庙里。祠堂也叫家庙，农业社会，同族的人聚在一起居住，盖一座房子供奉历代祖先。中国人慎终追远，无论彼此之间有多少矛盾，总要有一座祠堂，这是同族的公共产业，所以运秧能够暂时容身。那时农民靠天吃饭，都是有神论者，无论农村多么凋敝，总会盖一座庙，里面多半没有和尚，有一点空间庇护乞丐和流浪汉，还有像运秧这样的人。

祠堂、庙宇虽是公共设施，也早已有人管理把持，这叫既得利益者。这个名叫运秧的人搬进来，和既得利益者就有了矛盾。管理祠堂的人对运秧多少还有一点儿同族的情谊，管理庙宇的人就不同了。这个管理庙宇的人只是手套，背后是一个结交官府、包揽词讼的劣绅，名叫乔崇。这个人不好惹，运秧惹上了他，由"来了好运，可以插秧"，变成"交了厄运，就要遭殃"。经过乔崇一番设计，运秧以盗窃罪入狱服刑。这是一件冤狱，村人形容运秧的人品，说他"饿了时行过萝卜田，他也不拔一个吃吃的"，"他即使火没有了要吃烟时，到我们灶里来借一个火，也不来的"。可是他仍然被判了罪，吃了一年多的牢饭。

　　小说的结局：运秧从监牢里放了出来，胖了，养成了按时吃饭的习惯，缺一餐也熬不住，只好做了乞丐。这个人，原本肚子饿了的时候经过萝卜田，也不拔一个来吃，即使要吃烟没有火，也不到别人的灶里来借，最后却沿街乞讨残茶剩饭，因为他实在累了！

　　看见运秧，你会不会想到阿Q？有没有人说过，《疲惫者》受《阿Q正传》的影响？我觉得前有阿Q，后有运秧，都是人在苦中不知苦，精神面貌前浪后浪。运秧偶然有了几毛钱，负气买醉，很像阿Q的逸闻。他奔到街上去，进了酒店，要打一毛钱的酒。店里的伙计知道他的脾气，没有钱的时候断不肯来，趁势探问要不要买些大黄糕下酒？他慷慨答应。

一毛钱白酒喝完，运秧的手向柜台上一拍，"再添一毛钱"，把店员吓呆了。他以为运秧纵然有钱，也不会超过两毛，如果再加一毛钱的酒，一共两毛半，岂不是要拖欠半毛？他假装好意，对运秧说：少喝一点吧，你已经醉了。运秧左手向腰间一撩，把四毛钱丢在柜台上，"我给你现钱交易吧！"

运秧尽了酒兴，满面红光，笑吟吟地走出店门，来到一家杂货店的门外，笑吟吟地向店内看去。他突然好像发现了一件珍宝，大步跨进店门，从柜门里取出一瓶花露水，把玩起来。花露水是姑娘小姐的化妆品，店员认为运秧用不着，也没有钱买，慌忙过来阻止，两人发生一番争执。花露水定价每瓶一毛，这一毛钱运秧还拿得出来，就以顾客的气势压倒了店员。开店是为了做生意，生意既然做成了，就是圆满，谁知这个店员还要多嘴，还要把争执延长，继续刺激运秧的痛处，逼问买了花露水送给谁。你猜运秧怎么回应？他当场打开瓶子，一股脑儿喝进肚子里去了！

由阿Q到运秧，一言难尽，我们在这里只能尽一言，那就是小说的"拉长"。许多人写小说都失败了，包括我在内，因为不能把情节拉长、堆高。我们已经讨论过堆高，这里且说拉长。迅翁本是大天才，怎奈他老人家性情有些急躁，以投标枪、插匕首为快，不耐烦布置八阵图，平生只有阿Q一个中篇，即使这个中篇本来也是短篇。《晨报副刊》的主编孙伏园先生不让他那么快就结束，一再预留篇幅催促他续稿连载，迅翁趁着孙主编请假，赶快把阿Q枪毙了事。《阿Q正传》是怎么拉长的，后世不见来往的书信手稿，难以猜度，对于《疲惫者》是如何拉长的，我们后学不妨沙盘推演。

《疲惫者》采纵剖面的写法，也就是"由根到叶"的写法，由结尾的地方继续延长并不困难，运秧活着讨饭，后面大有文章。乞丐必须有两件装备，一根拐杖，打狗；一个提篮，装碗筷。拐杖可以砍树枝，提篮呢？也许人家端出一碗饭来给他，他没法承接，只好连碗也给他。也许饭热碗烫，他承接失手，掉在地上打碎了，人家不怪他，还送了他一只破旧的竹篮，或者还有更好的故事。

乞丐俗名"叫花子"，上门讨饭照例喊叫"爷爷，奶奶，行行好，给口饭吃吧！"运秧第一次出场，他怎么张口叫得出来？是不是先到荒野无人之处对着苍天练习？他在练习的时候有没有流下眼泪？那时家家"内有恶犬"，他怎么对付那条忠狗，即使学过打狗棒法，打狗也得看主人啊！还有，行乞是有地盘的，他这个新丐怎么和老丐相处？乞丐有乞丐的伦理，乞丐有乞丐的文化，他怎样适应、怎样融入？还有，乞丐大都不愿在本乡本土行乞，他是否要流浪四方、不知所终，小说才告结束？

写这种"由根到梢"的小说像种竹，故事一节一节生长出来，要想把它拉长，除了在末段延长它的"尾"，还可以在中间延长它的"节"。看《疲惫者》，我们可以为运秧的生平大事写出几个单元：

1. 驼背

2. 住进祠堂

3. 挨饿

4. 住进庙宇

5. 买醉

6. 买花露水

7. 遭人陷害入狱

8. 做乞丐

究竟延长哪一个单元，看你对哪一个单元有兴趣，也看你哪一个单元有材料。依我设想，祠堂要打扫，祭坛和坛上的神主牌位要擦拭，运秧既然住进去了，这些事恐怕由他来做。运秧也愿意做，他相信祖先的在天之灵会保佑子孙。祠堂冷清，他觉得和祖先亲近别有一种温暖。神主牌位都是依照传统的规格制作的，上等的木材，专业的工匠，雕出老宋体的官版正字，漆上颜色。城里面有人收购这种牌位，冒充古代文物，拿到大都市的租界里去卖给外国侨民。运秧虽然穷苦，从来不做这种不肖子孙。即使在水煮青草的日子，运秧也没偷过祭坛上的供品。

　　依我设想，住在庙里那一段也可以延长。庙和祠堂不同，庙里不但有供品，还有香火钱。祭坛上的金身，穿着丝织品缝制的长袍。没有木鱼，总得有鼓；没有钟，总得有锣；没有经卷，总得有香有纸。这些都是财物，任何一样东西失窃，运秧都是代罪羔羊。并不是人人都愿意住在庙里，莎士比亚有一句台词：你能进衙门，不能进庙门。运秧坦坦荡荡地住在里面，心安理得地住在里面，他天天看见太阳从东方升起，从西方落下，月亮又从东边升起来。天公疼憨人，住在庙里离天理更近一些。他浑浑噩噩地住在庙里，直到被捕入狱。

若说延长，单是这一年多的狱中记就可以自成一篇。那年代司法腐败，用老舍先生在《月牙儿》里面说过的话："狱里是个好地方，它使人坚信人类的没有起色。"版本不同，这句话也许是"监狱是个好地方，它使人坚信人类堕落之必然与无救"。进去以后才知道，铁窗之内关着两种人，一种确实是坏人，一种本来是好人。即使王法所在，也是坏人强势，好人弱势，坏人欺压好人，好人畏惧坏人。那年代，进了监狱才知道天道无知，祖宗无灵，长夜无尽，苦海无边。这时候，运秧累了，他进了监狱才变成疲惫者。

有学问的人说，世上所有的文章，你都可以在最后加上两个字——"等等"，因为他都没把话说完。既然没有说完，就可以延长。我在别的地方谈过林语堂先生怎样拉长龟兔赛跑，张恨水先生怎样拉长《桃花源记》，金童玉女思凡的故事怎样拉长为七世夫妻，续《红楼》、续《西游》、续《水浒》怎样拉长了原著。还有，电影《十二金牌》怎样拉长了秦桧召岳飞班师。希腊神话，女妖美杜莎的每一根头发都是一条毒蛇，她的眼睛看谁，谁就变成了石头。那个名叫珀耳修斯的英雄用一块明亮如镜的盾牌护体，看镜面映出女妖的影像，彼此完全不用目光相接，他砍下了她的脑袋。小说家卡尔维诺把这个故事延长了，女妖虽然死了，她滴下来的血仍然可以使一切变成石头。英雄珀耳修斯提着女妖的头潜进海底，铺了些柔软的树叶和水下植物的嫩枝把头放好，海草化成了珊瑚和水仙。

我化读朱自清先生的《笑的历史》，认为这篇小说可以分成四个阶段，就是想指出它经过了三次拉长：在家时只会笑，出嫁后有哭有笑，生儿育女以后笑不出来也哭不出来。自此以下还能不能再延长呢？当然可以。世事一言难尽，小说家的想象力不受限制。听说过吗？儿子长大了，娶了媳妇，这个当年的媳妇熬成婆婆，可以折磨媳妇，寻求心理补偿。这个当代婆婆也可能很善良，疼爱进门的媳妇。世事一言难尽，两个媳妇也许联合起来欺负她。想到了吗？时代不同了，新时代产生新情节，爱笑的女孩不是生了一儿一女吗，那女儿长大了也爱笑。《聊斋志异》里头有个爱笑的女孩，名叫婴宁，电影公司要把婴宁的故事拍成电影，公开征求爱笑的女主角。新一代爱笑的女孩前往应征，上了银幕，于是故事进了电影圈，多少新生事物冲击着这个旧家庭。

世事一言难尽，爱笑的女孩不是有一个儿子吗？这个孩子长大了，追求一个爱笑的女学生，于是故事进了校园，多少春花秋月。冰山崩裂，大家庭分解为小家庭，小家庭里又有了笑声，可是仍然不能没有哭声。

当然，这样发展下去，那就是一个长篇了。

22. 罗黑芷:《无聊》

　　有那么一个人，桑先生，在当了二十年的小学教师之后，出城远行。到哪儿去？没有说。他好像是退休了，对小学教师的工作也厌倦了，一心离开他生活了二十年的那个城市，躲避无聊。走累了，在一家乡村小店里休息，坐下去的姿势那么舒适。不想走了，走路也无聊。柜台有些脏，这样的卫生水平！上面插着好几根旱烟袋，供顾客轮流使用，这样的生活方式！女店主送上一杯黑色的茶水，她好像就是这家小店的女主人，这样的饮食习惯！一切乏善可陈，无聊！这位桑先生不用公共烟袋，从自己怀里摸出一根香烟来，人在无聊的时候特别需要抽烟，他抽自己携带的名牌香烟。

这家小店里，一个四十多岁满脸皱肉的汉子，抱着一个小孩，向几个打赤膊的人谈论今年的收成，滔滔不绝。看样子这人就是这家生意的男主人，他说得很起劲，听的人觉得无聊，心不在焉。眼前光线一暗，进来了三把独轮车，三个汗流满面的汉子，车子上载的是西瓜。那个小孩子跑过来看西瓜，桑先生因眼前的西瓜想起城里人昨天为他送行的宴会，餐后没有西瓜。同席的人吃相不雅，桌子中央有一盘油炸田鸡，堆在青花白瓷上有色有香，一位伸长脖子的食客立刻一箸夹走了两块肉，急急忙忙塞进自己的嘴里，那人还是个浪漫文学家呢！每一次侍者上菜，新菜落桌，不待空盘子拿走，只见横七竖八的筷子齐向新目标集中攻击。

看样子，推车送货的人常常进店歇歇脚，喝口水，不必付钱。桑先生坐在小店里，望见推车的汉子送了一个西瓜给店主，店主切了一片西瓜给他的小儿子，这个孩子马上"把鼻子埋在那瓜里面，弄得瓜汁和额上的汗水流满了这划着许多纵横的泥痕的精赤的小而凸的肚皮"。对子女这样教育！而这个孩子的吃相竟引起几个旁观者的羡慕。

这位桑先生坐在那里一动也不想动，每隔一分钟光景，他就把香烟送到唇边，吸一口，望见吐出的青烟在他眼前滚成许多乱团团飘浮动荡而又牵引不断的透明的大圈小圈。不知什么时候，那三车西瓜、三条汉子，以及刚才聚集在那儿的几个人，都不见了，四围的声音也沉寂了。世事竟如烟圈，连无聊也不长久！

他也该走了，出门上路，只见细而长的黄土道路上，来了一大群浩浩荡荡的山羊。小说家用粗笔浓墨描写了羊群，他说远远的地平线上有大群活物向桑先生走来，一刻一刻地接近，在一大群浩浩荡荡的山羊后面蹒跚着两条高大的汉子。桑先生让路，在路旁禾稻中一条狭窄的田塍上站着，从侧面看见这许多"黑的白的苍灰的而且竖起头角来走路的山羊"互相拥挤着过去。它们的奔腾，搅起路上的尘土，尘土在日光中变成白色，在它们头上成团飞舞。赶羊的不是牧童，是大汉，不仅手中有长鞭，背后还插着雨伞，可见是长途跋涉。一路上，大汉挥动长鞭，管理羊群，鞭子敲在羊背上，声音像敲木鱼一样沉闷。羊的嘴是张开的，可见是累了，不断流出口涎，可见是饿了，匆匆忙忙吃一口路旁拌着尘土的青草，"似乎生活的意义就只目前这件事了！"山羊大队的最后一名是一只怀了孕的母羊，她一步一跛，怀着胎儿的肚子摆来摆去。

过完羊群，桑先生继续他的行程，小说结束了。

读完了罗先生的《无聊》，你也许会说，原来"无聊"也可以写成小说。在大白话里，"聊"是闲谈，也是有趣味。蒲松龄的书房叫"聊斋"，表示这是闲谈的地方，这里的谈话都有趣味。这位桑先生沿途所见，枯燥乏味，不值一提，小说家却说不然！罗先生写"无聊"，有两处写得特别认真，一段在前，写开店的夫妇和他们的小儿子；一段在后，写一群羊里面有一只怀孕的母羊。言外之意，小男孩长大以后过什么样的生活？小羊诞生以后过什么样的生活？还不是和其父母一样？如此这般，小男孩和小羊羔又有什么区别？在罗先生写小说的那个年代，农村的封闭落后千年不变，"人是动物学最后的一个名词！"小说家表现了他的关怀。

市场规则，小说的标题要能触发读者的想象力和好奇心，我们新文学的先驱者还没有迈进这个框架。无聊可以成为小说的主题，寂寞也可以，焦虑也可以，恐惧也可以，喜怒哀乐都可以，"只要有一个人"。有了人物，无聊、寂寞、恐惧、焦虑，都是他的内心冲突，或者是他和环境的冲突，那就成了小说。

李清照用词写无聊，人在无聊的时候很想找件事情做，西方人叫作"杀时间"，所以她"寻寻觅觅"。找来找去，只找到空虚，所以"冷冷清清，凄凄惨惨戚戚"。人在寂寞的时候体温下降，喝酒也没有用。医生说过，许多人以为喝酒可以取暖，错了，作用恰恰相反。如果身边有一个可以对话的人，甚至有个可以拌嘴争执的人，也能纾解寂寞，可是不见人来，只有雁过，雁过留声，反而增加了寂寞。她写的是词，如果写小说，她寻寻觅觅，从箱子里翻出来一副骨牌——骨牌在市井是赌具，在大户人家叫"兰闺清玩"，少奶奶、大小姐用它做各种游戏，例如占卦算命。她不算自己的命，她替别人算命，算那些她讨厌的人、她痛恨的人，算来算去，人家的命都很好。这是怎么回事？她想不通，想着想着睡着了。

这里又有一个人，他叫郑板桥，也无聊得厉害，连花好月圆一壶酒都觉无聊。花每年都开，月每月都圆，美酒天天喝，不稀罕了。王静安先生有两句诗："出门惘惘知奚适，白日昭昭未易昏"，好像跟他前后呼应。这种无聊叫主观的无聊，别人认为有聊的事他一样认为无聊，破除无聊的办法是做件事刺激一下别人也刺激一下自己。这就得去做几件反常的事情，例如把桃树砍了，把画撕了，把鹦哥红烧了，把古琴也砸烂了。郑板桥也是写词，倘若写小说，他得化身成另外一个人。他也许忽然把头发剃光了，把他的汽车漆成五色了，他收养了一百只流浪犬，他甚至到国外去作战，像海明威干过的一样。最后呢，战争结束，他得了勋章，走在还乡的路上，还是很寂寞。天下本无事，奈何有那么多人不甘寂寞。我的一位老上司曾经喟然叹曰：人生应自甘与草木同朽。但是，幸而有那伙不甘寂寞的人，他们以身示现，成为我们灵感的源泉。

在我居住的城市里，有一家小小的咖啡馆大大有名，因为这张桌子某某明星坐过，那张桌子某某政要坐过。明星、政要，自成一类，叫作公众人物，他们喜欢惹人注意，有时候也想避免公众注意，故意找偏僻的小店，只去一次，绝不再来。他们不来没关系，公众中自然有人想来，墙上挂着他们光顾的照片，连我也跑进去坐一坐。坐一坐又怎样？因为无聊，出去寻聊。我在那里看见什么？

看人，见一中年女子，肥胖高大，穿牛仔裤，束宽腰带，上面密布不锈钢三角钉，映衬黑色皮肤，令人敬畏。

上身穿套头棕色毛线，乳癌开刀的部位有向外张开的口袋，袋中空无一物，设计匪夷所思。左腕戴运动表，表链、耳环也都用不锈钢制成，棱角分明，像兵刃；脸上完全没有脂粉，一身杀气；左胸佩戴徽章，仿佛蓝天飞机，却是个反战的符号。

看鱼，鱼也懂得设计配色？一条鱼身上好几种颜色，有调和也有对比。花纹细致，想起中国的刺绣。有一种鱼的身材特别扁平，末端的尾和两侧的鳍又宽，一路花枝招展，如蝶飞来。有些鱼在珊瑚礁之间之旁欲行又止，如珊瑚的花朵。鱼类的长相很忠厚，有几分痴呆，除了鲨。正面看半张的口和圆睁的眼，像哭泣的婴儿。它们才是弱势的生物，只有退出竞技场，到鱼迹罕至之处生儿养女。

没见明星，没见政要，后来的顾客坐不到明星坐过的位子，抢着坐照片下面的位子，和明星的照片一同拍照。寻聊没有寻到，寻到了无聊。你看，这一段像不像罗黑芷？

23. 彭慧:《巧凤家妈》

　　《巧凤家妈》写一个女子，这人没有自己的名字，她有一个女儿叫巧凤，亲友邻居都用"巧凤家妈"称呼她。可想而知，这个女子在未嫁之前，她的名字是某某人的女儿，既嫁之后，她的名字是某某的老婆，这不是"在家从父、出嫁从夫、夫死从子"吗？小说作者凭这四个字给人物定出轮廓，她不是当代人，不是读书人，不是年轻人，大概也不是都市里的居民。

　　这样一个人怎么也能成为小说的主角呢？倒也不要小看了她们，中国有一个很长的时代，女子没有独立的人格，她们依然有出类拔萃的表现，种种事迹记在各省各市各县的地方志里。地方志是历史著作，遵守史德、史笔，没有虚构夸张。她们也是中华民族的精英，一同创造锦绣河山，也一同出之于才子的锦心绣口。

这是以人物为主体的小说，作者照例要有一番布置，郑重引领他的人物上场。在《巧凤家妈》里，作者先画出一条铁路，再画出一条大河，铁路、大河都使人想到长度，两者交叉又使人想到广度。"东离西是多么地远"，简单两条线，平原沃野，千里在目，好手笔！这里是中国的大西南，以昆明为中心，是千万中国人的家乡，巧凤家妈胼手胝足的地方。就像戏剧一样，拉开大幕，先看布景，县太爷的衙门，桌子椅子摆好了，等人上台。

昆明是鱼米之乡，农人下田工作，两脚插入泥水，这活儿，女人照样参加。那时，女人的脚都缠在裹脚布里，只见她们脱下鞋子，掏出细麻绳，把裹脚布扎紧了，弯着腰，像鸭子浮在水上一样。收工的时候，这些妇女坐在河边的大石头上解开裹脚布，慢慢洗脚，仔细洗那弯弯曲曲藏污纳垢的地方，从怀中取出干净的裹脚布来，慢慢地把脚裹好。在《巧凤家妈》里，这些人都是配角，就像演戏一样，县太爷的衙门，先出来四个衙役，站在大堂的两边。

好了，巧凤家妈该出场了。就像演戏一样，你可以让观众等待，但是不能让大家等待太久。在舞台上，县太爷上场，他并不直奔他的座椅，他先走到舞台口，走到距离观众最近的地方，拉长腔调说两句话，或者念一首诗，让你看清楚，留个深刻的印象，关心他以后怎么样。这是舞台的表现方法，小说有小说的表现方法。写小说不能一口气把巧凤家妈的长相、气质、身材、服装、动作写下来，那样太长，也可能太单调，小说家介绍人物另有办法，让你我对那个人物马上熟悉了，也关心了。小说家只用一个动作，或者一句对话，或者一样东西，就造成和戏剧人物上场同样的效果。

小说家彭慧是这样写的：这个叙述故事的人的朋友，看见小脚妇女在水田插秧，问了一句：既然要她们下田，又何必给她们缠足呢？读者心中也有此一问，正好有人替他提出来，就等着听人怎样回答。河边上那些洗脚的女子从未想到这是一个问题，一句话惊醒梦中人，说不出话来，这就出现了短暂的静默。说书的时候，这种静默可以集中听众的注意力，说书人将之称为"压场"。这时候，谁对问题给出答案，谁就是这个场面里的中心人物。压场的作用，好比电影的特写。小说家彭慧利用压场推出巧凤家妈，让她用明快洪亮的声音划破了静默："是啦嘛！……又要下田作活，又要裹小脚……这个叫做是：又要受折磨，又要摆看啦！"

巧凤家妈的回答不准确，很俏皮，与其说她表现了知识，不如说她显露了个性。小说对话不是试场考卷，不需要教科书那样的答案，它需要机智，或者幽默，或者模糊，或者误会，或者不相干。还记得吗？为什么"孔雀东南飞"？因为"西北有高楼"。

话的后面还有"画"。巧凤家妈正在踩水车，水车是一种灌溉的工具，用木板组成大车轮的形状，上面有舀水的戽斗，踩水车的人用脚的力量使它旋转。戽斗伸进河中，舀起水来，倒进田里，田里这才有水，水里这才可以插秧。踩水车的人要个子高大，赤脚，通常由男子担任，巧凤家妈身材比一般男子还强壮，又有一双又大又平的光脚板，她这样的脚叫天足，天足站在水车上反映天光水光，竟然也是一道风景！夕阳余晖，插秧的人都收工了，她还紧紧贴在那个庞大的机械上不肯分开，而且有说有笑，没有筋疲力尽，影子映在水面上，二者合成一个巨人。

我要插一段话进来，说一说我的见识。女孩子既然要下水田，为什么还给她裹小脚？我有我的答案。未开言不由人热泪滚滚，在某个年代，中国的某些地区，女人必须裹了小脚才是完整的女人，你不给女儿缠足，她将来很难找到好婆家。为什么？这得先骂三声该死的缠足，残忍的缠足，愚蠢的缠足！缠足是把女人弄成残废，让她必须依赖丈夫，必须服从家庭。从天足到三寸金莲，女孩子在这个痛苦的过程中"小脚一双，眼泪一缸"！放弃个性，消灭自信，缩小自己的世界，一双小脚像一张文凭，证明已修满女奴的学分。大脚丫的女子是野丫头，没有教养，大户人家不欢迎这样的媳妇。为人父母者即使目前要适应困苦的家境，仍然希望女儿能因为结婚提高生活水平，否则，将来有一天女儿成了灰姑娘，却因为这双脚穿不上那双鞋而错过良缘，那又怎么对得起女儿、对得起祖先！

那是什么年代呢？说来并不遥远，这篇小说记载日本空军的飞机临空投弹轰炸，巧凤就是被他们炸死的。巧凤家妈的丈夫死得早，女婿又从军到远方去了，她和女儿共同生活，常常带着女儿一同下田。她像爱女儿一样爱田地，她们在劳苦中得到甜蜜，即使地主待她们不公平，她们也不改其乐。彭慧写巧凤家妈，大体上是记录她的自述。她的教育程度不高，能使用的词语有限，但是诚于中、形于外，说来令人心神摇曳，难得彭慧一支笔也记录得入扣传神！那年代的作家对劳苦大众的语言特别下功夫。

巧凤进省城看世界，在一位教书的张先生家中帮工，一颗炸弹炸死了张家的太太、孩子，还有巧凤。巧凤家妈把遇难的经过说给别人听，小说家写这里更是音调拔高，既显得朴素生糙，又像在反复推敲：

> 人家说，我的相貌长得不好，命凶……那个张先生呀，可是长得绣花闺女一样啦，杂个也遭凶呢？……好人呀，那天，在他家头……我哭着囡儿，他哭着太太和娃娃，他啊，可怜，哭的糊了满脸的鼻涕眼泪，还来劝我："老奶奶，"他说，"别哭啦，我们记着仇罢，……"他越说越气，别看他那个斯文样子，他说得捏起两个拳头，跳起身来在桌上捶呀……

巧凤家妈生过七个孩子，只有巧凤一个女儿长大成人。她和女儿一同种田，女儿死了，种田渐渐不能满足她了，也许天足的女人果然不同，她要另外寻找人生的意义。"我们记着仇罢！"她想从军，到处打听什么地方招收女兵，没找到门径。后来听说附近要修路了，修一条公路，运兵上前线打敌人。"我们记着仇罢！"巧凤家妈报名做了修路的工人。修路修到山脚下，大雨滂沱，当时在场的目击者说：

> 已经挖了半边的山……大家都喊啰，当心点，当心点啦……人家都放了手，打算回家，她还挖着，她说，好，我就来，你们先走……话……还没说完，整整一个挖动了的山头……一个山头呀，连泥带雨，大块大块……奔下来……压下来啦……天啦，天，她就活埋在底下啦……

抗战时期，大西南是修过一条公路，由云南的昆明修到缅甸，用缅甸的公路和"二战"的盟军连接，把中国抗战需要的物资运进来。日军攻进缅甸的时候，这条公路也曾把大批中国军队运到缅甸战场，和英军一同作战。历史记载，修路的工程有很多妇女和儿童参加，他们只受过一点简单的训练，工程又很危险，事故不断发生，共计有三千多名工人丧生。巧凤家妈，中国骆驼！一根稻草压不死，老天爷牙关咬紧，为她坍下来一座山！

《巧凤家妈》多处使用"放大"的技巧。我在前面也提到放大，没有细说，现在就趁此机会做个交代吧。什么是放大？定义不如举例。俗话说，"水要走路，山挡不住"。诗人杨万里先生有一首绝句："万山不许一溪奔，拦得溪声日夜喧。到得前头山脚尽，堂堂溪水出前村。"民间有一首歌谣："左边一座山，右边一座山，一条河穿过两座山中间。左边碰壁弯一弯，右边碰壁弯一弯，不到黄河心不甘。"

六朝人留下一句话：人生能穿几双木屐？诗人余光中先生留下一首诗："一双鞋，能踢几条街？／一双脚，能换几次鞋？／一口气，咽得下几座城？／一辈子，闯几次红灯？／答案啊答案／在茫茫的风里……"

余光中先生的名句："等你，在雨中，在造虹的雨中。"余秋雨先生的名诗："炊烟起了，我在门口等你。夕阳下了，我在山边等你。叶子黄了，我在树下等你。月儿弯了，我在十五等你。细雨来了，我在伞下等你。流水冻了，我在河畔等你。生命累了，我在天堂等你……"

慧立法师记玄奘法师取经过流沙河："长八百余里，

古曰沙河，上无飞鸟，下无走兽，复无水草……逢诸恶鬼，奇状异类，绕人前后。"吴承恩写《西游记》第二十二回，流沙河里有一个妖怪，不许玄奘通过，八戒和悟空联手作战无功。这妖怪本来也是上界仙人，只因犯了过失，谪放到流沙河来，经常吞噬过往行人。悟空八戒三战不胜，求观世音菩萨帮忙，菩萨派使者收服妖怪，让他拜玄奘为师，为取经效力，将功折罪。这"最后一个徒弟"法名悟净，就是沙和尚。慧立笔下的流沙河寥寥数语，到了吴承恩笔下变成六千多字。

诗佛王维的"阳关三叠"："渭城朝雨浥轻尘，客舍青青柳色新。劝君更尽一杯酒，西出阳关无故人。"后来阳关有古琴曲，弹奏时要用歌词伴唱，唱词是："渭城朝雨，一霎裛轻尘，更洒遍客舍青青，弄柔凝，千缕柳色新。更洒遍客舍青青，千缕柳色新。休烦恼，劝君更尽一杯酒，人生会少，自古富贵功名有定分，莫遣容仪瘦损。休烦恼，劝君更尽一杯酒，只恐怕西出阳关，旧游如梦，眼前无故人。只恐怕西出阳关，眼前无故人。"

有一天我读这首诗，心中感动，加以变奏，写了这么一篇散文：

连日春风把柳枝染绿、拉长，早晨一阵细雨把高原的尘土压下去，这样的好气候好景色，旅行的人也要多住几天，你却要开始远行。

我们来送你一程，心里想的却是挽留。你看这一丝一丝的雨水，滴进一粒一粒的尘土，长出一棵一棵的禾苗，做成一粥一饭。你看这些人，和你同饮一口井里的水，同吃一块田地里长出来的庄稼，几乎是同时长出这一身结实的肌肉，你看我，我看你，亲切，顺眼。我们端起酒杯，真心希望你喝下这杯酒以后，突然决定卸下行装，说一句"我不走了"。

出门一步，条条大路。你沿着这条路走下去，有老人，没有你的父母；有炊烟，没有你的食物；有学校，没有你的同学；有教堂，没有你的菩萨。来，端起酒杯，再敬你一杯酒，问你在路的那一头，你得劳心劳力，花多少时间，把那些人变成朋友。在那遥远的地方，你真能把沙漠变成沃土？飞花落絮，飘零无根，你为何去受那样的苦？嫁出去的女孩泼出去的水，走出去的男儿灌下去的酒！来，喝下这杯酒，回心转意不要走。

一直揣想你如何舍弃这里的绿柳桃红，细雨轻尘。身上有脚，门外有路，路上有辙，风里有花粉，天上有太阳，日落的地方有鸡声茅店。想到鞋子，千里之行，始于足下。在家靠屋顶，出门靠鞋子。你需要鞋子，在河川一样的道路上，独木舟一样的鞋子。这里有几双鞋子，家乡人送你的鞋子，看着你长大的人，和你一同长大的人，用眼光量你的脚，用手心贴着你的脚心，一针一线缝起来的鞋子。无论你走多远，这几双鞋在你身边张着口，说你的乡音。

有人说，送人礼物，不要送鞋，鞋子造成离散。非也，鞋子只是在离散时保护你的脚。好好保护你的脚，脚在，故乡就在。不管走多远，别忘了写封信，带句话，做个梦。总要回来看看，家乡的井水是你的茶，家乡的五谷是你的饭，家乡的山丘是你的枕头，家乡的河流是你的血管，家乡的日月是你的钟表。

你要走很远的路，以不同的环境、不同的身份、不同的心情，穿各式各样的鞋子。没人知道世上一共有多少种鞋子，你会有很多鞋子：穿破了的鞋子，穿厌了的鞋子，变了形不合脚的鞋子，受消费的欲望支配买来不穿的鞋子。你在休闲时、工作时、运动时、赴宴时穿不同的鞋子，你在冬天夏天热带温带穿不同的鞋子，你在落后地区和高度开发的地区穿不同的鞋子。有一天，你回来，脚上穿着今天送给你的鞋子，这双鞋认得回家的路。

好吧，劝君更尽一杯酒，大风大雨一抖擞！

24. 叶灵凤:《女娲氏之遗孽》

《女娲氏之遗孽》这个标题使人想起，各民族都有"人种起源"的神话，咱们的说法是女娲造人。各民族对他们的肇造者都很感激，很崇拜，咱们原来也不例外。叶灵凤女士笔下突然出现"遗孽"二字，你的目光有没有在这个贬义词上停留不去? 如果有，她的目的正在于此。

这篇小说用第一人称叙事，女主角"我"，一个有夫之妇有了外遇。据说青年男女在结婚第七年，他们的情感中间会出现第三者，称为"七年之痒"，这个"我"正是如此。她的情人是一个十八岁的学生，这个大孩子情窦既开，并未经过苦涩的初恋，一步就坠入成熟的肉欲，整个人变得消沉颓废，不能专心读书。女主角"我"并不在乎自己的一切后果，但是为她的情人担忧，一旦事败名裂，她担心毁了这个青年，因此，她也陷入无尽的痛苦折磨。有一次，"我"陪丈夫一同看电影，那痛苦忽然又上心头，"我"只得伏在前面的椅背上，用牙齿紧咬着食指，"以期减杀这不可遏止的悲哀"，一直到感情平复下去，方敢抬起头来。

女主角"我"在琐碎的生活细节上处处设防，预防家人亲友看出破绽，那些鸡毛蒜皮都变得关系重大。她仔细分析别人的谈吐举止，分析别人是否知道她的秘密，别人的"无心"也都变成"有意"，不知不觉草木皆兵。叶灵凤女士表现了她特有的敏感，例如，女主角俯在凉台上闲眺，莓箴的嫂氏从下面拿了一枚朋友送来的红蛋对她说："你看，好大的一粒红豆呀！"嫂氏说的是红蛋，女主角听成红豆，"豆"和"蛋"双声，凡是双声叠韵的字都容易听错。红豆代表相思，女主角就认为这位嫂氏话里有话了。这些地方，叶灵凤女士文笔奔放，但写得体贴入微，使你暂时忘了女娲。

你我可以预料，女主角生病了；你我意想不到，不是生病，她怀孕了。叶灵凤女士借着女主角的口说：

一个婴孩的构成，虽与母体有同等关系的父体亦不能明白，知道它来源的惟有无所不知的上帝与孩子的生母。……啊！你尼丘山上的颜氏女呀，你伯利恒城中的马利亚呀！你们虽都不自知你小生命的来源，惟我则不然，一切的事我都知道，我知道花儿怎样蓓蕾，我也知道果儿怎样成熟！

她暗示胎儿是她从情人受孕，这一点你我都不意外。女主角的丈夫来到床边，手里拿着一叠信，你我都没想到，那是女主角和情人之间最近的情书，该寄的没寄出去，该收的没有收到，都落到丈夫手中。你我都没想到，女主角竟受到那么大的惊吓，她全身抖动，床铺格格有声，你我都为之手足无措，她不是为自己惊恐，她是担心那个十八岁的青年。她的反应没人这样写过，有人怀疑这一段描述的真实性，我想，即使出于虚构，小说家也有这个权利，因为这个地方需要这样的效果。

小说情节的发展需要意外，唯有第一人称的小说才可以出现这么多的意外，因为"我"只能写亲身所为、亲眼所见、亲耳所闻。许多事情他不知道，他要事到临头才知道，他知道了，你我读者才能知道。有些意外在第三人称小说里很难被读者接受，到了第一人称小说里就合理化了。女主角的丈夫虽然握有妻子外遇的充分证据，却没有用大嗓门儿说话，他很和平地劝妻子安心养病，保证不会让妻子为难。这位女主角为了保护情人，也就忍辱苟活，等自己恢复健康，等情人能够自立。

这个短篇的包容量很大。首先，爱情自由是30年代新文学的主旋律，这篇小说并未离谱，反对包办婚姻的人可以在这里找到和声。其次，旧日礼教反对把爱情自由和性行为自由画上等号，特别是对未成年人，在这篇小说里也可以得到声援。再次，女主角坚决不肯认错，宁愿牺牲性命承担一切后果，令许多读者佩服，可是有些后果，即使她一死也担当不起；她又能忍受一切委屈，不和大环境对抗摊牌，也有许多读者赞成。她，两个分身，都有人在后面排队，排得很长。同一篇小说，不同的读者可以各取所需，这在那个时代的作品中极为罕见。

那么女娲呢，女娲在哪里？回头看题目，这才发现题目定得好。女娲当然是造人的那个娘娘，她要造一群人来统治，又不知道怎样管理，由这些人凭本能生存。这些人，一如"我"所说："人们谁是互相爱护的？人们谁不是以见同类陷在绝境中为乐？"这个世界令人痛苦。有人而后有世界，有女娲而后有人，追究起来，全怪女娲原始一念，造人就是造孽，芸芸众生都在其中，包括我们正在谈论的"我"，这是一层意思。你也可以说，在叶灵凤的这篇小说里面，女娲指那个女主角，遗孽指她和情夫生的那个孩子，他们造人也像女娲造人一样，多此一举，后患难料，这又是一层意义。第一层意思包含第二层意思，可以大而丰富，第二层意思注解第一层意思，可以小而深刻，应该是小说标题的范例。

想起《红楼梦》里头那块可大可小的石头，小到含在宝玉嘴里，大到把《红楼梦》的全文都刻在上面。小石头是大石头的前生，大石头是小石头的来世，正如女娲既是造物者又是被造者。这件事好像不可能，曹雪芹拈出一个"幻"字来就都可能了，真可以立幻，幻可以显真，因此《红楼梦》还有一个名字叫《石头记》。

《红楼梦》的名字很多，也叫《风月宝鉴》，这是由第十二回"贾天祥正照风月鉴"引起。贾天祥（贾瑞）得了相思病，群医束手，有个道人送来一面镜子，说是照镜子可以治病，不过只能照反面，不能照正面，这面镜子叫作"风月宝鉴"。贾天祥看反面，看见一具骷髅；看正面，看见美女色情。他专看正面，结果气绝而死。《红楼梦》有正面也有反面，"贾天祥正照风月鉴"是个小寓言，《红楼梦》是个大寓言，显出这部书的深远曲折。

《红楼梦》也叫《情僧录》，书中说，有个和尚在荒山野岭发现了那块大石头，上面刻着《红楼梦》的全文，他把那些文字抄下来带到世间，传到曹雪芹手中。这部书也叫《金陵十二钗》，记录了十二个女子的生平。书中说，贾宝玉在梦中看见一些册子，里面写着许多谜语，预示某些女子的命运。此书的作者又说，他写书的动机在为一些可爱的女子立传，不忍时间把她们埋没。以上这些书名，各有长短得失，《石头记》没有人间烟火的气味，缺少温度;《金陵十二钗》好像一张团体照片，没有空间供我们想象。《红楼》言情，"厚地高天，堪叹古今情不尽；痴男怨女，可怜风月债难酬"。既然是僧，应该断了这个情，为僧而不能忘情，大家有悲剧可看了，但是这并非书中主要的故事。

经过多年辗转淘汰，读者还是看中了《红楼梦》这个书名。"红楼"是富贵之家，"梦"是富贵都已经失去。在红楼之内，由男女主角的爱情，反映巨室的衰败，由巨室的衰败，反映时代的变迁。小说家从书中故事提炼出诗意，使小说得到这样一个名字。书名《红楼梦》，书中男主角在红楼里做了一个梦，梦中听了一出戏叫作《红楼梦》，这是小梦；男主角醒来后在红楼里过着梦幻般的生活，这叫大梦。小梦先醒，大梦后醒。有人认为《红楼梦》这部名著的人生观太消极了，那是另一件事，我们是在这里讨论写作的技巧，技巧是中性的，"不为尧存，不为桀亡"，你把它从前人的作品中抽离出来，为你的人生观服务。

前代的经典名作大半没有好好地取一个名字：《水浒传》，中间那个字不认得，读者觉得语文水平受人考问，不舒服；《西游记》，你把题目定得轻松，我也误以为这本书平常；《三国演义》，历史由合到分，再由分到合，其间板块震荡、天翻地覆，书名完全不动声色。再看西方，堂吉诃德先生、日瓦戈医生、包法利夫人、笔尔和哲安，全是一些小人物的名字，这些人要靠书出名，书不能靠他们出名，书摆在书店里，书名是书的负担。这些西方的大师们真有自信，他们影响了我们新文学的前辈作家。

现在文学作品有商品的性格，商品上市，讲究卖点，你的货色有哪一点使人家想买？读者第一眼看到的是书的封面，封面上最显著的是书名，这才发觉《一个意大利小学生的日记》不如《爱的教育》,《巴黎圣母院》不如《钟楼怪人》,《飘》不如《乱世佳人》。当代那些杰出的作家,既跳过种种艺术的高栏,也穿透市场的层层筛选,书名透露出少许消息。王安忆女士在1990年有《流水三十章》,到2009年有《黑弄堂》,到2016年有《匿名》。莫言先生在1987年有《红高粱家族》,1998年有《会唱歌的墙》,2006年有《生死疲劳》。

我平时阅览,看见人家的书名好、文章标题好,常常写下来,玩味一番。《我家潜入水中避雨》,渡也先生的诗。避雨原是为了躲水,怎么会入水避雨?渡也写这首诗的时候,"水立方"一词还未在媒体出现,这位诗人已经有了"水下室"的构想?入水避雨,诗家称之为矛盾语,像"穷得只剩下钱""没有消息就是好消息",像"我是一个/没有屋顶的/栖息,我是/没有烟囱的/炊烟"(戴天),像"所谓无底深渊,下去,也是前程万里"(木心),都是矛盾语,避雨不可以入水,入水避雨可以入诗。

我的笔记本里还有《痛饮流年》,陈善壎先生的散文集。口腔咽喉食道都是敏感部位,酸甜苦辣流过,点滴在心。"痛饮"联想到酒,想到酒的刺激性,以酒浇痛,既止痛又生痛,怎一个"饮"字了得!我在谈论回忆录四部曲的时候说过，少年居乡的滋味如饮乳，抗战流亡的滋味如饮水，解放战争苦难的滋味如饮酒，台北的高压滋味如饮药，才思逊人一步，没想到"流年偷换"可以截取一半使用。

余秋雨先生把他的回忆录取名《借我一生》，这四个字可以读出好几种语气来：一、请你借给我一生吧；二、谢谢你把一生借给我；三、我这一生都是借来的；四、我使用我的一生，尽我的一生。我住在台北的那些年，一个外国记者说我们是"借来的时间，借来的地点"，没有错，若强势的人生有一百个爸爸，那么弱势的人生就有一百个债主。我知道30年代的新文学作家都对债主没有好感，我不然，我说幸亏社会上有债主，当我们陷入困境的时候，感谢有人肯让我们欠债。

《让子弹飞》，是姜文导演的电影，片名抢眼，令人过目难忘。子弹危险，怎么可以任凭它飞！让子弹飞，就是让人随便射击，就是让人人自由买枪，就是拿生命当儿戏。让子弹飞，又好像子弹未射中目标，甚至好像射击前并未瞄准目标，射击者明知它徒劳无功却态度轻松。让子弹飞，放走一颗子弹像放走一只鸟，任它翱翔，别有一番滋味。让子弹飞，我尝过那滋味。十四岁那年，我参加了抗日游击队，领到一支枪，但没射过一颗子弹，因为日本军队训练精良、武器锐利，我们只能跟他玩猫和老鼠的游戏，忍受"游而不击"的讽刺，常常摸着胸前腰间的子弹带气闷。有一天，我来到村头上，眺望原野，赞叹大好战场，不知不觉对空放了一枪。这子弹也委屈啦，放它一条路吧，由它自己去找目标吧！这一枪胸怀大畅，郁闷全消，这一枪使全队以为出现了敌情，紧急进入作战状态！司令官知道是我这个小萝卜头儿闯了祸，亲自审问。我说子弹想飞出去找目标，它不甘心永远藏在弹夹里。没想到，司令官听了转嗔为喜，对大队长说："这孩子可以做一个好兵，好好训练他！"

25. 聂绀弩:《邂逅》

邂逅,事先没有约定,彼此偶然相遇,材料很单薄。这一点墨水滴入文学的大海,也能凝聚成形,聂绀弩先生真的有本事。

这篇小说里的那个"我"失业了,出门去找工作,到哪一行去工作?凭什么社会关系找到工作?"我"完全没有规划。"我"茫茫然出门,茫茫然碰见一个人,茫茫然答应跟这人到厦门中学去卖粉条。可是那人又说,时局不安定,厦门中学未必能准时开学,"我"又跟那个人上了船,见到一位报上常常露面的总指挥。作品中没有说这个总指挥属于什么军,只提到军队驻防的地点在广州附近，聂先生这篇小说是 1935 年发表的，反正不是解放军。"我"又答应了总指挥的邀约，到部队里去"办党"。"我"似乎是个读书人，到厦门中学不教书，卖粉丝，已经扯不上；由卖粉丝忽然跳到军中去"办党"，更扯不上，何况他也没有党务工作的背景，胡拼乱凑，等于儿戏。"我"自己解嘲，说出一句喜剧的台词："一个失业的人，同时就是个万能的人。"跟悲剧相比，悲剧的剧情常常发展在意料之内，喜剧的剧情常常发展在意料之外，是了，聂先生要用喜剧的态度来创作。

那时候，军队奉令移动叫"开差"，动身出发叫"开拔"，只见"一个穿着便服，没有职位的人，就夹在这翻翻滚滚的穿灰色军装的人们中间，'行军'起来"。以上只能算是引子，开拔以后，行军途中，才是这篇小说的精华。"我"是局中人，却以局外人的语气说，行军不该叫行军，应该叫"坐军"。开拔之前，总指挥什么的，自然有轿子抬着走；中下级官佐派兵上街征用民夫，找根杠子中间绑上木板，抬着中下级官佐走。军队讲究军容，军队要有军队的样子，"坐军"摆出来成个什么样子呢？那是喜剧的样子啊。

小说用大场面做背景，用小场面说故事，我们从这样的军容之中寻找"我"的下落，发现他和几个官佐合成一伙，轮流坐一块木板。他坐在上面的时候，这个民夫要小便，那个民夫要大便，两个民夫趁停下的时候逃走了。他坐在木板上两腿悬空，时间久了，麻木疼痛，天气炎热，烈日当空，人只有站在那儿流汗，"我"自己用可笑的口吻述说着此情此景。

路，还是继续要走，而且下面有一段是山路，聂先生写尽了山路难行，山路崎岖，下坡难，上坡也不容易。我们谈过"堆高"，行军入山正是聂先生的堆高，山路越走越长，只觉得脚掌越走越薄，腿越走越短，烈日由上面向下烤，滚烫的土壤由下面往上煎，你恨不得就地将自己掩埋。别人也在走，并没有走得这样辛苦，为什么？这才发现，别人手里都有一根棍子，棍子点地，如鸟展翅，体重减轻了很多。这根棍子太重要了，现在登山是一项运动，登山必须穿登山鞋，背登山包，持登山杖，没有登山杖，入口把关的人员不让你通过。一根棍子！这么简单的事情，行军之前没人提醒一句，受了这么多苦才发现，真是可笑。

"我"热烈盼望有人送给自己一根棍子。人人有棍子，只有他两手空空，身旁的人川流不息，居然都视而不见，连那个介绍他到部队里来"办党"的人，也只顾抓牢自己的棍子。"我"又严肃地思考自己该怎样弄到一根棍子，毕竟天上不会掉下来棍子，地上不会生出来棍子，别人也不会丢弃手中的棍子。途中经过一个小小的山村，"我"到村子里去找棍子，聂先生顺手揭露了民生凋敝。大军压境，村民全都关门闭户的，这个村子也实在穷苦，从头到尾找不到一根棍子。人群走过，木棍如林，人家是多了一条腿的爬虫，自己如少了一条腿的瘸子。"我"好像遇见冤孽，撞上邪灵，陷入噩梦，万念俱灰，万缘放下，只盘算棍子棍子棍子！

我们谈过"放大"，聂绀弩先生如此这般放大了山地行军使用的棍子。话犹未了，事有未尽，只见一人由前头向反方向走来，与"我"相遇，举手敬礼，态度恭敬，他说他是某一连的传令兵。那时部队在行进中使用的无线电话尚未出现，命令靠口头传达，各连都设置了传令兵，由排头跑到排尾，再由排尾跑到排头，所以两人能够有这一次"邂逅"。这位传令兵说他听过"我"的演讲，心中有钦佩仰慕之情。"我"到总指挥这儿来"办党"，什么事都还没做，本人连一个出入证都还没有领，只到某个营去做过一次演讲，演讲的内容无非是冠冕堂皇的官样文章，听众大半在打盹儿，没想到还有人认真听，而且全部吸收。这个传令兵忽然遇见了演讲的人，又亲眼看到这人没拉民夫抬着走，认为他不扰民，与士卒共甘苦，言行一致，是个好官，当面大大地赞美一番。他误会了，误会是笑料的来源。"我"呢，并不在乎这个听讲的人说些什么，只注意这个人手里的棍子。这个人是拄着拐杖来的，"我"幻想这根棍子握在自己手里，一根棍子胜过千言万语。"我"也几次冲动想向对方讨这根棍子，无奈"我"是"先生"，他是"兄弟"，怎好意思出口。一迟疑，再迟疑，时不我待，传令兵敬礼告别，拄着他的棍子分手了。"我"后悔没教对方留下棍子，目送时不见背影，只见棍子。传令兵所见者大，"办党"的人所见者小，大小悬殊，放在一起，也是笑料的来源。

看形势，小说结束了，谁料那传令兵去而复返，向"我"双手奉上棍子。这人注意到"我"需要棍子，见面时只顾表态，分手后又想起来。"我"终于有棍子了！这一个温柔的回澜，正是喜剧结尾。聂先生先是一路挥洒，云淡风轻，心不在焉，人物面目模糊，身影飘忽，得失荣辱产生喜感，以第三人称的距离，传达第一人称的切肤之感，古今多少事，都付笑谈中。他只说可笑的，可笑的才是重要的。小说最后交代，"我"以后和那个传令兵再也没见面，邂逅嘛，聂先生没忘记呼应题目。

朱光潜教授著《文艺心理学》，有一章讨论"笑与喜剧"，寻究"我们听到某一种话，看到某一种人物，或是处在某一种情境，何以发笑呢?"朱氏罗列了各家的学说，其中有以下几点：

一、"不美而自以为美，不智而自以为智，不富而自以为富"，故事中人物比读者低下；

二、面对新奇的事物，不期然而然；

三、人物的动作机械化，遇到障碍物不能随机应变，像木偶；

四、事物的景象不协调，不伦不类地配合在一起；

五、紧张的期望突然消失；

六、笑是严肃的反动，是由于突然摆脱了"尊严堂皇"的约束。

朱教授是大学问家，他检视这些学说，认为都有缺点。我们是学习者，三人行，皆是我师，可以六种说法都接受，都练习，在学习中可以发现，以上各种说法往往彼此相通。

第一项"不美而自以为美"，第三项"人物的动作机械化"，第四项"事物的景象不协调"，三者并不冲突，都是读者发现故事中的人物犯了错误，用笑来表示不以为然，也用笑表示自己的优越感。因此，有学问的人说，笑是一种批判。民间朝这个方向制作笑料，难免要寻找傻子、笨鸟、儿童、乡下佬、身体有残疾的人。我现在居住的地方各色人种都有，少数民族也就成了多数民族嘲笑的对象。

第五项"紧张的期望突然消失"，第六项"突然摆脱了'尊严堂皇'的约束"，两者也未必冲突，紧张的期望和"尊严堂皇"的约束都对我们产生压力，我们要蓄积能量准备承担，这种压力突然消失了（注意"突然"二字），多余的能量需要发泄，于是产生了笑。制作这一类笑料，方向恰恰相反，要针对社会的上层人物，那些偶像、权威、明星，雷震电闪剥掉他们的层层包装，令他们瞬间失色。

如此这般，笑料的主要来源就是表现人性的劣点，制造笑料的主要方法就是使对象"突然变小"。《聊斋志异》有一篇写赌博，赌赢了很威风，赌输了很沮丧。输，当然因为赌术不精，可是怎么你我他都是输家？难道咱们的技巧都很差劲儿？在这个赌场里哪个是九段高手，咱们能不能见识一下？好几个赌徒伸出手来一齐指向一个老头儿，那人没穿裤子，他的裤子呢？输掉了！赌术最高明的人就是输得最彻底的人，这两个特点怎么会同时集中在一个人身上？无他，赌场里没有赢家！蒲松龄不谈原因结果，只谈不协调的景象不伦不类地配合在一起，使其人突然变小，警世名言一笑之中。

春秋时期，宋国和楚国发生战争，两军隔着一条河相持，宋军已经列好阵势，楚军渡河攻击。当时宋襄公的声望也很高，他亲自指挥作战。带兵的将领对他说，现在楚军渡河，一半在河这边，一半在河那边，首尾不能相顾，时机对我们有利，我们应该趁着这个时候跟敌人打起来。宋襄公说，两军作战的时候，要等对方摆好了阵势才可以进攻。他做出这样的决定，正是"人物的动作机械化，遇到障碍物不能随机应变，像木偶"。大家立刻对他改变了看法，摆脱了"尊严堂皇"的约束，觉得他突然变小，结果宋军大败，"宋襄公之仁"成为历史上最奢侈的笑话之一。

前贤叮嘱，喜剧中的人物要"没有危险和痛苦"，这一句很重要。阿Q本是喜剧人物，你可以拿阿Q的日常言行和上面的"朱六条"核对，重新认识他，你会发现，他的"精神胜利"就是突然变小。可是，后来官府糊里糊涂把他枪毙了，人命关天，他突然变大，这篇小说另成一番境界。《阿Q正传》千古在，你读第一遍的时候，时而微笑，时而大笑，你读第二遍就笑不出来了！在同一个读书会里，如果一半会员读了《阿Q正传》不笑了，另一半读了《阿Q正传》还在笑，这两群人恐怕要吵架，读书会恐怕要分裂。

时贤也叮嘱，法律禁止歧视。在我居住的地方，本来流行很多笑话，形容犹太人"吝啬"的，或者形容中国人"野蛮"的。犹太人为什么长于理财？因为他们手掌的神经对钞票、支票特别敏感，金钱一旦到了他们手中，就很难再逃出牢笼。中国菜为什么好吃？因为中国几千年来常常穷苦，穷人缺乏食物，只能想尽办法吃那些不能吃的东西和不好吃的东西，还要使那些东西既能吃又好吃。如此这般，中国人和犹太人的长处都变成短处，"突然变小"，可以聊博一笑了！然而，这是歧视，歧视把人群分割成一小块一小块，妨碍族群的团结和谐，每一个笑话的代价都太高了。政府立法禁止歧视以后，那些笑料一律不见了！因为犹太人看了不舒服，可以告状；中国人看了不舒服，也可以告状。在中国，以前嘲笑聋哑盲瘫的小故事很多，现在也不见了！社会进步了，喜剧取材的范围窄小了，所以喜剧难写。

现在文坛先进提倡一种"无害的笑"。

许多笑话口耳相传、家喻户晓，只是大家都忘记了原来的作者是谁。有一个小笑话，据说是我的老上司魏景蒙先生首先"发明"的。老鼠教他的孩子听猫叫，再三告诉小老鼠：倘若听见这种声音，千万不要出洞。第二天，小老鼠听见外面狗吠，以为外面很安全，不料是猫学狗叫，小老鼠上了当，活生生被猫吃掉。老鼠这才觉悟："这年头，不学会一两种外国语是不行的！"受过英语训练的人，平时对中国人讲话的时候也喜欢夹杂英语词句，以示高人一等，这个笑话使他们突然变小。

有一次，我的朋友开新书发布会，来宾很多，我也登台致辞，我说我也开过新书发布会，"该来的都没来"，来宾大笑。"该来的都没来"这句话有出典，原来的那个笑话人人都知道，我异时异地依然使用这句话，正是"人物的动作机械化"，可笑。我接着说："我把他们的名字放在心上，每天念一遍，我非常非常……"说到这个地方我故意停顿了两秒钟，让大家以为我对那些人不满意，要趁此机会发泄一下。谁知我的下文是"爱他们"，好像我不念旧恶，人品很高，更不料我下面还有一句："耶稣教我爱仇敌！"我仍然记仇，突然变小，满座来宾鼓掌哄堂大笑。

26.胡山源:《睡》

这篇作品没有故事,只有风景,一个人喜欢看风景,每一次看过风景之后就睡一觉。鲁迅先生把它收进《中国新文学大系·小说二集》,使人想到小说这个体裁弹性很大。

在这篇小说里,胡先生写了西湖和庐山。

西湖难写,我的朋友游西湖,回来一字未写。他说:前面大天才大文豪写了那么多,我怎么也出不了他们的范围。但是胡先生这个"睡"字引人入胜,难道他是到西湖睡觉来的?一念未已,眼睛已经读了几行,他游西湖不坐船,他散步,与众不同。"从湖滨路开步走,出了钱塘门，过了石塔儿头，取了孤山路；等到进公园，已在白堤桥上坐了几次，白堤水边削了不知几盏水碗了。"一个一个景点走过，行人稀少，天气晴美，风景好像可以催眠。太阳送来没有重量的棉被，把他安置在慈母的怀抱里。睡吧！就用茶馆里的长椅和脚凳做床，呼呼入梦。

一觉醒来，继续前行，过西泠桥，在杏花村午餐，进灵隐寺大殿，看见东廊下有长椅，又有睡意，想睡便睡，而且睡得很熟，也就是睡眠质量好。他自己说睡得"香"，这个香是旃檀香。

他被小贩叫卖的声音惊醒了，起来继续游览，风景只点名不叙述。你不是读过诸子百家的西湖游记吗？你对每一个景点都读过诗看过画，你一一回忆吧，"我"就恕不重复了。他一笔扫过：

于是别去"妙庄严域"的灵隐寺；穿过秽气冲天的茅家埠；跨过了东坡走过的大麦岭；傍着村舍错落的赤山埠；过了没有看见的四眼井，和来不及进去的虎跑寺大门；绕着黑影中的六和塔；上了必须努力最后五分钟的二龙头西斋二层楼；冲进了达到目的的二百零七号寝室，倒头躺下！

他如此这般写西湖之睡，然后，他如此这般写庐山之睡。也有不同之处，他特别描写了庐山最著名的一条瀑布，名叫三叠泉。他写险峰怪石、飞瀑悬虹，写出景色因地势而形成的三叠：

> 立在泉的对面，或侧面，看去，只见水从平面，作直角垂下，直如匹布。隔几丈，石壁突出一些，这匹布折叠了。但不久又垂下。又折叠；又垂下。又折叠；然后又垂下，到底。将身体俯前些，好怕呀！那匹布挂在两峭壁的隙缝中，紧紧的，连绵不断的，往下落去，深不见底，看了头眩的！哎！离地很近很低，想错了，小觑了，请原谅我！
>
> 那匹不是布，是云锦，不然，由伊折叠中，何以会腾起灿烂的绮霞，明丽的长虹呢？哦，知道了，原来是水花折日光！

这一段，证明他也是描写风景的天才。在如雷的水声中，他想睡，我也想睡。

胡先生这篇作品很短，看完了才明白，胡先生不是写风景，他是写一个人物，这个人物叫作"我"，这个"我"并不是胡山源。"我"有个习惯，看过美景就想睡觉。写风景不能成为小说，写人物就不同了。要欣赏这篇作品，你得先能欣赏这个人物。有这样的人物吗？我曾说，"美"是很累人的，审美使人疲倦（这句话被有学问的人引用去了）。有一位医生说，有人在肢体劳动后想睡，就像有人晕车晕船，他的某一部分神经和别人不同。

也许，小说家塑造了这么一个爱睡的人，讽刺"大好河山供醉梦"，我不能断定。遇到这样的作品，我的态度是，不管他为什么写，只管他写出来的好不好。

风景描写是小说家的重要技能，甚至是杂文和散文的区别，它使人感悟人与自然同在，甚至人与自然一体。因此，风景描写常常从"拟人"入手，也就是拿你要写的东西当作是人。例如，没有灯火的街道从窗外空虚地瞪着房子，房子由窗口空虚地瞪着街道（帕斯捷尔纳克）；春天坐着花轿来（管管）；《冰岛渔夫》里面的海洋有生命，而且不讲理；《老人与海》里面的海洋有知觉，有意志。

在小说里面，你不是为写风景而写风景，你是为了让风景对小说人物、对故事情节发生某种作用而写风景。施蛰存先生写春心荡漾的少妇，把她放在春天温暖的阳光下面。胡也频写贫困的作家，把他放在寒冷的北风里面。大观园落花是为了黛玉葬花，黛玉葬花是为了塑造人物个性，让黛玉有那样的个性是为了使她的爱情成为悲剧。迅翁的《药》，最后以写景结束："他们走不上二三十步远，忽听得背后'哑——'的一声大叫；两个人都竦然的回过头，只见那乌鸦张开两翅，一挫身，直向着远处的天空，箭也似的飞去了。"寻药的过程中人心天心都很阴沉，黑鸟莫名其妙地也来凑一个角儿，强化了小说家的悲悯。罗家伦先生的《是爱情还是苦痛》，通篇写男主角无法解除旧式婚姻给他的痛苦，最后也以写景结束："窗子外的夜雾愈大，星光同灯火都看不见了。惟有树根残雪，衬得几株树同奇鬼扑人一样。"小说虽然结束了，对旧式婚姻的挞伐犹在继续。

中医用药，每一种药材称为一"味"，每一张处方有好几味药材，医生针对病情，组合药材，有轻有重，有主有宾，用他们的术语来说，叫作"君臣佐使"。君，针对主要的症候而选用的药；臣，辅助这一味主要的药散发药性，使治疗有效；佐，中医说"是药三分毒"，他用某一味药抑制主药的副作用；使，他用某一味药使药与药之间互相调和，把它们引入病变的部位。我在谈论小说写作的时候常常复述这个观念，认为小说家使用他的题材也有"君臣佐使"。

别小看了流行歌曲，人家也是内行。你看，"春天的花是多么地香，秋天的月是多么地亮，少年的我是多么地快乐，美丽的她不知怎么样！"第一句第二句是为了第三句而写景，第三句又是为了引出第四句来，第四句才是主体。春花秋月不再，青春年少也不再，她的美丽还在不在？美丽的她还在不在？我辜负了春花秋月，辜负了青春年少，也辜负了她的美丽，"老了江南的表妹！"

"美丽的她不知怎么样"，这一句是"君"，"少年的我是多么地快乐"，这一句是"臣"，由"我"的快乐侧面形容她的快乐。"春天的花是多么地香，秋天的月是多么地亮"，这两句是"佐使"，调和了"我"的快乐和她的快乐，散播给春花之中、秋月之下的一切读者。

一面散布，一面也强化，你可以只留第一句："美丽的她不知怎么样！"那种怅惘之情，会留在读者的心里。加上"少年的我是多么地快乐"，恋念延伸到肺腑。加上"春天的花是多么地香，秋天的月是多么地亮"，读者会感受到刻骨的遗憾。

用"君臣佐使"的眼光看，小说中的议论、抒情、风景描写、心理分析，都是帮手。不可小看了它们，俗话说"强将手下无弱兵"，也可以说弱兵之上难有强将，要使它们成为你的训练之师。小说以叙事为枝干，以描写为花朵，一经描写，残垣断壁，皆成风景，寻常男女，俱在画中。日光之下无新事而有新意，新意发为新语，新语使旧事焕然如新。若论叙事，新闻记者是佼佼者，新闻不需要描写，但记者必须学会描写，才可以转换到小说的跑道上来。花草中有一种观叶植物，不开花，养花人拿它的叶子当花看。散文可以是观叶植物，小说不然。

27. 郑振铎:《猫》

郑振铎先生带猫上场，非常重视读者对这只猫的第一印象，他说:"三妹是最喜欢猫的……花白的毛，很活泼，常如带着泥土的白雪球似的，在廊前太阳光里滚来滚去。"一句话写出众人眼中忽略了的美。你我也可以先把心爱的东西拿到阳光底下欣赏，然后再写。想想看，如果万紫千红是在阳光下面看，增色几分？如果人面桃花是在阴云下面看，减色几分？阳光是个魔术师，它使你觉得有能力去爱，也使你觉得被宠爱。

猫的故事开始了，合家的兴趣也提高了，下面如何发展呢？郑振铎先生的手法很独特，这只可爱的小猫忽然不见了！猫失踪，全家情绪低沉，好像被洗劫了，被侮辱了。这叫"起落"，小说情节要有起有落，波浪式前进，郑先生用这篇《猫》示范给我们看。有起必有落，有落也必有起。这家的母亲又收养了一只小黄猫，"这只小猫较第一只更有趣，更活泼。它在园中乱跑，又会爬树，有时蝴蝶安详地飞过时，它也会扑过去捉"。当然，它也会捉老鼠。这是再起，再起的后浪比沉没的前浪更高，后来增添的足以抵偿前面失去的而有余。

可是这只小黄猫也不见了！它喜欢亲近人，所以可爱，因为可爱，所以被路人捉去，屡得屡失，好像经过几番沧桑。这又是"落"。评论家分析小说的技巧，常说"大起大落"，指的就是这种安排。小黄猫失踪之后，这个家庭没有立刻再补充小黑猫、小狸猫（倘若那样写就呆板了），一直等到冬天。收养宠物也有季节性吗？很多人春天希望养鸟，夏天希望养鱼，秋天希望养狗，冬天希望养猫。

冬天来了，这个家庭再养一只猫。这一次，养猫的动机不同，他们看见一只猫流落街头，饥寒交迫，于心不忍，有此一念。这第三次养猫又是一"起"。如果这第三只猫也是如何逗人快乐，那又俗气了。这第三只猫并不善解人意，也不捉老鼠，成为家中一个"若有若无的动物"，郑先生不动声色，另掀高潮，"穷则变"，你得先有变量，他在人和猫之外加进一对鸟。

冬尽春来，这个家庭买了一对小鸟，黄色，颜色可爱，芙蓉鸟，名称可爱，不用说，叫声也可爱。别忘了猫是肉食动物，猫和鸟之间有矛盾，人爱鸟甚于爱猫，于是人和猫之间也有了矛盾。起初，矛盾轻微，但矛盾是可以滋长、可以扩大的。"那只花白猫对于这一对黄鸟，似乎也特别注意，常常跳在桌上，对鸟笼凝望着。"主人下令戒备，防猫护鸟。可是该来的终于要来：

　　一天，我下楼时，听见张妈在叫道："鸟死了一只，一条腿被咬去了，笼板上都是血。是什么东西把她咬死的？"

　　我匆匆跑下去看，果然一只鸟是死了，羽毛松散着，好像它曾与它的敌人挣扎了许久。

　　我很愤怒，叫道："一定是猫，一定是猫！"于是立刻便去找它。

　　妻听见了，也匆匆的跑下来，看了死鸟，很难过，便道："不是这猫咬死的还有谁？它常常对鸟笼望着，我早就叫张妈要小心了。张妈！你为什么不小心?!"

你看，矛盾不但会发育成长，还会繁殖蔓延，主人和仆人之间也有了矛盾。矛盾升高，冲突出现，主人用木棒打猫，以示惩戒。

隔了几天，第二只鸟又被猫吃掉，大家亲眼看到真凶是一只外来的黑猫，跑得飞快，嘴里衔着一只黄鸟，这才发觉对家猫造成冤狱。"我心里十分的难过，真的，我的良心受伤了，我没有判断明白，便妄下断语，冤苦了一只不能说话辩诉的动物。想到它的无抵抗的逃避，益使我感到我的暴怒，我的虐待，都是针，刺我的良心的针！"你看，主人和他自己也产生了内心的矛盾。

这两只鸟都死了，后来这只花白的猫在真相大白之后也死了。郑振铎先生物尽其用，每一次死亡都是先落后起，矛盾的顶点都是高潮。尤其是对于最后那只猫，"我"对它的亡失，比前两只猫的亡失，更难过得多。"我永无改正我的过失的机会了！"这篇小说用第一人称叙述，叙述者受视域限制，许多事情他不知道，他不知道的我们读者也不知道，跟着叙述者一同错怪了他的猫，认为这猫该打。后来知道另外有一只来历不明的大黑猫跑来行凶，打猫的人后悔了，我们读者也后悔了。"象忧亦忧，象喜亦喜"，如此这般，成为一篇小说。

小说该结束了，最后一句，"自此，我家永不养猫"，在情感上也是个小小的高潮。小说家把它单独排成一段，显得奇峰乍起，戛然而止，一猫二鸟，小地方见匠心。

这篇小说的题目只有一个字：猫。想起莫言的《蛙》、林怀民的《蝉》，也只有一个字。写这种文章要有一点好奇心，青蛙成群结队地齐声喊叫，为什么？有学问的人说，青蛙嘴边有个天生的扬声器，能把声音放大，这说明蛙有呐喊的能力，没说明它有呐喊的需要。它是为了求偶吗？不相干，青蛙怎样交配、怎样产卵，书上说得明明白白。为了退敌吗？作用恰恰相反，青蛙没有战斗力，不该这样暴露自己的位置。晋惠帝当年听见蛙声，发出一个问题：这些青蛙为什么喊叫？为了公，还是为了私？历史学家笑他智商太低，在我们写小说的人看来，他问得有意思，我们也想这样问。蛙的生殖力很强，一只青蛙每年产卵数千个，虽然大部分成为其他水族的饲料，剩下的仍然可以维持子女满塘、五世其昌。在莫言笔下，蛙就是"娃"。有一个时期，国家控制生育，女主角姑姑是个助产士，她不但负责接生，也负责堕胎，后来她退休了，心中常常不安。有一天她喝醉了，夜晚独行，经过池塘旁边，数不清的青蛙一直对她喊叫。为什么喊叫？有故事就有答案，蛙的弦外之音，姑姑听得见，你我也听得见。

再说蝉，蝉也在那儿喊叫，也不会独自低唱浅斟，总是彼此响应、彼此连接，声嘶力竭，恨不得惊天动地。一般昆虫用翅膀互相摩擦发出声音，音量小，蝉在腹部专门生长了鸣器，音量大，这个鸣器可以说是它全身构造的精华，它要这个玩意儿干什么？这个问题，晋惠帝没问，我们想问。对写小说的人来说，要有答案，先有故事。关于蝉，书本上有现成的说法，齐国的王后含恨而死，灵魂化蝉，呼天喊地地宣泄悲愤。蝉的鸣声那样苦闷，那样焦急，有几分近似。这是古人的说法，除非你写历史小说，否则你得有自己的说法，要想有自己的说法，你得有自己的"蝉"。这就想起林怀民。林怀民是60年代有代表性的台湾青年，那时候，台湾地区休养生息，日子过得不错，就在这个时候，年轻人开始不满现实，觉得命运欠他更多。他们都满腔苦闷，在苦闷中形成独有的生活方式，林怀民写成短篇小说，结集出版，用《蝉》做了书名。那些青年都是蝉，那样的生活就是他们的呐喊。这也是"有故事，就有答案"。

中国有句老话，天地生物不测，蛙为什么这个样子，蝉为什么那个样子，进化论和神造论都难解释。小时候有一段时间在农村生活，与草木虫鱼为伴，看见生命以各种奇怪的方式存在，简直匪夷所思。有一种昆虫叫蜣螂，拿动物的粪便当食物，它的特长是把动物的粪便滚成一个圆球推着走，这是它的全部家当，也是它储存食物的方法。那个粪球比它的身体大，它居然推来推去毫不吃力。天地间怎么会有这样一种生物？不但有，它还有很多不同的名字，有很多人注意它，喜欢它，为它取名。想不到这个小东西还进了《伊索寓言》，蜣螂和老鹰相争，蜣螂把老鹰下的蛋从鹰窝里滚出来，落地破碎，这是用其所长，构思不错，但是老鹰还不至于没有办法对付蜣螂，只有认输的份儿。蜣螂浑身硬壳，老鹰想吃它啄它无从下嘴，老鹰那双巨掌利爪难道不能抓它，把它带到空中丢进山谷？这个故事编得不好，你可以另写一个胜过他。

我写这篇文章的时候，郑振铎先生的这篇作品已是九十多年前的先驱。九十多年来，写猫的作品越来越多，有人说在数量上已经超过写狗。虽然每位作家都有自己的猫，当代作品与前代作品倒也各有可以分辨的特色。当代作家膝上的猫又甜又黏，难分难舍，人与猫化成一团，断尽烦恼，这般滋味，前人不曾尝到。这种特色，有学问的人称为文风，他们又说文风可以代表民风，如果这话没错，我们又有文章可作了。当代人追求舒服，创造了一个名词："舒适圈"。意见领袖鼓吹舒适，主张每个人都要想办法让自己觉得舒适，生活环境就像你家客厅的沙发，坐下去就是一个舒适的小漩涡，你的猫悄悄地跳过来伏在你手边。有这样的生活，所以有这样的文章，文风民风，循环相生。中国历史上有个名词叫采风，中央政府搜集全国各地的作品，通过作品了解各地的民情。

求舒适是"一念"，这一念生出"万行"。卫生纸已经很好，还要它松软，要它有花纹，再要它有香味。牙线已经很好，还要上胶，还要添上味觉，有薄荷的味道，有鸡肉的味道，有海鲜的味道。早起令孩子们不舒适，学校每天早晨上课的时间应该延后，让学生多睡一会儿。面包已经很好，还要加糖，吃糖令人愉快，但是肥胖的人越来越多。肥胖有害，减肥也是"一念"，这一念令人不快，西风马上被东风压倒，所以减肥成功的人很少。"良药苦口利于病"？药厂早已为每一粒药丸裹上糖衣。"忠言逆耳利于行"？他们不喜欢行走，喜欢躺平。写小说吧，小说可以做伏在他床头的猫。

前代的作家如此如此写猫，当代的作家如彼如彼写猫，而今而后，你我如何写猫？他们怎么写，你我也可以怎么写，或者，他们怎么写，你我偏不那样写。嘴里说"偏不"，头往旁边一歪，乃是作家的一个习惯。动物辞典说猫"性残暴"，也许出乎你的意料，也好，这句话可能送给你新的题材。猫吃肉，打猎为生，专门扑杀弱小，在郑振铎先生笔下它吃了小黄鸟，在鲁迅先生笔下它吃了小白兔，在你笔下它可能吃掉客厅的金鱼、前院的雏鸡。任何东西，只要比它小，从它面前经过，它都不放过。"三妹常常的，取了一条红带，或一根绳子，在它面前来回的拖摇着，它便扑过来抢，又扑过去抢。"它甚至捉自己的尾巴，团团转。它捉老鼠，无非也是这个习惯。

猫行猎，就得有猎人的阴险。前爪锐利，触处皮开肉绽，平时用软绵绵的掌肉包裹起来，真个绵里藏针。行走无声，奔跑跳跃如凌空，跟踪伏击都很隐秘，据说从几层楼上跌下来也能安全着地，天生有很高的禀赋。猫的模样像虎，不，是虎的模样像猫。有学问的人说虎豹都属于猫科，有猫的遗传。猫有一个特长，知道如何与人相处，一言以蔽之，它处处为人增加舒适，虎豹固然做不到，即使是狗也差得多。所以，咱们的作家偏爱它，美化它，对它的一切另有解释，说它善解人意，说它婀娜多姿，带着几分神秘游走人世。它养精蓄锐，发出鼾声，人也说是念经，为它塑造慈眉善目的形象。万物之灵情感用事，心志为猫而醉，诸事为猫而废，伤别离为猫下泪。人类可以说是一切动物的天敌，河豚有毒，也要拼死一吃，但我没见过吃猫肉的人，也没见过卖猫肉的餐馆。父老相传，人若吃了猫肉，灵魂过不去奈何桥。人以自己的舒适为标准创造神话，为万物制定价值和价格。

如此这般，你有了一只自己的猫，你写它，不是为了令人舒适，乃是为了令人省思。虽然你看透了人也看透了猫，故事并不能如此结束。郑振铎先生说，他家的猫最后死在邻家的屋顶上，这里面藏着讯息。父老相传，猫不死在主人家里。我当年常在田野道路看见猫尸，三九冬天，冻成坚硬的冰棍，龇牙咧嘴，想见风雪之中忍受了整夜酷寒。死在屋顶上是更好的选择，当年没有"钢骨水泥的森林"，屋顶仿佛脱离了尘世，一行一行的瓦，中间有沟槽，躺下去就是未盖之棺，身后是非由您起悬念。猫果然有它的了不起！它把最好的一面留给你，把最坏的一面留给苍天，天无情，天无私，人之所弃，天之所取。您不能抑制情感之汹涌，把题材放大，调门儿拔高，写下去，如同站在屋顶上为它演奏《安魂曲》。

28. 向培良:《六封书》

六封书就是六封信，向培良先生用六封信组成短篇小说。小说表现人生，可以采用这样那样的方式，好比你要把水端出来，水需要容器，方的圆的，盘子管子，杯式碗式，都可以用。小说家基本上用说书的方式，但他们求新求变。丁玲女士用写日记的方式，韩少功先生用编词典的方式，魏子安先生用编诗集的方式，爱尔兰牧师用写游记的方式，西班牙文豪用写传记的方式，都可以。而今而后，如果有医生用病历写小说，会计师用预算决算的说明书写小说，保安人员用跟踪报告、监听记录写小说，新闻记者用新闻报道写小说，都没有什么不可以。

向先生的《六封书》，收信人和发信人都不出场，我们只看见书信的文本，你也可以说，收信人就是读者，发信人就是小说家。有人说，书信、日记都是私密文件，读者大众喜欢窥探人的隐衷，因此书信体、日记体的小说容易引人注目。其实，小说家是用书信的形式写小说，也就需要用写小说的技巧写信，读者为小说技巧吸引，往往忘了他是在读信。做到这一步，才算是成功了。

在小说中这个写"六封信"的人，是一个漂流在外的中年人，他写信告诉他的朋友，他厌倦漂泊了，他想回故乡定居了，他已回到故乡了，他不喜欢故乡又离开了，他再也不回去了！连续的肯定否定，具备小说的情节。信是一封一封分开写的，自然形成小说的分章分段。发信人和收信人像传球一样，自然产生刺激反应，情节层出不穷。想当初，文艺青年写小说，都喜欢用书信体和日记体，就是贪图它们有这些方便。

言归正传，且看《六封书》。

第一封信说，久未写信，现在要离开这个地方了才给你写信。信中说，现在有新念头，做出新决定，打算回老家定居，不再"像秋风般吹过各处"。他当初讨厌家庭，喜欢无穷江水、无边山色，现在发现"只有家庭是最可恶的休息所"。他决定还乡，"像经冬的蛰熊……蜷曲着我的心灵，静默的听大地的呼吸"。断肠人在天涯，我们同情，讨厌故乡而又向故乡寻求安慰，借人物之口称之为"最可恶的休息所"，却令人担心。这人终于还乡了吗？还乡以后又如何？第一封信末尾留下问号，小说家称之为"故事钩"，它像钩子一样钩住读者的注意力，使读者再往下看。

第二封信，这个写信的人向收信的人诉说变故。还乡之路漫长，一路上想的是村子外头那棵大枫树。这棵高大的枫树是故乡的地标，只要看见这棵树，就知道到了家乡，就以为可以寻回因漂流而失去的一切。谁料老枫不见了！一定是发生了重大的变故，天降全村人不能抗拒的压力，这棵树被人宰杀了！对于还乡人，这是第一个打击，那怎么办？对于读者，这也是一个"故事钩"。

于是，读者继续发现，所谓故乡，对还乡人是个完全陌生的地方，所谓还乡，对本乡本土完全是个多余的人。敲门，里面问是谁，声音陌生而生硬，淡漠而粗涩，还乡人在他秋风落叶一般经过的地方，听见过无数次了。侄儿出现，"儿童相见不相识"，并未"笑问客从何处来"，只露出陌生而疑惧的目光。进入当年自己的卧室，旧梦无痕，越看越像旅馆。还乡人前面发生的问题，这里给了答案，答案又引起新的问题。

第三封信，还乡人说，他努力适应新的环境，藏起城里人穿的衣服，选择乡下人用的词语说话，但是家人看见他来了，突然停止谈笑，周妈连忙找些家事来做，姑母寻几句应酬话来跟他说。第四封信说，还乡人受到挫折，承认失败，但是第五封信，还乡人继续努力，去找儿时的玩伴福生会面。原来是要寻那脸儿胖胖的、眼儿圆圆的、嬉皮笑脸的福生，然而只找到一个恭谨的农夫。第三、第四、第五这三封信是这篇小说的精华所在。单就"福生"这个人物来说，向先生写的比迅翁的闰土还要动人。

第五封信，还乡人说，他终于接受失败。他决定了，"从此天涯，当满印着我的足迹"。"我"将永远作客，无论在什么地方，无论在什么人之前。最后，他说："老友，我祝你健康，并且祝你永远的不要离了你的家！"

第六封信可以说是尾声，寥寥数语，最后一句"忘了罢，从今以后，在你平安的心里，永远忘了我这样的一个人罢"，口头上要朋友忘记他，心里是"我"从此忘记故乡。我说过，凡是没有的，都是不需要的，好像大离大弃、物我两忘，从道家的思想里找到安顿，其实是无限遗憾，还诸天地。

向培良先生深通人情世故，所以能写出这篇小说，小说中这个写信的人物却不通人情世故，才生出这么多事端。平心而论，这个人对故乡要求太高。"狐狸有洞，天上的飞鸟有窝"，这只狐狸不能以另一只狐狸的洞为家，那一只鸟不能在这一只鸟巢中育雏。故乡也是人和人组成的社会，人和人要彼此需要，人和人的感情也需要培养。这个写信的人以前对故乡没有贡献，以后也没有打算为故乡做什么。故乡不是宗教，并非只要悔改，一切就可以不劳而获，他想错了。

还有，他放弃得太快。我们常说茫茫人海，其实人不是一滴水，不能自然溶于一池，人是落叶，只能化作春泥。

我们常说"物是人非事事休"，其实世事不休，你得跟着人流走，或者带着人流走，共患难而后成为患难之交，共安乐而后成为安乐之交，即使是兄弟姐妹，感情也需要后天培养。小学时代交的朋友最甜蜜，中学时代交的朋友最勇敢，大学时代交的朋友最稳妥，彼此由小学入学到大学毕业都是朋友，这样的朋友最难得。故乡是什么？故乡也不过像银行一样，你得开过户存过款才可以提款。

我这里也有一个书信体的故事。

第一封信，华弟写给周三哥：

我的女朋友秀兰，在医院里做护士。秀兰照顾的病人里面，有一个单身的老船长，病情沉重，仿佛已经自知不起。某一天，老船长忽然向秀兰提出一个请求，在临终之前，希望和他三十年前的爱人胡玉洁再见一面，两人虽断绝音讯三十年，他相信对方得到消息一定会来。秀兰拜托我，我来拜托周三哥，请您设法寻找这位胡玉洁。

第二封信，周三哥给华弟：

我保证尽力，台湾户籍严密，在这个二十万人口的小城里，预料可以找到二十个胡玉洁，然后再从中筛选。我们这件正在进行的事要保守秘密，不必担心如何找到她，该担心的是怎样使她从家庭走到船长的病床旁边来。如果风声泄漏，可畏的人言将使她裹足不前。

第三封信，华弟给周三哥：

感谢周三哥协助，顺便告诉你一则性质相近的消息。医院里有一个得了绝症的老男人，要求初恋的爱人来见一面。病人的太太自己去邀请那位女士，那位女士立刻答应，她的丈夫不但同意，而且亲自护送妻子前来。太太上楼探望旧日情敌，这位丈夫跟情敌的太太坐在楼下休息室中等候。这件事轰动整个医院，那些护士对这位满头白发的老太太目迎目送，像瞻望明星一样。到了他们这样的年龄，见面已经没有顾忌，何况其中一人病危垂死，即使最善于搬弄是非的长舌妇，也不能再玷污他们的纯情。

第四封信，周三哥给华弟：

胡玉洁找到了！我是先找到她的妹妹玉珠，差一点儿把妹妹当成姐姐。这个小小的错误使我们得到一个有力的帮手，姐姐的事她全知道，极力主张心地光明的人不必避嫌。原来三十年前，胡玉洁小姐和邓船长已论及婚姻，但女方家长坚决反对，不容分说把女儿嫁给别人。邓先生去做海员，原因即是失恋。现在再见一面，胡小姐希望能得到丈夫的理解，可是那个货运行的司机完全不能，他对太太的答复是咆哮如雷、拳脚交加。此事虽十万火急，我们这里却不得不密针细缕，以免欲速不达。

第五封信，华弟给周三哥：

此间传说，老船长一生漂洋过海，密藏了一批金银珠宝，谁也不知道他埋藏在什么地方。有人推断，现在他病得这样重，绝口不提后事，只是拼命地找胡玉洁，恐怕是要见了她的面，亲口说出藏宝的地点，由她继承。昨天晚上，秀兰听见他说"遗产……遗产……"，急忙抖擞精神细听，他又沉沉睡去。

第六封信，周三哥给华弟：

藏金之说，使胡玉洁的丈夫改变了主意，他催促妻子探望船长。可是胡玉洁也改变了主意，坚决拒绝。那个粗鲁的丈夫对妻子又是一顿拳打脚踢。先是嫌人家穷，打她骂她，不许见面；后是贪人家富，打她骂她，逼迫见面。非常可笑。

胡玉洁女士要我们告诉船长，他要找的胡玉洁已在二十年前死了。

第七封信，周三哥给华弟：

这几天，家中闹得天翻地覆，胡玉洁不吃饭，她丈夫在吃饭的时候光喝酒，喝多了怎么开车送货？大家担心得要死。

胡女士挨了打，事实上也不宜和船长带伤见面。她的妹妹玉珠想出一个怪主意来，由她冒充姐姐。以下是她的原话："如果你们需要我来，有些话不妨说在前头，如果船长遗言留一笔钱给姐姐，这笔钱应该一半归我。"

第八封信，华弟给周三哥：

老船长昨夜去世了！他在弥留时唯一的遗言是"玉洁来了没有？"

爱情的力量太伟大了，医生说，老船长可能因此在人间多留了一个星期。船长曾经对我说，他此生藏有的最珍贵的东西，就是他对胡女士的恋情，那烈酒一般的感觉盘亘在他胸中，历时三十年仍不挥发散失，最后变成钢铁的溶液。他很认真地说，我可以在他的骨灰里找到一块壑硬的固体，烧不坏也埋不烂。

请勿为丧葬的事担心，船长还留下一点钱，足够料理一切。

29. 隐地:《夜袭》

这些年，长篇小说越写越长，短篇小说越写越短，于是出现了"极短篇"。在20世纪50年代，大家对短篇小说的认识是三万字，到了70年代，大家对极短篇的期待只有一千五百字。这个新兴的体裁，起初叫小小说、掌上小说、微型小说、袖珍小说，后来被称为极短篇、超短篇、一分钟小说，甚至出现了"一行小说""一字小说"。文学刊物的守门人，那些著名的主编，各自为这种"以短见长"的小说另立一名，引人注目。

这一段发展还有几项启示。

其一，工艺之事，大原则是尽其所长，并以己之长，攻人之短。长篇小说的长处在"长",短篇小说的长处在"短",那么一个越写越长,一个越写越短,也就是小说家勇猛精进的表现了。

其二,大约在60年代,电子工业克服了许多技术上的困难,使产品轻、薄、短、小,有些小说家从中得到启示,小说越写越短,别具一格。文学评论家也为越写越短的小说定下四项准则:微、新、密、奇,双方在字面上遥相呼应,"微"指篇幅,"新"指题材,"密"指结构,"奇"指效果。俗话说"隔行隔山",但两山之上共戴同一片天,人类的行为互相感应,有时候高山不能阻挡,文学艺术的灵感可以来自并不相干的现象,学习写作者都知道及时捕捉。

其三,"小小说"由"微型"小到袖珍,小到掌中,小到一行一字,发现一味追求短小也不是办法,短小并不必然精妙,退回来再找立足点。使人联想到中国的古典诗由四言而五言,由五言而七言,增加字数使内容丰富,节奏繁复,于是有人提倡九言诗,有人实验十言诗,行到山穷水尽,这才退回来守住五言、七言。

在台北,出版家隐地提倡并力行极短篇,从这篇《夜袭》可以一窥他的特色。那天晚上,小说人物的全家外出给老太太拜寿，碰上台北市的居民抗议房价上涨，露宿示威。群众集结也是一道风景，其中的形形色色，隐地先生全部予以割舍，他教小说人物想到群众示威照例影响公共交通，赶快叫车回家。极短篇之所以能短，正是因为勇敢地删去了许多描述和议论，赶快堆高了情节。

《夜袭》的一家人好不容易回到家中，发现门锁已被撬开，家中的现金和首饰都不见了，而最令人伤心的是，小偷也偷去了他们藏在书后面二十年的破袋子。"这个毫不起眼的小袋子里装的是我们二十年来的历史、经验以及记忆"，换言之，都是珍贵的纪念品。极短篇之所以能短，正是因为并没有交代那些失物的来历，让失主沉湎在回忆里。小说也省略了屋主的心情变化，看见没房子住的人示威，庆幸自己有房子。房子是什么？房子不过是你把小偷要拿的东西放在一起，给他方便！书架上、旧书后面、灰尘下面、一个破旧的小口袋，屋主人自以为那里绝对安全，忘了小偷也是一门专业，有秘笈代代传承；小偷知道屋主怎样防盗，字纸篓里、书架后面、床垫底下、沙发背后，他们都不会放过。小说作者只把情节推进到顶点，这些话一字不提。

这是极短篇，顶点以后，论篇幅该结束了，读到此处，我们不妨合起书本想一想如何结束。夜深了，人也实在疲乏了，上床吧，明天再到警察局报案。或者上了床，睡不着，吃安眠药。打开床头柜，拿起安眠药，只见空瓶子，索性不睡了，写极短篇。或者上了床，睡着了，夜得一梦，那一袋纪念品并没有被偷，只是自己忘记放在什么地方了。……都可以，但都配不上"极短"。

赶快打开小说看最后一段："晚上睡不着，辗转难眠，眼看已是午夜三点，仍然睡不着，我和太太只好一人一粒安眠药，吞食的时候，颇像演出一场殉情记。"

谁也没想到小说最后三个字是"殉情记"，吃一颗安眠药怎么与殉情连接？现在什么都有人研究，研究者说，人在吃安眠药的时候多半有一种冲动："如果我多吃几粒？……"当然，大多数服药者只是一念生灭，也有极少数服药者真的这么干了，这些服药过量的人并非出于需要睡眠，而是和他的生命做了一次游戏。我在此处猝然与"殉情"二字相遇，有身体上某一个敏感的部位被击中了的感觉。这种感觉或可称之为点穴，写极短篇就是出手点穴。正好这篇小说的题目是《夜袭》，群众露宿示威是对台北市长的突袭，盗贼入室行窃是对家庭的突袭，"殉情记"一词是对读者的突袭。

据说，"小小说是训练作家最好的学校"，论者举川端康成为例。大文豪的小说总是越写越长，他们好像不大瞧得起短短小小，川端不然。联想到鲁迅先生也是大文豪，却竭一生之力写了那么多的千字短论，两者同为现代文学史上所稀有。

学习一种技能，照例要先简后繁，先易后难，写小说可以先小后大，先短后长，应该是有得之言。记得小时候学诗（唐诗宋词的那种诗），先学对仗。"天对地，西对东"，这是造句。等到学会了"晚霞明似锦，春雨细如丝"之后，进入五言绝句，每首诗四句，每句五个字。然后是七言绝句，每首诗四句，每句七个字。掌握了绝句以后，再抓律诗，五言律诗、七言律诗都是八句。最后最难的一步是排律，《红楼梦》里头有一首排律，全首七十句，除了头尾两句，全是对仗。

出版社以极短篇或掌中小说为名，把川端先生那些短短小小的玩意儿编集成书，今天我们用"微、新、密、奇"四项标准来衡量，其中大部分作品还是写得太长了。长，因为枝叶多，情节不集中，也就结构松散，不能"密"。也许川端先生置小说于掌中的时候，"微、新、密、奇"之说还没有出现；也许评论者虽已亮出玉尺，川端并未放在心上。

川端康成大材小用，必有可观。他写剧团拍片，需要面具（像日本的"能剧"使用的那种面具）。剧务人员四处搜购，买来的都不是艺术品，不合用。最后找到了上乘的制作，价钱太贵，剧团买不起，只能租来用。面具戴上以后，再取下来，显得人脸很丑，这个结尾很新。他写丈夫远行不归，妻子带着小女儿等候，丈夫来了一些很奇怪的信，要妻子"别让孩子玩皮球啰。那声音我听得见。那声音敲打着我的心啊"，妻子照办了。"别让孩子穿皮鞋上学啰。那声音我听得见。那声音践踏着我的心房啊"，妻子也照办了。不让孩子用瓷碗吃饭，不让她们母女发出任何声音，母女悄然而死，丈夫同时也死了！这个结局很奇。

今天我们讨论极短篇，它已经不是长篇小说的练习簿，也不是给大作家做秘书，在很大的程度上，写极短篇是为了充分发挥小说的娱乐作用。前人写小说，大趋势是自娱而后娱人，今人写小说，大趋势是娱人而后自娱，这一发展跟文学的商业化有关系。如果写小说好比画龙点睛，那就提起笔来画龙眼好了，何必画那些龙鳞龙爪呢！奇文共赏："全世界只剩下一个人了，这人坐在家中，忽然听到有人敲他的门。"网络流传，这是最短最好的小小说。我不知道它的作者是谁，我知道它的前身，奇文共赏："第三次世界大战结束了，全世界只剩下两个人，这两个人关起门来谈判如何瓜分世界，颇有争执。这时忽然有人敲门，两人使个眼色，掏出手枪，一齐对着门口。"我也不知道这件作品的作者是谁，只知道它的前身，奇文共赏："舞台上，几个人在屋子里等候一个重要的人物。有人敲门，是查水表的，又有人敲门，是送快餐的。等得太久了，几乎绝望了，终于又有人敲门，敲得很响、很急，屋子里的人听了，面露惊慌之色。就在此时，舞台的大幕缓缓垂下来了。"一件作品，三生三世，删繁就简，敲门造成的高潮始终不减。

小说作者游刃于袖中掌上，要有某种敏感，履及笔及，俯拾皆是题材。我在网上读到一位徐昌才先生的文章，他说唐诗中有很多极短篇，例如金昌绪的《春怨》："打起黄莺儿，莫教枝上啼。啼时惊妾梦，不得到辽西。"例如贾岛的《寻隐者不遇》："松下问童子，言师采药去，只在此山中，云深不知处。"是啊是啊，我也曾变奏卢纶的那首《塞下曲》。我说"林暗草惊风"，写的是战地、山野，是敌人和野兽出没的地方。写的是夜晚，树林靠近道路的林边有些光线，林中一片漆黑，风动草木，疑有伏兵。"将军夜引弓"，此时此地，将军率领小队骑兵疾驰而过，不寻常的行动，不寻常的任务，冒着不寻常的危险。将军在马上瞥见林中伏着一只老虎，说时迟，那时快，将军立刻对那目标物射出一箭；说时迟，那时快，眨眼工夫，这一小队人马脱离了树林。虽然看不见，将军有感应，这一箭他是射中了。"平明寻白羽"，战地枕戈待旦，将军醒得早，他心中放不下昨夜那一箭，奔赴现场察看他射中的是什么。如果射中的是人，那当然是个敌人，敌人在近距离出现，要重新估计敌情。"没在石棱中"，那一箭既没有射中老虎，也没有射中敌人，而是射中了一块大石头。石形卧地如虎，这支箭入石很深。这分明是小小说、极短篇或掌中小说，咱们一见如故啊！

这首诗的"本事"原载《史记·李将军列传》，李将军指汉朝的李广："广出猎，见草中石，以为虎而射之，中石没镞，视之石也。因复更射之，终不能复入石矣。"诗中没有李广再度试射，把该删的删掉；诗中，将军是夜射，把该加的加上，满足了极短篇的条件。这位诗人原来也懂小说啊！

所以，当你读到"不要借钱给朋友，它使你既丧失金钱又丧失朋友"的时候，你要想起极短篇。当你读到"踏破铁鞋无觅处，得来全不费工夫"的时候，你要想起极短篇。当你读到"最怕在某个年纪，突然听懂一首歌。最怕在某个年纪，突然读懂一个人"（李宗盛的警句），你要想起极短篇。孩子溜滑梯的时候，你要想起极短篇。孩子吹气球的时候，你要想起极短篇。闪电驰过、迅雷将至的时候，你该想到极短篇。登上悬崖，下临深谷的时候，你应该想到极短篇。甚至，当你看见一个三角形的时候，要想起极短篇。你读到下面这则新闻的时候，当然想起极短篇：

一位蹬三轮车的工友在电影院门外等生意，末场电影散场的时候，一对情侣坐上他的车子。

情侣们总喜欢挑僻静的路走，车子离开闹市，在一行浓荫蔽月的树下缓缓而行，车上的人亲切地、温柔地谈着情话。

由于兴奋的缘故，他们谈话的声音逐渐提高了。他们两个人在台北共同看电影，这是最后一次了！他们谈喷射客机的航线，谈美国入学的日期，谈男方家长给他们买房子，女方家长给他们买车子。听说美国人都不喜欢生孩子，他们要多生几个孩子，孩子生下来就有美国国籍，他要做美国人的爸爸。像许多坐三轮车的人一样，他们忽略了那个蹬车前进的工友的存在，而那位拖曳着他们游走的大汉，把一切听得清清楚楚。

车子忽然刹住，大汉跳下座子，回过身来，用手向他俩一指："不许动！"四顾无人，好像抢劫？其实不是，这位大汉指着两位顾客的鼻尖脑门，发出一顿训斥，骂他们数典忘祖，车上的人屏息恭听，不敢分辩。

大约是骂够了，大汉吩咐："你们给我下来！"他抛弃顾客，扬长而去，车钱也不要了。

30. 罗兰:《风外杏林香》

　　"风外杏林香"是董作宾教授的一幅书法,写的是甲骨文,挂在台北市一家牙科诊所的候诊室里。一个候诊的男子很欣赏这幅字,另一个候诊的女子很注意这个男人。女子首先发现对方是二十四年前分手的恋人,等到两人目光相遇,男子也认出女方。

　　两人坐近了,低声交谈,一句"不认识我了吧"当过场,情节由"风外杏林香"这幅字拉回二十四年前。春天,在华北,他俩曾经一同去看杏花。现在,他想问她什么,忍住了,倒是她先问他:"你——结婚了吧?"引出另一个女子,另一个女子是个平凡的女孩子,不喜欢去伤害爱他的人，跟眼前这个女孩子不同。他这才问她"苏莪林好吧"，引出另一个男子，这才知道眼前这个女子结了婚又离了婚。

谈到这里，两男两女，全部出场，悲欢离合，有些板块可以拼凑起来。当年他们去看杏花，女孩只顾赏花，男子却去估计那一片杏林能结多少杏，每年有多少收益，女孩子觉得乏味，没有情趣。另一个男子苏莪林不同，他会写情诗："你那杏形的眼瞳，围着如湖水般的淡蓝。"她把苏莪林的诗送给他看，从他身边逃开了（虽然他婚礼上穿的燕尾服都订好了）。可是，她发现苏莪林又把那两句诗送给了另一个女孩，她再从苏莪林身边逃开（虽然两人结了婚）。

失联二十四年之后，不约而同，两人都来看牙，牙病是中年人的疾病。从"她"的视角看"他"，是中年人了，鬓上有了星霜，眼角有了鱼纹，也胖了不少。他的灰色西装，质料很考究，黑皮鞋也是上好的纹皮。"他的领子一定不再是十五吋，而至少是十七吋了"，"年龄改变一个女人的程度，远比男人为多"。从"他"的视角看"她"，"眉毛经过修饰，比以前细了，而且长了。眼睛却比以前松了，也没有以前那样大了。松弛的眼皮，盖住了那漆黑眼球的一部分。皮肤有了皱纹，没有以前那一层夺人的光彩了"。

还有更惊人的改变，他，男主角，当年因没有审美能力被女主角嫌弃，但现在能欣赏考古学者董作宾教授写的甲骨文，而且能从甲骨文的"风"看出一个在风中傲然而立的绅士，那衣袂被风向后扫去，像西方人穿燕尾服。看那个"杏"字和那个"林"字，看出郊野自然的姿态，感觉到林木的芬芳和潇洒。他的妻子是一个平平实实的主妇，不到野外看杏花，只在客厅里插瓶花。他们有了四个幸福的胖娃娃。她，女主角，却孑然独居，每天介入股票和房地产市场，跟那些孳孳为利的人博弈。即便如此，她仍有多余的时间可以寂寞。为了驱逐寂寞，还要去担任家庭教师，这份工作使她可以进入家庭，亲近孩子。回忆当年，少女情怀总是诗，也总是"失"，因为"年轻的时候，根本也闹不清自己究竟爱谁不爱谁"，"女孩子爱的只是一些幻想"。

《风外杏林香》里的对话都很平淡。那些对话给我们一种想象：这两个人在交谈的时候，音调是正常而平稳的，一片怅惘、辛酸、激动，都藏在平淡之中。也许男的有几分安慰，女的有几分后悔，不过没有谁正面表示出来。只有某些庸俗的广播剧，才在这时候用颤抖的声音喊着："我应该嫁给你！可是太晚了！"彼此都是中年人，年龄使他们知道怎样用平淡的语气说话；男娶女嫁，二十四年没见面，时间也使他们能够用平淡的语气。在牙医候诊室里不期而遇，地点使他们不得不用平淡的语气。可是，二十四年前婚姻中的被拒者，二十四年后遇见了当初拒绝他的人，如何能真正平淡？在婚姻上完全失败了的人，遇见了二十四年前被自己拒绝过的人，发现他是个能给女人幸福的男人，内心又如何能平静？罗兰女士成功地处理了这个极难处理的场面：平静中的不平静，不平静中的表面平静。她使我们看见了没有伤口的伤，听见了没有声音的痛。写对话写出这样的效果来，更是不易。

以上是《风外杏林香》的总体大要，然后，我们照例从里面提出一个话题来申说研习。这篇小说几乎全用对话写成，两人在对话中交叉回忆，一点一滴显露事实。而对话时先谈什么，后谈什么，全凭临场触机。因此我们读者所知道的事实，并非按照自然发生的顺序展开，而是自己搜集拼凑，让读者以探幽寻胜的心情，自得其乐。例如，我们并不知道他和她如何相识、如何相恋，而是首先知道他俩一同观赏杏花，发生分歧，因为他进了牙科诊所，董作宾教授的墨宝首先引起他的联想。例如，两人分手之后，事实上是她先结婚，他后结婚，我们先知道他结婚了，因为她忍不住先发球给对方：你结婚了没有？

我这里有一张表，排列着《风外杏林香》里的具体情节，每一项情节附有两个号码，每行开头，左边的号码表示"事实发生的顺序"，先发生的事实排在前面，后发生的排在后面；每行后面右边的号码是打破了事实发生的顺序，在小说中先后出现的顺序。事件发生的先后顺序，由她二十岁到她四十四岁，小说编织的先后顺序，由牙医候诊室到进入治疗室：

1 春天，北方，他和她同看杏花。6

2 她拿苏莪林写来的情诗给他看。15

3 他和她已订好婚期，她毁约。18

4 她和苏莪林结婚。13

5 他恨她。10

6 他和邢玉梅结婚。8

7 他和邢玉梅有过争吵。20

8 苏莪林有外遇。16

9 她和苏莪林离婚。14

10 她独居空虚。26

11 她领悟婚姻是现实，不是幻想。19

12 她注意讲求化妆术。3

13 她在台北做股票生意，教家馆。17

14 他有四个孩子，很胖。21

15 他由南部糖厂调来台北。7

16 她要镶假牙。25

17 他只是检查牙齿。23

18 她在牙医候诊室看见他。1

19 他也看见她。2

20 她不敢先招呼他。9

21 他不先招呼她。5

22 她终于先招呼他。4

23 道歉。11

24 谅解。12

25 约晤。22

26 她进去看医生。24

27 她心里很难过。27

28 她决定不去看他。28

由于对话的过程和谐，他给了她一张名片，希望以后再见。她握着这张名片进了手术室，没有放入皮包，也没有丢进垃圾桶。躺在诊疗椅上的她，内心涌出激动，小说是这样用文字来表现的：

> 健朗的男人和迟暮的女人！
>
> 罗曼蒂克的女人和脚踏实地的男人！
>
> 失去的岁月！
>
> 放过的爱情！
>
> 一连串如麻醉针般刺痛的经历！
>
> 杏花……
>
> 写诗的男人！
>
> 平凡的女人！
>
> 幸福的胖太太！幸福的胖先生……
>
> 寂寞空旷的房间，
>
> 冰冷的床！
>
> 股票的行情，
>
> 厚重而拥塞的义齿……
>
> 张开嘴！咬紧！再咬紧！好！
>
> 医生的眼镜。
>
> 她把手握紧，捏皱了的名片掉在地上。

"我不会去看他的！"她想。

以上这些短句看似杂乱无章，其实有内在的逻辑。小说家把治牙的经验、职场的经验、情场的经验混在一起，互为隐喻，像"一连串如麻醉针般刺痛的经历"，像"冰冷的床"，像"厚重而拥塞的义齿"，都可以看成一语双关。"咬紧！再咬紧！好！"既是医生教她咬紧药棉，止血，也是她警告自己要坚持最后的自尊，停止损害。诊疗进行的时候，她闭着眼睛，有一连串回忆和幻觉；诊疗完成，睁开眼睛，回到现实，首先看见戴着眼镜的医生俯视她。这时，她并不是把手放松，而是把手握紧，她依然是个意志坚强的女人。"捏皱了的名片掉在地上"，她这里已经没有他的空间。"我不会去看他的！"捏皱了的名片当然没有再拾起来，这个结尾非常精彩。

31. 茅盾:《春蚕》

养蚕曾经是中国农民重要的副业，蚕结茧，茧可以卖钱。蚕吃桑叶长大，为了养茧，要种桑树，文言用"桑梓"代表故乡，好像说，故乡就是那个种了桑树和梓树的地方，可见养蚕这种副业是多么普遍！桑树结的果实叫桑葚，儿童爱吃，商人制成罐头，运到天涯海角，游子买来治疗怀乡病。

《春蚕》是茅盾先生有名的作品，他家应该没有养过蚕，没有关系，只要想写养蚕，作家可以看人家养蚕，学人家养蚕，甚至跟养蚕的人一同生活。这也是当年曾经掌旗挂帅的文学潮流，直到今日以及将来，仍然是学习写作的一个门径。

《春蚕》开篇，写一老农扫视田野（当然，其实是小说作者在观察田野），远处一小小的农村，都是养蚕的人家。眼底有一条河，可以把他们收成的茧运出去卖掉。河岸种满了桑树，那是蚕的饲料，还有一栋楼房，那是茧厂。老农所见的一切，都跟养蚕有关系，好像斯土斯民都是为了养蚕而设。

怎样养蚕，且看下面几个名词：

一、蚕卵。蚕是卵生，蚕卵比芝麻还小，当年农妇用自己的体温孵化，肌肤相接，好像连体共生。有一天，"蚕妈妈"觉得微痒，知道蚕破壳出生了，人和蚕仿佛有亲子关系，这种经验深刻难忘。我们现在养养狗猫，称之为"毛孩子"；农家养蚕，早就称之为"蚕宝宝"。

二、蚁蚕。蚕在纸上产卵，卵壳外面有一层黏液可以附在纸上，刚刚从蚕卵孵化出来的蚕像小蚂蚁，养蚕的人用一根鸡毛轻轻地把它们扫进大笸筐里，再铺上桑叶。蚕的食量很大，吃桑叶昼夜不停，因此我们的语文中增加了一个词：蚕食。蚕集体进食的时候发出沙沙的声音，在养蚕人听来好像数钞票，全家随着这个节奏进入紧张状态。农妇每天早上要采桑喂蚕，蚕吃得多排泄也多，有时一面吃一面拉，拉出许多黑色的干燥的小颗粒，为了表示对蚕宝宝特别疼爱，不叫蚕屎叫蚕沙。养蚕人每天要清理蚕沙，给它一个干净的环境，它才不会生病。

三、幼蚕。蚕由小蚂蚁长成八对足、十三个体节、又白又胖的娃娃。这一段其实是蚕的幼年，许多昆虫，由幼虫到成虫，如蚕，如蝶，形态上要发生多次改变。"变态"一词本来是指这种变化，后来扩大范围使用。对于蚕和蝶来说，变态是正常，扩大使用以后，变态也可以指不正常。在蚕的一生当中，这一段时间最长，养蚕人家的负担最重，"人饿蚕不饿"，压力很大。

四、眠蚕。幼蚕在成长的途中，要经过四次蜕皮，蜕皮的时候，它自己吐丝把身体固定，不食不动，称为眠蚕。蜕皮前后，蚕的形态也有差异，因此我们的语文里面有一个词：蜕变。养蚕人要为眠蚕布置一个特别的房间，昼夜守护，称为蚕房。蚕房内不许有噪音，不许有火光，不许堆积杂物，不许有其他动物，也不许外人进入。这是养蚕人最辛苦的时候，蚕眠人不眠，俗话说"蚕过一眠，人瘦一圈"。

五、熟蚕。幼蚕成熟了，食量减少，体内由胸部到腹部那一条消化管里充满了透明的液体，把液体吐出来，见了空气，就是细丝。这时候，养蚕人要一个一个为蚕来一次身体检查，如果蚕身没有透明，不及格，挑出来丢给鸡吃。那些及格的蚕摆动上身，左右上下，寻找地方吐丝结茧。家蚕的前身是野蚕，野蚕到了吐丝的时候，沿着树枝向上爬，大概它认为高处比较安全，养蚕人将蚕的这种习性叫上山。野蚕变成家蚕，这种习性仍在。养蚕人砍些树枝来，在蚕房内布置蚕山。有了蚕山，茧自然也会集中在一起。

六、蚕茧。蚕在自己身体周围吐丝，结成一个口袋，把身体装在里面（因此我们有一个成语：作茧自缚）。这个口袋有大有小，每一个都完整周密。从未听说茧未结成，丝已用完，留下残破的缺口，仿佛结茧工程都经过精密的计算。区区一蚕怎么知道它可以吐出多长的丝？它怎么能为它的茧预先设计蓝图、照图施工？造物之奇，令人惊叹。春蚕到死丝方尽？诗人误矣，丝虽吐尽，蚕并未死，茧中之蛹仍有生命，它还要变态成蛾，蚕蛾交配产卵，传宗接代，这才走完它的一生。

上古时期，中国就有一辈圣贤深入山林，忍受风雨饥渴，仔细观察蚕的习性，使人可以利用蚕的本能得茧取丝，增进我们的经济生活。茅盾先生又和养蚕人同甘共苦，观察他们养蚕的过程，分担他们的忧乐，写成小说，丰富了我们的文学遗产。他写农民收茧如临大祭，他说养蚕是农家的一种仪式。夏志清教授说，茅盾把养蚕写成了一种仪式。什么是仪式？依我的了解，仪式是不断重复同样的动作，不觉得枯燥疲劳，因为心中有信仰，非常虔诚。茅盾先生透过冷静的观察，写出农民的穷苦和养蚕的辛苦，世代相传以辛苦救贫苦，讴歌农民，代农民颂祷。这样的小说不是消闲读物，这时候，你得正襟危坐地读小说，悲天悯人地读小说，摩顶放踵地读小说。我也知道，现在去古已远，市场趋向乃是想入非非地读小说，惊心动魄地读小说，嘻嘻哈哈地读小说。

茅盾先生有他的创作主题，情节为主题服务，他写了收蚕紧接着写卖茧，化蛹化蛾按下不表。茧可以还原为丝，最小者可以抽出三千米的丝，最大者可以抽出九千米的丝（因此我们又有一个成语：抽丝剥茧）。丝值钱，因此茧也值钱，在农民眼中，满筐的茧就是满筐的银元。千辛万苦，茧是卖出去了，可是没有赚钱，反而赔了钱，欠了债！这是小说结构上的高潮与下坠，也是当年无情的现实。

那个无情的现实叫作"农村破产"。想当年，中国农村的生产方式以手工业为主，东洋、西洋来和中国通商，机器生产的洋货纷纷涌到，洋火（火柴）比铁片敲击石块取火方便，洋油（煤油）点灯比植物油明亮。土产的烟叶气味好，消费者一窝蜂地崇洋，我们自家的行业纷纷倒闭了。诗人说，嫂嫂织布，哥哥卖布，财主把布都买走了！言下颇有遗憾。我接着说，财主不再买土布，改买日本的阴丹士林，哥哥的货物原封带回家中，希望财主来买而不可得了。家家户户口袋里的钱都被洋人赚去，中国的农村越来越穷了！无论中国农民多么辛苦，多么节省，都不能补救，不能挽回，只见"自己田里生出来的东西就一天一天不值钱，而镇上的东西却一天一天贵起来"。家产变小，变无，变成负债！茅盾先生为了写农村破产，才写《春蚕》，他要借养蚕这一件事，让无数人看见农村的破产，痛定思痛。文学术语有所谓"冰山理论"，你看见冰山在大海里露出小小的尖顶，就知道水面以下还有很大很大的体积。换个说法，这是小中见大，寓无限于有限，说法不同，意思一样。

回顾那一段历史，农村破产也许是我们的必经之痛，现代中国迟早要走上工业化的大道，农村破产为起步吹哨子。该来的挡不住，为了工业化卧薪尝胆，为了工业化悬梁刺股，为了工业化"天变不足畏，祖宗不足法，人言不足恤"，神州大地改山河。就拿养蚕来说吧，现在是工厂养蚕、机械养蚕、企业养蚕，一个蚕厂就是一座大楼。蚕室是无菌室，人工调节光线、温度、湿度，养蚕的工具都是新发明的专利品，饲料不单靠桑叶，由专家配方制造。你看新闻报道，这家厂一年能养六十万只蚕，那家工厂一年能产一万吨茧，上游养蚕抽丝，下游织锦向全世界推销绫罗绸缎。三百六十行，行行现代化。产品外销如江河出海，现在轮到东洋人也抱怨，西洋人也抱怨，钱都被中国人赚去了！上天留几条性命老而不死，眼睁睁看中国人翻身；上天也降一些文学天才，在这个新的背景上继续写现代的春蚕。

有人说，作家用生活经验做文章，好像躺在手术台上任人检视，这种感觉让人不舒服。我的回答是，你既然有这样的感觉，可以不写自己的生活，写别人的生活。像茅盾先生写春蚕，用观察、访问、调查等手段，先深入别人的生活，后退出别人的生活，再表现别人的生活。为什么要去写别人的生活呢？因为文学作品，尤其小说，不是写自己的生活，不是写别人的生活，而是借着生活中的事件表现作者自己的思想感情，这个事件可以是自己的生活，可以是别人的生活，可以是自己的和别人的揉在一起，也可以凭空想象。

作家使用题材，分"内求"和"外求"。内求所得，我称之为"胎生的文学"；外求所得，我称之为"卵生的文学"。你看茅盾先生，他是为了表现农村破产而写《春蚕》，再深一层探究，他是为了担忧国家的生计、民族的生存而表现农村破产。他用《春蚕》发抒他的怀抱，他希望《春蚕》能引发你我先天下之忧而忧。《春蚕》风行四方，一点也不涉及茅盾家庭的隐私。

一位在大城市里的作家，要写一部小说表扬渔民生活的改善。他找渔会的资料翻翻，找渔民保险的承办人谈谈，到渔区渔港去旅行一次，回来写小说。雷马克在"二战"结束后，实地参观了纳粹的集中营，访问了很多被拘囚的俘虏，写成《生命的火花》。在我写的这本《现代小说化读》里，我们看见鲁迅先生写邻家的《兔和猫》，不知哪儿来的野猫吃了邻家的小白兔。动物世界弱肉强食，叫作丛林法则，也就是理所当然。迅翁说"不"，借着邻家发生的这件事表达他的思想情感。郭老的《歧路》，把一部分生活经验掺杂进去，真假混合，这种手法叫"揉"，像揉面一样。迅翁的《狂人日记》纯粹虚构，即使聂绀弩先生的《邂逅》，用第一人称叙述，那个"我"也未必就是百分之百的聂绀弩。在茅盾先生写《春蚕》的那个年代，文坛大师都勉励后学用真实的事件表达思想情感。

32. 台静农:《天二哥》

这是台静农先生 1926 年发表的作品,那时候,国际上用四个字批评中国:贫、病、愚、私。这篇小说是那四字评语的戏剧化。小说有八个人物出场,天二哥、烂腿老五、王三、王三的女人、吴二疯子、汪三秃子、小柿子,还有一个说书为生的吴六。看名字,我们先给这些人的素质打了分数。天二哥在他们之中出类拔萃,小说开篇,他已经死了。烂腿老五坐在栅门口的青石块上,脊梁倚着栅门,双手一张一张数算冥纸。听他口中念念有词,想来天二哥葬在这里。烂腿老五,这人既贫且病,故事就这样展开了。

说到病，天二哥最严重，他家三代都是酒徒，循环系统有祖传的病史，若是觉得身体哪儿不舒服，不看医生，上酒馆。"酒便是良药，可以治大小病"，这是他爹的爹传下来的秘方。昨天他在酒馆里喝多了，需要醒酒，他竟然"摸了一个卖粥的大白碗，左歪右斜踉跄地跑到栅门口的尿池前，连连舀了两大碗清尿，顺便倚着墙坐在尿池的旁边"。这是既病且愚了！

　　既然天二哥都愚得如此可怕，何况等而下之？天二哥正当壮年，酒后猝死，大家相信他鬼魂不散，成为地方上的一害，于是，开饭店的王三说见了鬼，吴二疯子也说见了鬼，在鬼气森森中都是愚人。小说家笔尖一转，在小说最后换了一个轻松的场面调剂气氛：

　　　　他在王三饭店里推骨牌，遇着警察来查店，警察很不客气地要拿他。先问了"你姓什么？"他说，"我姓天！"他趁着这当儿，打了警察两个耳光，就迅速地跑了。从此以后，他们就称他叫"天二哥"。

　　你看，连警察也愚不可及。

　　贫、病、愚、私四个圈子相互之间有连环关系，天二哥这帮人既然又贫又病又愚，必然自私。小柿子只知道卖花生，吴六说书，只知道"且听下回分解"，吴二疯子的空间大一些，吃喝拉撒之外，还能打牌嫖妓。烂腿老五好像没有工作，依然可以活着，他自己似乎并不知道为什么要活。冯友兰先生认为人生有四种不同的境界，即自然境界、功利境界、道德境界、天地境界，天二哥这些人都在自然境界。丰子恺先生认为人生有三种境：物质生活、精神生活、灵魂生活，这些人只有物质生活。我也说过人生有动物的境界，有人的境界，有英雄的境界，还有圣贤的境界，这些人都活在动物的境界。

如何提高人的境界呢？中国的圣贤说，先脱贫致富。《论语》记载，孔夫子到了卫国，对弟子冉有说：卫国人口多，很好！他的意思是，那时地广人稀，人口多，土地面积大，兵源和税收都会增加，国家可以强盛起来。冉有问老师：人口增加以后，治理国家的人下一步怎样做呢？孔子说，发展经济。冉有又问：再下一步呢？孔子说，提高教育水平。夫子的意思大概是摆脱财务压力，自然有受教育的意念，有了丰富的知识，始可以谈境界的提高。现代中国另有先知先觉提出主张，认为要救贫病愚私的中国人，首先人人去私，天地无私，克服了私心就进入了天地境界。志士升级，将全民提高，全民升级，将国家举高，这条路比较快。中国怎样走出贫病愚私的泥沼，你都看见了，其中多少故事还没有人写过。

《天二哥》里面这些贫病愚私的人物都是外求得来，小说作者不是这样的人，作者的生活圈子里也没有这样的人。作者捉住了几个这样的人，把他们凑在一起，让他们互相刺激反应，捏制故事。怎样捏？我在前面谈过的拉长、放大、堆高，都是捏的手段。再说一遍：故事是有形状的，有开头，有结尾，有中段。牛马都是两头小，中间大，如武陵渔人进入桃源。虎狮不然，精华在头；孔雀不然，重点在尾。小说也是如此，这是"师造化"。

台静农先生写《天二哥》的时候年纪很轻，他捏制故事心灵手巧，虽然字数不多，但分量很重，好像把中国人的贫病愚私一网打尽。他对中国现代小说可能做出什么样的贡献，引起鲁迅先生等人的期待。资料显示，迅翁和他在十一年内过从甚密，他的风格也很像鲁迅。向迅翁学杂文者多矣，学小说者寥寥可数，学杂文易，学小说难。台先生的起手式就站在巨人肩膀上，难得的才情，难逢的因缘。谁说写小说不能学？台静农学鲁迅，汪曾祺学沈从文，司马中原学端木蕻良，莫泊桑学福楼拜，我们深受鼓舞。

写小说由追随一家到自成一家，通常要经过三个阶段。起初，他学鲁迅，也很像鲁迅，用书法家杜忠诰的说法，这是"他法"；后来他又去学别人，学了这个又学那个，这叫"共法"；最后形成独有的风格，叫作"我法"。用诗人的语言来表达，起初是"我见青山多妩媚"，后来是"五岳归来不看山"，然后要"搜尽奇峰打草稿"。写字如此，画画如此，写小说也如此。可是，抗战胜利后，台先生到台湾教书去了。大流亡、大隔绝、大清洗来了，由大陆到台湾地区的人，都要参加自清运动，都要填写治安当局发下来的一叠表格，从六岁填到填表的那天。你的兄弟姊妹亲戚，你的同学同事，有没有人是共产党员？你最后一次和他们见面或者和他们通信，在什么时候什么地方？你有没有参加过左派的社团，那个社团叫什么名字、主持人是谁？如果没填，法官认为你和对方继续在联络当中，逮捕治罪；填了，治安机关把你列为某种嫌疑犯，处处调查，时时监视，并要求你在台湾的朋友和同事配合他们的工作。在这一片肃杀之气中，台先生对新文学绝对不写，绝对不谈，绝对不交往。好在他本是学院中人，受教于北京大学国学门（后来的中文系），上帝关了他的门，他还有一扇窗子，他就以当代大儒终其身了。

想当年，我们不过是个文艺小青年，也跳进黄河洗不清。我们吞吞吐吐，遮遮掩掩，为尊者讳，为贤者讳，为善者讳，为恶者讳，一直到万缘散尽。我们也许比商人、工人、军人更能体会台先生的挫折感。他的文学事业破产，所有财产都变成负债，他不能多看一眼碎片。以他的大才，梦中多少灵感、多少创作冲动，醒来——杀死。种子埋在地下，盖上一层土，再盖上一层土，唯恐它发芽。台静农，用一个小说家换了一位教授，沈从文，用一个小说家换了研究历代服装的专家，今天读现代文学史，我觉得并不划算。我也希望迅翁少写一本《华盖集》，多写一本《野草》，钱夫子少写一本《宋诗选注》，多写一本《围城》。

说到"捏制故事"，这个"捏"字很有味，故事是根据一块材料捏成的，就像捏糖面人儿似的。既然"一个四十岁的女人仍然穿着二十岁时那样鲜艳的衣服"，她必定可以供给我们写作的材料。我们先观察：她不但用二十岁时的标准选衣料，还用二十岁时的神态说话、笑。于是，我们想象，她是在竭力挽留已失去的青春，与残酷的时间作战。我们继续观察：男同事们对她投以惊诧或鄙夷的目光，但这种眼神马上就被敛藏起来了。他们反而称赞她的衣服漂亮。她却信以为真，发出那样令人感觉凄惨的娇笑。我们想象：她究竟已经不是二十岁，除了那种言不由衷的称赞外，终不能收复那些被光阴带走的东西。终于有一天，一个好朋友恳切地劝她，应该用朴素的美来代替浓艳的美了，应该用端庄的美来代替活泼的美了。这位朋友告诉她，无论如何不该再买这样的衣料，不该再裁这样的款式了。她听了大怒，悻悻而去。她再也不理这位进言的朋友了，等于是跟对方绝了交。可是，隔不多时，她的发型改了，衣服换了，笑声少了，渐渐跟一般中年妇女属于一类了，可是她仍然不理那位进言的朋友。那个人击碎了她的青春梦，伤了她的自尊心。

　　材料可以来自观察或来自想象，有了材料，就可以动手捏，捏成一篇短篇小说。捏，是要它适合我们所要赋予的形式。它得适合短篇小说的形式，而在短篇小说这个总项之下，这一篇和那一篇又可以有不同的格局。捏，就是照它本身所具有的条件，使它自成格局。捏的时候，先决定主题，也就是要给你的故事找一个重心。"一个人往往为周围的人们所包围，不能发现自己的错误"，如果以此做重心，女主角享受那些虚伪的赞美一节，便显得十分重要了。"觉悟的本身是一种痛苦"，如果以此做重心，女主角向时间投降就成了焦点。"有时候，你救了一个朋友，结果反而失去那个朋友"也能构成主题，这样写时，主角也许是那个热心进言的朋友，故事要以这个人的视线展开。上述三个主题也可以并存，只是在技巧上特别困难。

33. 萧红:《手》

福楼拜,小说家,法国19世纪写实主义大师,有"一语说"流传后世。他的意思是,你在描述人物、情景时,只有一个词最恰当、最有效,你要再三思索,找出这个唯一的动词、名词或形容词。我在写这篇文章的时候,手边有《联合报》,副刊上有一篇八个字的奇文,署名吕白水,作者以女性的视角看男人:"男友,单纯;老公,单调。"单纯、单调,一字之差,微妙精细,千金难改,正好拿来做"一语说"的例证。

由福楼拜的"一语说",想起中国古代诗人的"推敲":"春风又到江南岸"改成"春风又过江南岸",后改成"春风又绿江南岸",直到找出那个"一语";"身轻一鸟过""身轻一鸟去""身轻一鸟落""身轻一鸟疾",争论哪个字才是那个"一语"。这是诗人的功课。小说是写事件的,小说作者需要修习的第一课是"一事说"。成仿吾先生写《一个流浪人的新年》,他要找一件事形容这个流浪人孤独又寂寞。新年这天,这人没什么地方去拜年,只能在大街上走走,到处都静悄悄的,像暴风雨过后的光景。邵荃麟先生写《欺骗》,一个独居的老太婆在溪旁敲石子维持生计,她在工地从来不跟人交谈,等于一个石头人。作者借这件事情写出老太婆的穷苦无助。萧红女士的《牛车上》,一个不识字的女子,家中贫穷,丈夫为生计当兵远行,杳无音讯,女子望眼欲穿。这天,女子外出,墙头上贴着官府出的告示,要把逃兵送到县城来枪毙。她站在那个告示的前面,有人念着逃兵的名字,死囚中有她的丈夫。

现在,萧红女士以"一事"写手,写女子中学里一个学生的手。别人的手白红,中带黄,俗话说是肉红色,这个女生与众不同,两手的颜色是"蓝的,黑的,又好象紫的;从指甲一直变色到手腕以上"。这双手不但是她个人的特征,也是这家学校的一景。远远的,你看不清她的面貌，先看见她的手。在众人丛中辨认她，不靠服装体态，靠她的手。早晨，学生在操场里做操，围墙外行人驻足，看她双手高举。她怎么会有这样一双手？她家开染坊，专业染布。那年代，农民自己种棉，自己纺线，自己织成白布，再送到染坊加工。染坊里有染缸，这缸那缸不同的染料，一家人分工，把白布染成各种颜色，每个人的手都有机会伸进每一个染缸，手的颜色深深浅浅、层层叠叠。当这一家七口站在一起的时候，旁人看他们的手多于看他们的脸。萧红女士借这一事，显示这个女生的背景和处境。这是用多么大的笔，蘸了多么浓的墨，淋漓尽致地写下"艰苦奋斗"！这一件事胜过许多事，也代表许多事。

这样一双手也推动了故事的发展，生出许多事。我们都希望这个女孩带着令人触目惊心的标记，所到之处受人尊重，那是励志文章的写法，小说家多半认为人生远比这个复杂，小说也不是这样容易写成。在萧红女士笔下，这个女生受尽歧视。同学们叫她"怪物"，拒绝和她住在同一间宿舍里，认为她肮脏，身上有虫，她只好睡在过道的长椅上。校长免除了她的早操，若有人到学校里来参观，校长会把她隐藏起来。校长触着她的手，像接触一只死鸟一样。

读《手》读到这里，想到个人如何得到团体的认同。首先是语言，团体一旦形成，就有他们的文法、他们的词汇。他们有自己的服饰，例如特别设计的背心、流行的发式；他们有自己的旗号，会有会旗，社有社徽，上面的图案、颜色都有特别的意义；还有统一的动作，或双手合十，或左手握手，或右手伸出三个指头。你得一一接受，始能融入。有人在融入之后，还要跟别人用一样的香水，读一样的报纸，保持气味相投。以上几点，那个有一双黑手的人没有一条可以做到，那双黑手，代表她的衣食住行、待人接物，都和周围的人大异其趣。我们换个角度，对这篇小说另有领会。

她的功课成绩怎么样？如果她在校内的考试中年年蝉联榜首，在校外的比赛中处处囊括冠军，全校师生对这双黑手自然另有看法，奈何她的功课这一门不及格，那一门也不及格！大概因为当年初中一年级开始学英文，小说特别指出她不会拼读，她得在 here 旁边注明"黑耳"或者"喜儿"，她在英文课本上写满了"华提""贼死"。这样的学生我见过，他认识 mother，他可以联想到"妈"，他认识 father，他可以联想到"罚"，严父慈母，考问功课的时候，手里拿着板子的是爸爸；large，声音大，口型也张得很大，small 声音小，口型也小。用这种方法学英文他能学几个单词呢？还有，明明是女孩子，怎么叫"哥儿"呢？明明是老师，是长官，怎么可以叫"死尔"呢？……

这个藏起一双黑手的女主角倒是很用功，白天，她坐在楼梯口念书，梯口靠近窗口，夜晚，她在厕所里念书，厕所里整夜有灯光。冬天，某一个夜晚，她伏在窗台上念书，窗口有雪光，她竟在窗台睡着了。萧红女士在"一事"里面显露"一语"的能力，女主角压力大——家里连吃盐的钱都拿来给她交学费了，只要有一点亮光的地方，就有她在那儿读书。随时随地，你都可以看见她念念有词，如鼠嚼物。可怜无补费精神！最后，校长不准她参加毕业考试，她的成绩可想而知。

用今天的眼光看，咱们的这位女主角是患了某种程度的"阅读障碍症"，患者读英文分不清 ABCD，读中文分不清戌戍戊戉。病例不多，当年医疗机构信息的传播也不普遍，萧红女士幸能得此"一事"，把小说写出另外一个境界来，文学洛神，出水当风，令人耳目一新。阅读障碍症的病人需要进专门的学校受特殊的教育。在当年，这位女主角只能回到染坊。初中三年，皮肤组织新陈代谢，她的手慢慢返白，回家后重新伸进颜料缸中，象征前功尽弃！

萧红女士写"手"，没有主观的喜怒哀乐，她笔下的人物也浑浑噩噩、不怨不怒，千斤块垒由你我吞咽，不知道当年的读者怎样消化、今天的读者又怎样评说？依我看，女主角的苦窘并非社会不公平造成的，而是由于自己患了罕见的疾病，可以怨天，不能尤人。《手》表现了人与命运的斗争，必须说明，在这里，"命运"是文学语言，不是宗教语言。"人与命运的斗争"随着新文学运动由西方输入，给我们开辟题材。我们出生为人，发现这个世界没有为我们的成长发展做好准备，缺少某些有利的条件，反而有一些障碍摆在那里，我们既没有依靠，又受到限制，这种感觉叫作命运。

有人不喜欢"命运"，称之为"限制感"。世象纷纭，万物之灵多愁善感，成就感、安全感、荣誉感、罪恶感，已经有"人生十感"之说行世，再加一感，对于写散文很有帮助。限制感是单方面的感受，是一个巴掌，写小说需要两个巴掌。"命运"一词可以把限制感客体化，它仿佛站在人物的对立面，有意志，有行为，对写小说有帮助。

历史记载，有一天，汉武帝到郎署，看到一个老人，那人头发全白了，眉毛也长得很长，俗语叫作寿眉。汉武帝问他怎么这么大的年纪了还留在这个辛苦的职位上，怎么没有升个官调出去轻轻松松地生活。这人回答：我在这里伺候过三位皇上，文帝、景帝，还有陛下您老人家。文帝喜欢文官，而我是武将；景帝好老，而我那时还年轻；现在陛下您喜欢年轻人，而我已经老了！

您看，这就是命运，怎么会是这个样子，冥冥中莫非有什么力量运作？当时汉武帝受到感动，立刻升了那人的官职，旁人会说他的命运还算不错，其实也就是说命运对他还算不错。

由黑手想到黑人，美国黑人受歧视，反歧视事件层出不穷，天下议论纷纷。有一个黑人，四十岁就当上了大学校长。有人访问他，问他怎么会这样顺利，他说："那一级一级的领导人，唯恐人家批评他歧视黑人，就赶快升我。"这件事可以写成小说，恰是《手》的变体。

由丑想到漂亮。某某大公司要为他们的老板招聘女秘书，来了一位美女应征，人事处主任一看，太漂亮了！千错万错，把这样一个绝代佳人送进老板的办公室没有错。有一天，老板娘来了，她一看，脸拉得很长：女秘书嘛，干吗要这样漂亮，给她调换一个部门！一星期后，那个部门的负责人找老板诉苦，他这个部门的职工大半是男性，添了这么漂亮的一位女同事，都不能专心办公。那就再调到另一个部门。两星期后，老板又接到抱怨，他们这个部门的同事大半是女性，都很爱漂亮，新同事来了，美女跟美女是天敌，影响团队合作。老板和人事处主任一商量，既然人地不宜，那就教她另外找职业吧。这件事也可以写小说，恰是《手》的另一个变体。

最后，想起一个有学问的人说："只有小说可以产生小说。"

34. 凌叔华:《小哥儿俩》

　　这小哥儿俩是两个儿童,一个叫大乖,一个叫二乖,年纪相差两岁。地点,家庭;时间,清明节。这天机关学校都放假,一家大人小孩团聚在一起,这个预设给故事定下格局。

　　既然显示是"小哥儿俩",小说家就让大乖二乖首先出场。先写这天和平时的不同,太阳已经洒满了窗子,大乖二乖还在熟睡。接着写这两个孩子的不同,大乖年长两岁,自主的能力强一些,他先起床,再叫醒弟弟。再写两个孩子的相同,叔叔给他们送来一只小鸟,两个孩子都高兴极了!情节以小碎步向前发展,错落有致。

鸟出场，立刻转换了故事的重心。孩子爱鸟，叔叔答应送鸟，小哥儿俩盼鸟。有鸟就好，没想到是一只八哥，喜出望外。好比京剧名角出场，现身之前敲锣打鼓，出场之后弹琴吹箫。八哥本是野生，猎人捕获，商人贩卖，爱鸟者要到市场购买，算是珍禽。小说家从孩子的视角看八哥，不说它体型小巧，不说它羽毛光泽，先说它能作人言。八哥学人说话，经过训练，它模仿声音，并不了解那句话是什么意思，因此它说的话常常出人意料，产生奇趣。孩子们把鸟笼请放在八仙桌上，看它怎样"启齿"。这位小说家何等了得，不让它说"你好"，不让它念"清明时节雨纷纷"，让它开口宣告"开饭，开饭"。妈妈为过节准备了各式各样的好菜，从昨天忙到今天，无论大人孩子，这才是心中暗藏的高潮。眼看时间到了中午，八哥登高一呼，催促开席，佳节良辰，皆大欢喜。

既然八哥成了中心，小哥儿俩就得在这只鸟的周围团团转。小哥儿俩把鸟笼放在院子里的凉亭里，把凉亭当作教室，说是要为八哥办学校，又说打算把八哥送进音乐学堂，训练它唱歌。大乖在给八哥上课的时候戴上了妈妈的眼镜，夹着爸爸的皮包，俨然把鸟当作自己的孩子了！

虽然这一段充满了童心童趣，使大人孩子都爱不释手，凌叔华女士也没在这一点上停留太久，趁着读者兴犹未尽，她把中心转移到猫。事有必至，理有固然，有山就有林，有林就有兽，有兽就有猎人，有猎人就有伤害。有花就有蜂，有蜂就有蜜，有蜜就有甜点，有甜点就有蛀牙。有土地而后有物产，而后有商业，而后有竞争，而后有纠纷，而后有法院。人类的大世界这样构成，小说的小世界也这样构成，这就是取法人生和自然。

现在小哥儿俩有鸟，有鸟就有猫，而且是黑猫，郑振铎先生这样写，鲁迅先生也这样写（他把鸟换成小白兔）。西洋风俗认为黑猫不吉利，星期五遇见黑猫，一事无成，百事不宜。中国新文学运动受它影响，留下胎记。

虽然许多小说家写猫，他们写出来的猫并不相同，因为小说的人物不同，小说家是通过人物的视角看猫。军官养猫，猫擅长跟踪、伏击、侦察、窥伺。女秘书养猫，猫善解人意，知道这一室之中哪个人对它最重要，讨好这个重要的人，也敷衍那次要的人。训育主任养猫，吃的喝的睡的都准备好了，它还要去翻垃圾桶，野生时期的本能难改。孩子养猫，猫天真烂漫；老翁养猫，猫神秘莫测；鲁滨孙如果养猫，猫对他只是累赘。在西方的图片中，女巫也抱着猫，猫有妖气。中国的和尚也养猫，因为庙中有老鼠，到处撒尿，污染经卷。上菜市场，你可见过和尚买鱼？他吃素，戒杀生，买鱼是为了喂猫。想一想，在和尚心中，他的猫又是一副何等神情？归根结底，小说家不同，作品风格不同，然后有不同的人物、不同的宠物，必须不同，天下后世才有人一顾。

既然以猫为中心，要为猫制造高潮，于是猫吃了鸟，全家震动。大乖带着小乖寻觅武器，立志杀猫复仇。厨子说那只猫没有主人，经常挨饿，有时从后院钻进厨房，等着施舍厨余，甚是可怜。小哥儿俩受感情支配，听觉有过滤选择，只记得凶猫常在后院出没，就到后院搜索。情节发展有三种可能：之一，他们没找到猫；之二，他们打杀了猫；之三，他们饶恕了猫。你我一看就可以判断，第三个选项最好。但是，怎样写也最难。

只见凌女士妙手匠心，她先写后院很大，植物茂盛，整个冬季家人不在这里活动。春天来了，阳光明亮温暖，新芽新叶纷纷吐露，草上新露未干，麻雀的新声初试，丁香花的香气初放，小哥儿俩胸中的那一点杀气，马上被无限的生机淹没。小哥儿俩轻飘飘，软绵绵，热腾腾，空荡荡，风来了他们化身为风，云来了他们化身为云，在阳光中融化，在泥土中重塑。我曾遇见一个儿童，他在院子里放声大哭，忽然一只蝴蝶从他眼前飞过，他立刻破涕为笑。时令未到，这小哥儿俩没看见蝴蝶，他们看见了墙根下一个破旧的木箱：

　　原来箱里藏着一堆小猫儿，小得同过年时候妈妈捏的面老鼠一样，小脑袋也是面的一样滚圆得可爱，小红鼻子同叫唤时一张一闭的小扁嘴，太好玩了。二乖高兴得要叫起来。

　　他用手摸小猫的头，一只手又摸它们的小尾巴，嘴里学它们咪噢，咪噢叫着逗它们玩。

　　一只黑色的大猫歪躺在一旁，一只小猫伏在她胸前肚子上吃奶，大猫微微闭着眼睛得意地看着。其余两只爬在一边。

原来猫就在脚边！原来它并没有逃走！它要养活腹中的孩子，才冒险觅食，并不知道自己做错了什么，即使知道，它也不能带着四个孩子远走高飞，只能把身家性命交给这一方土地。墙根下，破木箱，有风有雨还有猫，小哥儿俩这才想起来，厨子还讲过一句话：那只黑猫很可怜！小哥儿俩再加上一句：四只小猫更可怜！他们丢掉武器，抱起小猫，小猫也是婴儿，大乖二乖也是小猫。哥儿俩商量，回家跟爸爸要盛酒的箱子，跟妈妈要棉花，给黑猫安家。

小说结尾，小哥儿俩忽然能够为了猫设身处地，使人惊艳。在那个年代，文坛的主流思潮是作家要有立场，要站稳立场，只为立场相同的人设想，"吾弟则爱之，秦人之弟则不爱也"。那时也有人提出主张，小说家可以把立场不同的人物聚在一起，经过磨合，产生共同的分母，"此亦人子也"，"一人之心，千万人之心也"。以矛盾始，以和谐终，境界扩大，认识提高。小说家并非丧失了而是扩大了自己的立场。有一个名词，人道，可以解释为人的公分母。红十字会来到战场上，要救自家的伤兵，也要救敌军的伤兵。那人丧失了战斗能力，有生命危险，他就不再是"敌"，只是一个"人"了；你也是人，我也是人，大家在盘尼西林面前通分了。在凌叔华女士创作的那个年代，这样的声音并不大，作品并不多。

"为每一个人设想"的文学主张虽由西洋输入，中国有位先贤也以哲学主张先做了铺垫，他认为人民都是我的同胞，动物都是我的同类（民胞物与）。小说作家迈出这一步，可以为天地万物发言，可以由天地万物代言。男孩送花给女孩，女孩认为"他没有理由送花给我"，其实他是有理由的，你可以替他把没说的话说出来。女孩不能赴男孩的约会，说了许多理由，其实这些都不是理由，你也可以把她没说的话说出来。圣诞到了，男孩寄了一件礼物给女孩，女孩打开看，大盒子里面一个小盒子，小盒子里面一个更小的盒子，这个更小的盒子里面是空的。女孩恍然大悟，还了一份礼物给男孩。男孩打开看，大盒子里面一个小盒子，小盒子里面一个更小的盒子，这个更小的盒子里面也是空的，男孩也恍然大悟了。男孩女孩悟的是什么，你可以替他们写出来。在《红楼梦》里面，宝玉黛玉相爱，但是两个人每次见了面总是拌嘴怄气，情节非常特殊，你可以让这一对情侣好好地沟通一次，宝玉该说什么，黛玉该说什么，你都替他们想好了。

"民胞物与"，不仅可以替人设想，山坐得太久，河流得太长，闪电太短，青天太高，做一行怨一行，难道它们不想说点什么？你不为它们设想，它们都是死的，苏秦张仪都是枯骨；你为它们设想，它们都是活的，飞花落絮都是明星。晋惠帝听见"青草池塘处处蛙"，问这些青蛙为什么叫喊，青蛙不能回答，你替它们回答吧。鹁鹁鸣声悦耳，是男人的宠物，一只鹌鹑见了另一只鹌鹑必定发出鸣声挑战，双方进行马拉松式的歌唱比赛，直到分出胜负。那只斗败了的鹌鹑从此不再出声，变成哑巴。联想一下，读书人进京应试落榜，回家乡做个小地主，终身不再入考场，有之。侠客被对手踢下擂台，找一座深山隐居，永远退出武林，有之。有情人遇见负心人，万法皆空，竟独居到老死，有之。"物吾与也"，你替他们发个宣言，或者留个遗嘱吧。

如此这般，作品的中心又转移了。一位画家展出他画的狗，一连几天没有什么人来参观，这些狗从画中走下来，站在门外路旁一字排开，向行人"秀"它们的存在感。卫生局的官员一看，这些狗没有挂牌子，都是野狗，全部捉去投入狗牢。画家前往探视，栏栅里空空如也，只见地上颜料斑斑点点。画家说："没关系，纸还在，我是纸笔的主人，我的狗画不完。"八大艺术窍窍相通，能为天地万物设想，你就是文字的主人了，你的文章也写不完了。

35. 沉樱:《旧雨》

"旧雨"的意思是老朋友感情深厚,即使下雨天也会来看我。这是从杜甫的一句话里抽出单字来组成新词,原典是"旧,雨来",后人把"旧雨"两个字连用,指老朋友。

汉字一字一形,一字一音,可以单一使用,可以连接使用,可以颠倒使用。"旧雨"拆墙取砖,另起炉灶,作家这样写,大家接受了,字典收进去,这叫"约定俗成"。新文化运动初期,文坛先进多人联合创办了一个周刊,叫作《语丝》,这个名字产生的经过成为文坛掌故。当时那些前辈拿起一本字典,随意打开一页,随意指定一个字，这个字是"语"，照这方式再做一次，第二个字是"丝"，语丝。作者诚于中，形于外，絮絮不休，有意思。如果先拈出"丝"后拈出"语"呢？花解语，丝亦解语，解人密密麻麻，也很有意思。有人说，这是汉字的建筑性。

沉樱女士的《旧雨》，写某某女子大学的学生毕业旅行，由上海来到北平。其中一个学生名叫琳珊，她的心思不在风景名胜，只希望能找到几位中学时代的同学。那几位同学来北平读大学，断了音讯联络，平时也并不怎样想念她们，现在，也许因为自己也走到了学校生活的尽头，前程茫茫，非常关心那些同学的出路和发展，寻找"旧雨"就是寻找未来的自己。或许时间久了，才发现新朋友比不上老朋友，分外思念某几个老朋友，寻找这几个人，就是寻找她失去的自己。"旧雨"忽然成为她生命中最重要的人物，情绪抬得很高。

寻人的线索如风中游丝，她记得有一个同学叫黄昭芳，不知道读哪个大学，只有打电话到每一个大学询问。幸亏那时电话不普遍，一个女生宿舍一架公用电话，也幸亏那时负责转接电话的人有耐性，每一个电话都有人认真回答。每一个答案都是"没有这个人"，希望很小，琳珊情绪低落。最后一通电话打出去，居然听到对方说："请等一等，我给请去。"琳珊又精神一振。电话的那一端送来进一步消息，黄昭芳出去了，好事总是不顺利，情绪又是一低，但是琳珊可以留下电话号码，回去等黄昭芳的电话，情绪又高上来。毕业旅行的队伍住在一家女子中学的宿舍里，第二天，队伍大清早出发了，琳珊留在宿舍里等"旧雨"的电话，趁此时回忆自己中学时代的梦想。黄昭芳的电话果然来了，琳珊太高兴了！这篇小说的情节没有大浪高潮，但吹皱一池春水，高低起伏自有可观，这是短篇小说的另一个面貌，比较平易近人，也比较容易观摩取法。

学校里的公用电话不能煲电话粥，双方相约在中山公园的茶馆"来今雨轩"见面。这个"来今雨轩"名气大，在多少文豪的散文小说中出现过。"旧雨"指老朋友，"今雨"应该指新朋友。来今雨轩，茶馆的名字也有趣，天下雨，老朋友固然来赴约，新朋友也不会失信。琳珊到了公园，一眼望去，不见黄昭芳的踪影，难道她迟到了吗？黄早已等候多时，她先认出了琳珊。两人"称名忆旧容"，老天下起雨来，为了避雨，转换场景。一步一挫折，后浪推前浪，波浪式前进。

记得吗，有个成语叫"顺藤摸瓜"，在黄昭芳这条线上，可以找到当年的六个同学。除了黄昭芳以外，那些人来到北平，进了大学，就忙着恋爱，其中有三个人因为爱得不可开交，大学没有读完，就结婚了。那时不兴计划生育，结婚以后，总是接二连三生孩子，所以在决定结婚的时候，同时决定辍学。结婚以后的状况每个人不一样，有人嫁了个丈夫收入很高，经济独立，心思都用在享乐上。有人嫁了个低薪的教职员，受生活折磨，人已憔悴。还有一个嫁到大家庭里做小媳妇儿，很受气，想离婚。这些人，当初满腔的"奋斗""解放""为了恋爱自由"，恋爱是为了结婚，结婚之后一切都结束了。"从前的梦消灭了，新的梦也造不起来了。"当初对将来抱着无限的希望，而今却是如此的结局！

　　波浪不会永远高，这时雨声淅沥，天色阴沉，来今雨轩顾客稀少，滋味凄凉。波浪也不会永远低，她们忽然提到一个名字：萧英！看样子，这个名字在她们喉头很久了。萧英！她们提高了情绪，却压低了声音，简化了语言，却增添了关怀。萧英走的是完全不同的另一条路，她在老同学的视域之外活跃。这个人在哪里？不知道，她的住处不公开。她信奉的那个主义能不能解决问题？不知道，要治病，目前只有这一个药方。小说里面只说了这么多，还有许多话没说完，读小说的人自然知道。有个名词叫"语境"，同一个环境里面，有些话可以不言而喻。例如，中午时分，甲乙在街头相遇，甲问乙"你吃过了没有"，表示问候，乙自然明白是问他吃过饭了没有，不是问他吃过药没有。小说对话常常利用语境，文字语焉不详，双方相会于心，或者表面欲言又止，实际欲盖弥彰。

顺藤摸瓜，琳珊拜访了老同学柳淑莹的家庭，在那个局促的屋子里，见证了"家是女人的坟墓"。她还想去访问范钰，发现范钰因丈夫失业搬出北平，可见想有一个坟墓也不容易。坐在归程的火车上，琳珊望着窗外，一语不发，心中充满怜悯伤感，预料"自己也将是她们那不幸中的一个"。她想反抗，可是怎样做？想起萧英说过的一句话：社会组织不改变，女子是谈不上解放的。抑而后扬，小说的最后一句是"景仰似的想起了在上海的旧日同学萧英"。

在沉樱女士写《旧雨》的年代，青年没有出路，社会极不安定，如何是好？当时有两种主张：其一，先解决个人的问题，"要救社会，你自己得先成器"；其二，先解决社会的问题，"死水里头没有活鱼"。沉樱女士用小说的形式反映了这一段历史。

古人说"文似看山不喜平"，山峰是一种不平，水波也是一种不平，单就水波而论，"卷起千堆雪"是一种不平，"一池春水皱"也是一种不平。沉樱女士的一贯风格是从容优雅，她不在惊涛骇浪中行舟，吾等并不意外。她将平面加工改造，呈现梯形的线条，犹如钢琴的琴键和梯田中的云影，画面流动，整体一寸一寸涌出，谜底揭晓，有余未尽，此一成就值得我们后学注意。有人评说沉樱女士的小说不刻意寻求艺术形式，其实这就是她的艺术形式，其中自有一番经营。"文似看山不喜平"，除了登山，也可以偶尔凌波。

读《旧雨》，想起冰心老人的《分》。这个《分》是分散，也是分别、差别。小说用第一人称叙事，"我"是一个初生的婴儿，本来住在母亲的子宫里，"分"的第一个意义就是和母体分开了。分离随之产生差别，有人顺产，有人难产，有的孩子文弱，有的孩子强壮，这是"分"的第二个意义。那天，这家产科医院为许多孩子接生，一样的襁褓，一样的牛奶，一样的尿布，一样的澡盆，一样的护士，一样的服务；孩子们饿了就哭，饱了就睡，一样的需要，一样的满足。有一天，邻床的婴儿对"我"说了这么一段话：

> "……我是她的第五个孩子呢。她和护士说她是第一次进医院生孩子，是慈幼会介绍来的，我父亲很穷，是个屠户，宰猪的。"——这时一滴硼酸水忽然洒上他的眼睛，他厌烦地喊了几声，挣扎着又睁开眼，说："宰猪的！多痛快，白刀子进去，红刀子出来！我大了，也学我父亲，宰猪，——不但宰猪，也宰那些猪一般的尽吃不做的人！"

这些婴儿各有不同的过去，也必定各有不同的未来，差别造成分离，分离造成更大的差别，这才是"分"的真意。小说开篇，冰心老人把这些婴儿写得太有趣了，你我都忘记了婴儿室以外的世界，冷不防她老人家大开大阖，借这个屠户的孩子一笔点破，令人于无声处听惊雷，气氛立刻严肃起来。将来这些同一天出生的孩子，彼此都是"旧雨"，而《旧雨》所写的，也是另一篇《分》，我们得仔细看看不同的作家如何处理同类的题材。

这个屠户的孩子，对着教员的孩子，发布了他的宣言，读者的注意力集中在他身上，小说的重点摆在两个孩子的对照上。家长规划孩子的未来，显示这两个孩子的差别越来越多。例如，这家的母亲为了陪伴孩子成长，去学习音乐和绘画，那家的母亲为了贴补家用，要给别人的孩子去做奶妈。例如，这家的孩子将来要做科学家，另一家的孩子将来要学杀猪。别人看在眼里，这家的孩子是温室的小花，那家的孩子是平原上的野草。新年到了，这两个家庭都在医院里过年，这一家要摆脱客人拜年，那一家要摆脱债主讨债。他们有时有相同的行为，却有不同的理由，有时有相同的理由，却做出不同的行为。

直到有一天，一个孩子"穿上小白绒紧子，套上白绒布长背心和睡衣。外面又穿戴上一色的豆青绒线褂子，帽子和袜子"。另一个孩子"外面穿着大厚蓝布棉袄，袖子很大很长，上面还有拆改补缀的线迹；底下也是洗得褪色的蓝布的围裙。他两臂直伸着，头面埋在青棉的大风帽之内，臃肿得像一只风筝"。地上堆着的是从两个孩子身上脱下的两套同样的白衣，"我"忽然打了一个寒噤（读者也会打一个寒噤），我们再也不能掩饰，两个孩子从此分开了，精神上、物质上的一切都永远分开了！

两家都出院了，一家坐汽车，一家背着包袱步行，路上雪花飘舞。在小说结尾的地方，坐车的人从步行的人身旁驰过。

《旧雨》和《分》，叙事都是波浪式前进。广播电台有一种猜谜节目，也是以波浪式前进设计的。下面有一个例子，谜语用一小篇散文写成，分成五个段落，由节目主持人一段一段念出来，每念一段停留五秒钟，猜谜的人在这五秒钟内提出答案。有人猜中了，立刻发给奖金，下文也不必再念了，如果没人猜中，主持人就一段一段念下去。当然，奖金递减，第一段就猜中了，奖金也许一百元，第二段猜中了，奖金也许只有八十元。

请看：

一、你们都不知道我是谁，我的姓和名都不是真的。

二、我讨厌读书，讨厌考试，喜欢和女孩子们一起做爱情游戏。

三、都说我住在一座花园里面，别问我这座花园在哪里，它也许根本没有。

四、男孩子都希望像我，女孩子都希望遇见像我一样的人，我希望这一切都没有发生。

五、有人问：你的故事是真的还是假的？我反问他一句：梦，到底是真还是假？

这个谜语，我想您早已猜中了。您是在第几段猜中的？

下面有一则记事，您能看出它的波浪来吗？

　　公园里，玫瑰花落的时候，总有一个男孩来捡拾地上的花瓣。他的举动引起许多人的注意，后来知道，他把花瓣撒在女朋友的坟墓上。为什么不用鲜花呢，男孩说，花瓣不会被人拿走，可以等一阵大风来扫。公园里的花不许游人采摘，公园里的落花是否可以任人捡拾呢？有人说枯枝败叶都是公园的财产，有人说收拾枯枝败叶还要花钱雇人呢。管理公园的单位为这个问题开了会，成为本市的一条重要新闻。消息见报，很多女孩来看花，地上只有花瓣，那个男孩从此不见了。

36. 对话

　　小说里的人物，一刻也不闲着，他们办交涉，吵嘴，祈求，相恨，相爱，他们不停地做动作，不停地思想，也不停地说话。就这样，对话成了小说很重要的一部分。

　　通常我们听人家说话，只注意那话的"意义"。"他这话是什么意思？"意思弄明白了，那句话的功用也就尽了。但在小说里面，人物的一句话不仅是表达他个人的意思而已，那句话还有很多作用。拿工具来比，一句话像一把小刀，小说人物的那句话却像一把童子军刀，又能削苹果，又能开罐头，又能做订书机。最能使对话发挥多项功能的是戏剧家，据研究，戏剧里的对话有十种作用。

这是对话艺术的极致，学写小说的人，不可不熟读若干名剧。在小说中，对话的用处也许不必"十项全能"，小说兼可叙述、描写，不像戏剧依赖对话之甚。小说对话在表明涵义的同时，又该讲求：

一、刻画人物（什么人说什么话，百鸟齐鸣，声声不同）；

二、发展故事（是非只为多开口，杀君马者道旁儿）。

我们来假设一种情况。课堂里来了一个新学生，谁也不知道他的性格。不用忙，从对话知人，只等他开口。到了下午，你听见他向同桌的学生抗议："你占的地方太多了，你不能超过二分之一。"（说完，也许拿出铅笔在书桌中央画一条界限。）这句话的"意义"，是要同桌的肘弯永远离开一些，它的另一作用，却不啻宣称，他在自己的利益上不是马虎容易退让的人。我们能知道左邻小气，右邻大方，能知道对面的同事固执，后面的同事多疑，都是由同样的机会得来。初见一个生人，如果他一直沉默不言，你会觉得他有些神秘；等到你熟知他的性格，你又常常可以预料他说什么样的话。孔门诸贤中，只有子路可以说"有是哉，子之迂也！"冉有只能小心翼翼地问："……又何加焉？……又何加焉？"如果把两人的话对换，你会摇头：不像！这不像冉有！耶稣左右，彼得颇似子路，但是，耶稣被捕后，彼得矢口否认是耶稣的信徒，很出人意料，你不会觉得这话哪里像是彼得说的。我们在日常生活中待人接物，听见了什么样的话，可以知道说这话的是什么样的人，小说作者把这程序反过来：他是什么样的人，就给他安排什么样的话。

刻画人物性格是"凝聚"功夫，而故事情节则需要"开展"。开展的方法仍然可以借重人物的动作、对话，汤司徒告诉郝思嘉说："卫希礼要跟媚兰结婚！"这句话大伤郝思嘉的心，遂开后文无数先河（《飘》）。丫鬟跟宝玉开玩笑，说林姑娘要回南方去了，宝玉心里一急，得了疯病，贾府上下震动，不但形成高潮，也是一条伏线，使王夫人加速考虑宝玉的婚姻问题（《红楼梦》）。达哈士孔的猎人认为伟大的猎人应该到非洲猎狮，首席猎人狒狒为了满足群众的愿望，只好硬着头皮出门冒险（《达哈士孔的狒狒》）。玛赖沙先生去世了，他的遗嘱里说明，哲安·罗兰为财产继承人。这则消息改变了家庭的均势，引起笔尔的猜忌，生出许多波澜（《笔尔和哲安》）。一句"希特勒占领捷克"，流亡的拉维克于是赶回巴黎（《凯旋门》）。新郎和新妇，正站在庄严的神父面前，背后突然有人高叫"重婚！这是重婚！"你不难想象要发生些什么样的事（《简·爱》）。小说的情节，在"刺激及回应"的定律下逐步展开，人物甲的话，有时对人物乙、人物丙是有力的刺激。

不仅靠小说作品，生活本身也能给我们很多例子。两个学生共享一张桌子，左边的学生说："桌面面积平分两半，中间画一条线，你的肘弯不许过线！"这话对右边的学生是一种刺激。刺激产生回应，右边的学生一面小心约束自己的胳臂，一面注意左邻是否遵守他自己提出来的条约，一旦左边的学生大意越界，他立即报以更严厉的抗议。左边学生的回应是，当时无可奈何，日后却用别的办法报复，新的情节于是出现。我们常看见两人发生口角，第三者正在劝解，劝解的人总是说："省一句吧！少说一句吧！"少一句就少一分火药气。有时候第三者的劝解业已成功，当事人之一发出一两句"尾声"，战端又起，不可收拾。民间故事：有一个人，说话技巧很拙劣，他的话使人头痛。朋友家生了孩子，大家同去道贺，他也在内，别人再三警告他："你跟我们一同进门，一同退出，千万不要说一句话。"他答应。朋友们道喜、吃茶、送红包、告辞，主人送到门口，访问圆满结束。最后一秒钟，那位先生忍不住了，他对主人说："人人怪我讲话不吉利，我这次到你府上来半句话也没说，如果你的孩子得急病死了，我可没有责任。"这几句话简直是一座奇峰，事件非但没有结束，反而要从此开始。

小仲马有一篇小说（《鸽子的悬赏》），对话很多，也写得很好。这个故事开头说：勒勃冷先生收到一封信，一个名叫来翁的青年写信给他，说是要和勒勃冷的女儿结婚。做父亲的大吃一惊，就和女儿争论起来：

——我想他的要求太大胆了。但是你怎么知道他要和你结婚？

——因为他昨天对我说，他要写信给你，求你允许他和我结婚。

——那末你们在背地里讲话的。

——是，爸爸。

——常常讲话吗？

——常常讲话的。

——呀！

——他对我说他一生爱我。

——你怎样回答他呢？

——我说到死我也爱他。

——什么时候你对他这样说的？

——当我送茶来给你的时候。

——在我眼前会有这等事？

——常是如此的。

——我竟不看见吗？

——你是一点也看不见的，爸爸，你老是戴着你的眼镜。

从这父女俩的对话，我们知道正在发生的事：父亲反对女儿的婚事；知道过去发生的事：这位小姐秘密爱上了常来她家中拜访的一个年轻的客人；也知道了将要发生的事：父亲的反对可能无效，因为听他们的谈话，父亲平时不甚关心女儿，女儿也不怕父亲，父亲以他中庸的性格纵惯了女儿，她的精明敏捷常常走在父亲前头。这是一篇讽刺小说，对话多带喜剧的趣味，简短、紧凑、响亮、俏皮，一问一答，节奏很快。"你是一点也看不见的，爸爸，你老是戴着你的眼镜"，这句话悄悄离开他们讨论的本题，向旁及相关的事物轻刺一枪，然后立刻调转话锋，对准原来的方向。这种忙里偷闲的花枪，使对话的内容丰富，思路回曲，意味隽永。

勒勃冷先生阻不住女儿的婚姻，只能提出一个条件，那就是，他未来的女婿得有五六万法郎。来翁先生接受了这个条件，要求以一年为期，他相信凭他丰富的知识和技能，一定可以赚得这个数目。可是，他奋斗了十一个月，却穷得像个乞丐，一事无成，万念俱灰，跑到一家小旅馆中自杀，被店东救了。下面是他们交谈的主要部分：

——那末，你真是十分不幸吗？

——啊！真的，我十分不幸。

——你什么也做不来吗？

——我是样样都知道的。

——样样都知道的？

——是的，样样都知道的，从亚拉伯语、希腊语起一直到制造经济的肥皂为止都知道。然而我要饿死了。

——应当！知道了一切不能生活，不是你第一个人。

这段对话最值得注意的技巧，就是"重复"。因为这六句话实际上只是两句话：

一句话是："你这样落魄，是因为什么也做不来吗？"另一句话是："不，我样样都知道，可是我快要饿死了。"小仲马把这两点意念分散在六句话里，使我们想起了他同时也是一位戏剧家。"告诉观众，你将要说这个了，你正在说这个了，你已经说这个了。"戏剧对话常常如此，之所以这样做，是使观众听得明白，而且有时间咀嚼，并造成错落交织的形式。这样的对话也未尝不写实：你阻止一个人自杀，问他为什么要寻短见，彼此间仍陌生，情势又急迫，两人谈话都不像开会提案一样，有头有尾，一气呵成，两个人的意思多半是切碎了掺合在一起的。店东在大略知道来翁的处境时，忽然插进一句带着抽象意味的评语："知道了一切不能生活，不是你第一个人。"这句话告诉读者，来翁这个人的境遇要对古往今来许多人有所讽刺。

来翁继续向店东倾诉：

——我要教书，人家给我一千二百个法郎一年！一千二百个法郎叫我整日教授一堆十一二岁的一样丑陋，一样低能，一样讨厌的小孩。

——后来呢？

——后来我翻译一部亚拉伯的歌曲集，是一部欧洲完全没有知道的，可使北方文学一新面目的，漂亮的歌曲集。

——怎么样呢？

——怎么样！书店要我二千法郎印刷费！

这是用对话把过去的事情烘托出来。这是最经济的办法，因为在短篇小说里，不能把来翁奋斗所受的种种挫折一一具体描写。他们谈过去越谈越多，就离现在越来越远，得造成一个巧妙的转弯，使话题回到现实眼前最迫切的问题上：

——你最初的位置有一千二百个法郎，你也当满足了。

——也当满足？我宁愿死的好。

——我对于我自己的位置却是很满足的……我已做了二十年的厨子了。

——假使我不和人家恋爱，我或许也会满足的。

他谈到五万法郎的问题，转一弯回到原处，"蛇衔其尾"。店东听到五万法郎，认为来翁是疯子。可是，店东突然叫道：

——我想到一件事了。

——你想到一件事？

——是的。你是要五万法郎？

——正是。

——如果你得到六万，你肯给我一万吗？

这话很突兀，冲力很大，使"山重水复疑无路"变成了"柳暗花明又一村"。可是，一个做厨子做了二十年的人，怎么能使别人骤富呢？来翁和读者都迫切希望知道，而那个厨子下面的话似乎全不相干：

——你有不有好的肚子？

谁也不懂这是怎么回事。可是店东听说来翁的肠胃很健全，这时喜形于色，要带他去见一位贵族。来翁问：

——他能给我六万法郎吗？

——假使你有一个好的肚子，你就可以得到。

——我一点不懂。

…………

——你喜吃不喜吃鸽子？

…………

——最喜欢的了。

——你得救了……

　　这一段话比上一段话多了一点资料，除了肚子，还有鸽子。可是这点资料，也更增大了读者的疑团。这是怎么一回事？这是作者利用对话制造悬疑，为后面的重大事件开场。读者先坠入五里雾中，然后稍稍看见一点头绪；他发现的越多，怀疑愈甚，差不多在他的注意力完全被集中的时候，真相揭晓了。原来一位贵族提出六万法郎的赏格，征求能在一个月内每天晚饭吃一只熏鸽子的人。这笔赏金，初看起来，好像很容易到手，可是没有一个人成功，报名应征的人，有的吃到第十只鸽子就摇头了，有的吃到第十五只就生病了，还有三个人吃到第二十二只到第二十五只的时候就死了。来翁决定拼命一试，于是，贵族买鸽子，店东熏鸽子，来翁吃鸽子，开始这个以科学研究为名的荒唐实验。

当来翁坐在旅馆里吃鸽子的时候，读者们是被关在门外的，可是，当见证人向贵族报告经过情形的时候，读者们却听见了。八天以后的报告是：

——……今天他又吃了一只鸽子。

——完全吃尽的？

——完全吃尽。

——好利害的东西！

十五天以后的报告是：

——我们的食客死了没有？

——没有。

——他天天吃他的鸽子吗？

——天天吃。

——熏的？

——熏的。

——完全吃光？

——完全吃光。

二十五天以后，贵族亲自来察看实验的情形，读者们也被带进现场，和贵族一同看见那个两眼冒火、全身发热的来翁先生。只听得他们谈道：

——你身体康健吗？
——非常不好。
——你还要继续下去吗？
——是的。

这几场对话，一方面写出实验进行的情形（开展故事），一方面也写出那位爵爷是个什么样的人（刻画个性）。此人阴冷、残酷，富决断力，绝不婆婆妈妈。他的话简练肯定，绝少感叹词及语助词，是下命令所养成的习惯。这一习惯，又被恰当地放在喜剧的语言风格里。

故事的结局是这样：来翁完成实验，得到赏金，回到勒勃冷先生家里，娶了他家的小姐。作者最后感叹地说：这一篇故事，是证明可以看轻学问吗？不是的，证明的只是，我们不能向学问要求那学问所能给人的以外之物。要知道，学问天天能给我们的是劳苦，有时能给我们的是名誉，时时能给我们的是黑暗，永不能给我们的是财产。

作家写小说，有时候是为了试验某一种形式。新文学运动以来，用对话写成的小说不多，我只好举出一个法国人，言犹未尽，只好再举出我自己：

母子们

虽然事有必至，还是不要完全拆穿比较好，先知是常常要坐牢、受刑，甚至死于非命的。

母：机票都收好了？

子：收好了。

母：我的护照在不在你那儿？

子：在我这儿。

母：行李我也收拾好了。你还有什么要办的事情没有？

子：没……有。

母：这两天，我看你一直提不起放不下的样子，你有什么话，尽管讲出来。你跟妈，还有什么话不能说？是不是你缺钱用？

子：不是，不是钱的问题。

母：有什么问题，别瞒着妈。

子：妈，美国有美国的风俗习惯，您得入境随俗。

母：我去你们家，不过是客厅到厨房，厨房到客厅，跟他们的风俗习惯有什么相干？

子：媳妇是美国人，您老人家可得多担待。

母：哦，她呀，她怎么样？

子：比方说，您进屋要先敲门。

母：你是我生出来的，还怕我看见你吗？

子：我是说媳妇。

母：她不也是女人吗？

子：妈，这就是风俗习惯的问题。

母：既然是这样，你们为什么不把卧房的房门闩起来？

子：美国住家的房子，卧室的房门是没有闩也没有锁的。

母：回去你把门闩装上。

子：……

母：你们在卧房里的时候，把房门闩好。

子：……

母：还有别的吗？

子：媳妇不会做中国菜，她弄的饭啊、菜啊，您可千万别嫌不对胃口。美国食物又干净又营养，就是滋味差一点。

母：她不会做菜，我会，我做给你们吃。

子：做中国菜油烟太大，房子容易脏。

母：你们不炒菜吗？

子：美国食物多半是冷的，再不就是烤呀、蒸呀、煮呀。

母：蒸的煮的，哪有炒的香！

子：您可别炒辣椒。媳妇常说，厨房里一炒辣椒，她气管发炎，窗帘上全是辣味，洗都洗不掉。

母：你不是最喜欢吃辣子鸡丁吗？

子：还有豆瓣鱼。

母：你常说，辣椒炒鸡蛋，辣死不投降。

子：可是我在美国多年不吃辣椒了。

母：可怜的孩子！

子：妈，到了美国，您就别吃剩菜了。

母：剩菜有什么不好？我们家买大冰箱，不就是为了吃剩菜吗？不吃剩菜，怎能存钱供你们上学？

子：现在不能再那么俭省。

母：剩菜不吃，放在哪里？

子：倒掉。

母：鱼、肉也倒掉？

子：美国人都是倒掉。

母：好好的菜倒掉，可是伤德呐！

子：妈！

母：这样糟蹋东西，下一辈子要饿死的！

子：您老人家不必动手，我来倒掉。

母：我也不许你倒。

子：啊？

母：我还希望你积点寿呢。要倒，请"她"去倒。

子：妈！

母：算了，媳妇怎么样，我不管。我这次是去看孙子。

子：您的孙子是很可爱的！

母：可不是？照片在那儿，人人百看不厌。

子：可爱是可爱，您可不能搂着他睡觉。

母：为什么？

子：他自己睡一个房间，我们要训练他独立。

母：他才多大呀，你们好狠心！

子：您可不能从自己嘴里抠出一块糖来，塞进他的嘴里。

母：你小的时候，我不是这样喂的吗？你不是长得这么高、这么大，当上博士了吗？

子：妈，我说过，媳妇是美国人！

母：美国人怎么样？不许奶奶疼孙子吗？

子：奶奶要是太疼孙子，孙子就依赖奶奶，不能独立。

母：这话我不信。

子：奶奶要是太疼孙子，孙子就爱奶奶，不爱妈妈，做妈妈的当然难过。

母：这从哪里说起！我活了一大把年纪，第一次听见！

子：妈，您不知道，在他们白种人看来，咱们这种皮肤的颜色，好像总是没洗干净。一旦上了年纪，由于内分泌的关系，更好像是很脏。老年人逗一逗孩子，亲亲孩子，他们都挺不乐意。您见了别人家的孩子，更是保持距离才好。

母：越说越不像话，简直放屁！

子：我是实话实说。

母：你把我那张机票退了吧，我不去了。

子：那怎么行？我这次回来，就是要接您老
人家！

母：算了。

子：您本来不是很高兴吗？去看孙子呀。

母：现在我不想去了。

子：为什么？妈，为什么？

母：我觉得……我已经去过了。

37. 作法自毙

　　"作茧自缚"是人生中常有的现象，这一类事件往往天然具备短篇小说的条件，例如，"请君入瓮"便是。女皇帝武则天用了两个很残忍的司法官，一个叫周兴，一个叫来俊臣。有一天，她教来俊臣审判周兴，来俊臣先客客气气地向周兴请教："审案的时候，犯人总是不肯认罪，你有什么好办法没有？"周兴不知自己大祸临头，快人快语："你可以拿一个大瓮，在四周生火，命令犯人站在里面，再开庭审问。"来俊臣立即照样布置，对周兴说："请你到瓮里面去吧！"

　　这一类事件足以引发小说家的灵感，故事的要件是：

对人作法，法适足以自毙，自毙又完全非始料所及。写这种小说，在设计上最需要匠心巧思的是"法"。

什么是"法"？在这里，"法"指小说人物用以排除障碍、达到目的之有效手段。小说作者经常使他笔下的人物遭遇某种困难，然后，他为那人物想出克服困难的方法。他想出来的方法应该很精彩，或者很诡奇，或者很灵巧，或者很有趣。马克·吐温设计了穷苦孩子无票乘车的方法，茨威格设计了一个丈夫侦察妻子秘密的方法。"法"是小说情节极能引起读者兴味的部分，如果"法"不足观，小说往往因之乏善可陈。有些小说之所以招致宗教家或道德家的攻击，往往是因为他们反对小说中的"法"，也就是说，他们不赞成小说人物对付人生所采的手段。

"作法"是小说中的一方，用一套有效的方法去征服对方。这个"法"必须像一面两刃的剑，对付人家很有用，可是对自己也构成很大的威胁。这一点，在设计上最难。作法的人只见其利，未见其害，结果，利方见而害已生。就此而论，"作法自毙"与通常所谓"自食其果"不同，窃贼银铛入狱，是自食其果；惯窃教他的徒弟如何开锁，自庆妙手有传，第二天早晨发觉自己家中的保险箱内空空如也，徒弟也逃之夭夭，这才算作法自毙。开锁秘诀能开别家的保险箱，也能开自己家中的，开锁法就是一柄双刃剑，构成本身潜在的危机。"法足以自毙"意即指此。

任何一件作法自毙的事都绝非出于当事人自愿。当事人起初未能预见后果，事到临头，措手不及，这正是短篇小说所需要的效果。短篇虽短，并不一清到底，它的结局向为读者始料不及。虽然如此，它不应该是一个离奇荒诞的故事，你读完全篇，回头思量，觉得那结局却也事出有因，写小说的人，在字里行间已经安排下暗示及解释。这也是在设计上比较多费心思之处。

如上所述，"作法自毙"型的故事好像很难处理，极容易顾此失彼，但是，很多作家写来得心应手。现在，我介绍林蔚然先生译的《爱情与逻辑》，以此作为观摩的对象，看它是怎么写的。林译全文见大江出版社出版的《爱情与逻辑》一书，书中共收短篇小说九篇，其中有两篇写"自己搬石头砸自己的脚"，这一类故事可以称为"作法自毙型"。

首先，我们注意，这篇小说中的两个人物一直是互相对抗的。这是"逻辑"与"爱情"的对抗。"逻辑"与"爱情"都是抽象的概念，概念在小说中变作具体的形象，成为一男一女气质和生活态度的对抗。气味不同的人相处，本已格格不入，如今这一男一女却共同从事一项双方必须融洽无间的工作——恋爱，以致对抗得非常激烈。这篇小说的作者，显然认为爱情重感觉，逻辑重理性，一热烈，一冷静，一奔放，一严肃，二者互相排拒。他利用这排拒形成人物的对抗，作为小说中所必有的冲突。在设计上，"对抗"必须有足够的理由不能协调，不能中止，它所产生的动力足以推动下面一连串情节走向高潮。在"作法自毙型"的故事里面，对抗并非一开始就壁垒分明、相持不下，一如鹬蚌之相争。"作法自毙"式的对抗，是西风先压了东风，然后东风再压了西风。当那个法律系的男生使用逻辑改造他的女友时，女方似乎是顺从的，她的反抗，是在男方似乎已经成功之后。可以说，"对抗"在这里分成两个阶段：甲方节节进展的阶段，攻击的阶段；另一个是乙方节节反攻的阶段，如法炮制的阶段。我们可以称甲方为作法者，乙方为受法者。

攻击要有攻击的方略步骤，也就是前面所说的"作法"。在《爱情与逻辑》中，男主角对付女主角的办法，是施以逻辑训练。一连五天，他给女朋友上逻辑课，教她认识逻辑上的一般谬误。她并不逃课——虽然似懂非懂，她热心参加讨论——虽然发言并不中肯。总之，她相当合作。这种合作虽然还不能证明知识灌输的成功，却可能意味着情感攻势的顺利，这是攻击者得手的阶段。我们注意，在这一阶段，写小说的人安排了暗示：女主角娇憨懵懂，时时"乱以他语"。她受教时的态度，一面使人觉得大事不好，一面又使人认为她天真可凿。这暗示，模糊、模棱，难以确定它的所指。它引起悬虑揣测，增加曲折的情致。到后来，它一肩挑起双重任务：使结局出人意料，也使那意想不到的结局早有征兆。

爱情不是层次井然、推理严谨的一种活动，它包括许多偶然、盲动、直觉。逻辑可能杀死那些盲动、直觉，也可能闷死爱情的种子，使之不能发芽。我们不敢说，没有逻辑从中捣乱，那女子一定可以爱上那男子；我们敢说，有了逻辑，那女子一定不爱那男子。既然逻辑可能是爱情的克星，施以逻辑训练无异于授人以柄，也就是说，"法足以自毙"。果然，后来女主角即以逻辑为刀，把男主角送过来的爱情杀死。后一阶段，即是前文所说的"反攻"。反攻的情节大体上依下面两个原则安排：一、攻其不备；二、以其人之道还治其人之身。

我们对一件猝然临头的事感到惊诧，那是因为我们在事前一无所知。我们对小说人物采取某种决定性的行动感到诧异，那是因为小说作者事先没有告诉我们——至少是没有明确地告诉。他用什么方法"不"告诉我们？像《爱情与逻辑》这样的小说，如果要告诉读者什么，已不用"列位看官，波莉小姐早有以牙还牙之意，只是一直没有机会下手。却说这天……"之类的手法。他如果告诉我们波莉小姐想做什么或正在做什么，就让波莉小姐的行为和动机浮上故事的层面，使之"显"；他如果不告诉我们这些，他就使她沉下去，使之"隐"。小说读者只能知道"显"出来的部分。在《爱情与逻辑》里面，男主角的动机和行为"显"，女主角的动机"隐"，她的行为只"显"出男主角所能看到的部分，读者们只能知道这一部分，男主角耳目所不及，读者一无所知。这好比在一个偌大的黑房子里，男主角拿着小小的手电筒向前照射，我们跟在他的后面，只能看见那一团小小的光圈内有什么。一只猫从暗中窜出来，大家都吓了一跳，虽然那猫已窥伺良久，一直跃跃欲动。这个用手电筒在暗夜里照明的比喻，用简洁的术语来说，叫"观察点"。小说作者常须考虑把观察点放在哪个人物身上，也就是把手电筒交在谁手里。有时，他让手电筒在好几个人手里换来换去。《爱情与逻辑》用第一人称写出，观察点放在男主角"我"身上。依常例，这种小说不能换观察点，而"作法自毙"式的故事恰恰不需要换观察点。这样，"作法者"的手电筒永远不能预先照见那只猫，直到它突然跳出来，把读者吓了一跳而后已。可以说，"事出意外"的效果多半在于观察点安排得宜。

前面说过"对抗"分两个阶段：攻击和反攻。由前一阶段到后一阶段，中间有一个转捩点，它要快，要简捷，要有力，要有效。反攻的一切条件既是在暗中（也就是"隐"处）酝酿成熟的，到时候只要新刀出鞘便可，"快"和"简捷"自不成问题。反攻的手段是使用对方所有的双刃剑砍回去，到时候只要青出于蓝，有力和有效都不成问题。男主角花了五天工夫，纠正了女主角的八大谬误，在他已是"行到水穷处"。经过转捩点，读者则是"坐看云起时"。转捩点的手法是：一瞬间主客易势，原来攻的，变为退守，原来退守的，一变为攻；原来代表逻辑的，一变而为代表爱情，原来代表爱情的，一变而为代表逻辑。女方凭着她新受的逻辑训练，一一指出男方的谬误，男方为之清醒，而爱情的梦也同时惊破。女方使用的方法，正是男方使用过的，而且，后使用者是向先使用者学习而得。这是"作法自毙型"的特点，与一般报复性的故事不同。本来，小说的情节最忌在同一篇内前后重复，可是"作法自毙型"偏要重复，将小说的艺术目的建立在重复上。这一点也很值得注意。"重复"使男女双方换位，使逻辑之中有爱情，爱情之中有逻辑，使爱情击败逻辑，逻辑杀死爱情。全篇小说似乎通体有"窍"，此呼彼应，实在写得好。

根据以上的了解，我们知道怎样分析像下面这样的题材：

1. 一个小说家对他的画家朋友授以成名捷径：画一些离奇古怪的图形，自称新创。如果有人要求解释那张画的意义，可以"迟疑一会儿，朝那发问者的鼻子上喷一口烟，然后问：你可曾见过一条河吗？"（作法）

这位画家朋友依计行事，果然声名大噪。名利双收之后，这位画家对他的老朋友小说家否认那些画是胡闹，坚持那些画很有意义。愤怒的小说家要求解释那"意义"，于是画家迟疑了一会儿，朝发问者的鼻子上喷一口烟，问："你可曾见过一条河吗？"（自毙）

2. 一个拳师正在赶路。路旁大树后面有一个"短路贼"，手提木棍，暗中窥伺，等拳师走近，劈头一棍打下去。拳师侧身，反手，将短路贼制服。他呵斥："凭你这点本事，也能吃这行饭？差得远呢！"他得意扬扬地做了一次示范，说："要这样打，才会把人打倒。"（作法）

短路贼唯唯称谢而去。拳师继续前行，几里路外，又有一个短路贼窥伺他，冷不防一棍凌空而下，拳师立刻昏倒在地。这一棍，正是用拳师刚才示范的打法，这个贼，正是刚才被拳师"捉放"过的那个人。（自毙）

3. 一个西部枪手收了一个徒弟，他训练徒弟怎样做标准的枪手，教以五件事，最后一课是："你如果开枪，就要击中敌人的要害。"（作法）

不久，师徒因故反目，互相火并。徒弟把他所学的本事一一使出来对付老师，大胜。最后，老师负伤，提出让出地盘、保全性命，徒弟想起"最后一课"，一枪把老师打死。（自毙）

4. 丈夫认为他的妻子虽然漂亮，可惜不够热情。他不断训练她怎样卖弄风情，表现魅力。（作法）

后来丈夫离家外出，经年未归，太太在家学以致用，广交男友，丑闻四播。（自毙）

小说的格局变化万千，难以执一，因此，有人反对分型。赞成分型的人，也不能不在承认某一型之后，再承认另有"变型"。"型"供作基本练习之用，变型是熟能生巧，几无定型，那是拾阶而上以后的话。雪莱夫人写过一个故事：某科学家造人，终于被所造的人害死。一般认为这是指"作法自毙"。到了现代，科学家发明了机器人，处处用它们代替人工，于是在科幻小说里面，终于有一天，这些机器人有了自主的意识，他们也罢工，也造反。

38. 文房书简

读《三国演义》，不必计较演义与正史记述的差异。演义中的人物不是历史人物，是艺术人物，我们从中摄取的是艺术形象。不管那人物的地位是崇高还是卑微，不管那人的行为是奸诈还是忠信，更不问那人的下场是成功还是失败，都有艺术上的高度。

三国是乱世，乱世苍生必苦，英雄豪杰也不过是站在舞台口上的苍生，制造苦难也担当苦难。《三国演义》以政治权谋、军事杀伐为主要内容，没有为道路流离的小百姓说一句话，仍然成了小百姓最爱的读物，令人称羡称奇。

中国人一向重史，今天的人事和从前的人事有血统连接。到了"新人类"，师法古人古事的豪情大减，但欣赏古人古事的意兴仍在，以后可能永远存在。古代的社会制度、人生哲学、生活方式，产生了唯有在那个时代才会有的故事情节，唯有在那个时代才会有的曲折幽微。飞檐斗拱、凤冠霞帔，确实更容易引发美感，高度的义烈也更足以摇荡性灵。今人即使没有历史责任感，即使不相信鉴往知来，他仍然愿意坐进天地剧场的包厢里花费光阴，投入感情。

第一封信

研究学问的人读作家的全集，我们不做学问，读作家的选集。冰心女士留下四百多万字的作品，鲁迅先生的全集一万多页，老舍先生的全集一万一千多页，浮生有涯，我们怎么读得完，我们不做专门研究，又何必全读。我们希望只读那最好最重要的一部分，这要靠选本。怎知道选出来的是精华？这要靠"选家"。

"选家"是什么样的人？第一，作家多如繁星，他知道某一作家是某一时期的代表，某一作品是某一流派的经典，他知道哪些作家"承前"最多，"启后"最远，选家即史家。第二，他有眼光，有鉴赏力，对作品版本的知识丰富，万中取十，千中取一，选家即是行家。第三，他对"文学人口"特别关切，对推广文学作品有热情，希望你我受到熏陶，提高境界，扩大视野，选家也是教育家。

这时代什么都依赖专家。看病，依赖医生；看戏，依赖导演；吃馆子，依赖大厨；坐公交车，依赖司机；读选本依赖选家，选家是和评论家、翻译家、出版家同样重要的人物。

第二封信

思索小说和散文、诗歌的差别，可以发现小说的技巧。

散文如谈话，诗如唱歌，小说如演戏。

散文如走路，诗如舞蹈，小说如赛球。

散文如饮茶，诗如饮酒，小说如八宝粥。

散文拉长，小说堆高，戏剧缠紧。

散文平面，小说浮雕，戏剧立体。

以上是用譬喻来说明，譬喻只是取两者有一部分相似，因此有很多譬喻可用。

我们要把这些譬喻合起来看。

第三封信

报纸专栏是为读者写的，作者和剧人约略相似；戏剧是为观众而写，导演是为观众而导，和诗人大不相同。诗人说诗，不需要满座，诗集上市，不需要畅销，泠泠七弦，孤芳自赏。我们奔向人群，拥抱读者，揣测你缺少什么，设计用什么方式送出去。我们永远感觉尺有所短，永远追求和读者大众圆满合作。

打开计算机，老眼犹明，把我最后最好的一面展现给大家看。字字珠玑，满桌葡萄皮、瓜子壳。

一个专栏，两人执笔，如乐人合奏、歌者轮唱、舞者共舞、诗人唱和。

如秋空雁阵，比翼而行，冉冉上升。如白云出岫，前涌后继，絮絮滔滔。如心头一声，此响彼应，欣然忘食。

千字短文，池中取水，晶莹一瓶，寻天光云影。瓶中水是得到释放还是受到拘束？

万字长篇，大雨入湖，鱼群出迎，莲叶全开。这雨水是受到拘束还是得到释放？

第四封信

写小说要有计划，不过，着手计划，要在胸中有了小说之后，不在胸中有小说之前。胸中已经有一部小说，思量怎样把它写出来，所谓写作计划，只能如此。

写作计划，通常包含人物表和故事大纲。由计划到成品，就是由简变繁。天地间可写的材料太多，我们只能取其中一部分；这些材料，一部小说写不完，又只能每一部表现其中一部分。这一层功夫就是选择。

选择，意味着积极地寻觅与消极地割舍。芹泽光治良说过一个比喻：设以一房间比喻一篇小说，例如一盏电灯，在室内固然不可或缺，故精致的观察和明晰的描写不致忽略它。然而，在日间外光射进的房间，电灯变成完全不必要的东西，倘若仍加以忠实地描写，这个描写何等多余！反之，在夜间的房里，它便不可遗漏了。总之，电灯之描写与否，决定于昼或夜，如舍弃电灯的描写，便得描写室外光明，反之，写了外光，电灯便得舍弃。（路加先生译文）

选择就是这样的工作，究竟要不要描写那盏电灯，这要看时间上是否需要，也看人物、故事是否需要。如果住在这间房子里的人，是因长年在幽暗的光线下工作导致失明的裁缝，那么虽在昼间，仍可描写电灯。那盏灯，那个窗子，因不能供给充分的光，竟像个杀害了别人健康的嫌犯。

长篇小说常有选择不精的情形。巴尔扎克描写环境，常常很琐细；《简·爱》的女主角因婚姻被阻而出走，有很啰唆的独白；《堂吉诃德》写到主角在山区过苦行的生活，别人来强迫他回家，途中忽然插入了冗长的、根本应该抽出来独立的故事，这些，我们似乎不必效法。

至于短篇小说，"选择"的功夫就毫不马虎了。与主题无关的事物固然不能容纳，连一句闲话也被视为浪费，除非是那些对主题旁敲侧击的闲话。

第五封信

当年子弹在飞，社交活动的口号是"军人第一"。

有人问：军人第一，那么作家第几？

我的看法，作家第二。社会的发展总是走在作家前面。通常并不是"雄鸡一声天下白",而是雄鸡在天快亮的时候才叫。

社会上有形形色色的第一,因为社会上有各式各样的竞赛。

谁发明了竞赛?它在唐尧虞舜的时候应该就有了,否则没有围棋;它在轩辕黄帝的时候应该就有了,否则没有涿鹿之战的大捷;它在女娲造人的时代也许就有了,这才使落选的石头自怨自艾。发明竞赛的那个人真是圣君英主,他轻而易举地使天下人舍生忘死地去抢那一张字纸。各式各样的竞赛多半是不自然的,所以各式各样的"第一"多半是暂定的、假设的。

现在我要肯定的是,竞赛给我们增加了很多很多写小说的题材。

第六封信

文学式微,受市场规律淘洗,媒体竞争挤压,除此之外,作家本身的习气也是一个因素。佛门有一白话:"若要佛法兴,需要僧赞僧",而文人相轻,自古已然。

我们应该对作品的风格流派没有偏见,对主题意识没有成见，对创作技巧没有定见，只要写得好。你沉实宏伟也罢，灵巧精细也罢，心忧天下也罢，自得其乐也罢，恣意挥洒也罢，严谨郑重也罢，议论风生也罢，无迹可寻也罢，只要写得好。

"只要写得好"，这态度深深地影响了我，从别人的作品中得到更多的乐趣和心得。譬如吃菜，管你平津京沪川湘，只要做得好，都是你可以享受的美食。

第七封信

"版权所有，翻印必究"，这句话过时了，不够用了。

您的大作完成以后，您对作品有著作权，著作权的内容，主要的是重制权（复制权）和改作权（改编权）。

重制权包括纸本印刷、网络输送、用声音传播，改作权包括影像、图画、舞台演出。

如果只标示"翻印必究"，好像只是不能翻印，其他的行为都可以？

有一部法律叫《著作权法》，其中还规定，如果别人要在他的作品中使用你的文章，他能使用多少，以何种方式使用；也规定了如果违法侵犯他人的权利，要负什么样的法律责任。

以上一切并非"翻印必究"四个字所能涵盖，你可以找现在的出版物看看，人们是怎样标示的。

第八封信

愤怒出诗人，他用诗产生愤怒。绝望出诗人，痛哭出诗人，诗人是受害人，他用诗害人，伤害那个害他的人，周围对他无害的人一同遭殃，他无法准确分割。

第九封信

严子陵是东汉光武帝的老朋友，他穿了皮袄在江边钓鱼。渔翁穿蓑衣，哪有穿皮袄的？他是故意引人注意，所以民间传说他把皮袄反过来穿，目标特别明显。像严子陵这样和皇帝有特别关系的人，州县政府要派员察看他的生活交游，若是发现什么不寻常的举动，随时报告朝廷。严子陵利用这个渠道向光武帝输出信息。

我写这篇文章的时候，我居住的地方疫症流行，人与人竭力避免接触，邮差将信件、包裹丢入山谷丛林，不肯挨门投送。有人说，我们赞成保护邮差，邮局可以把邮件存在仓库里，这是躲过疫症传染的高举啊！有人回应，邮差这样做，你不知道，不会怪邮局，即使知道，不久也淡忘了、割舍了；如果失了踪的邮件一年以后姗姗来迟，你打开一看误了你的大事，你会生气、投诉、揭发，邮局岂非自寻烦恼？

味蕾可以欺骗，市上有一种"糖"专供患糖尿病的人吃。卵子也可以欺骗，科学家研究新避孕药，使卵子与精子因误会而分离。大鱼庇护小鱼，小鱼躲在大鱼肚子底下吃食物碎屑，避开钓钩，但是大鱼缺食饥饿的时候会把小鱼吞掉。常言道，利尽交疏，义尽也交疏，才尽也交疏。蝶和花不会成为朋友，蝶不恋花，只是寻下口处。

性情憨厚的人不能写小说。

第十封信

你说新闻是粗糙的文学，我说新闻是速成的文学。

速成的文学仍然是文学。受命登台，检点家当筹码。你是新闻记者，女性，中美联姻，共和国教育背景，底子很厚。

请发挥所长：新闻文学以记叙、说明为主，文字风格如行云流水。"上古结绳而治，后世圣人易之以书契"，记叙是一切文体的基础。

新闻记者见闻广博，胸襟视野广阔，通达大方。盲人摸象，也摸遍了全象。

女性主义的新思路、新角度，可发现新题材，避免陈腔滥调。

贾平凹认为文学作品要阴柔、温暖、唯美，我想女性作家会欣然接受。

请避其所短：新闻是速成的文学，未经沉淀、蒸馏、转化，未经营形式美。

女权运动，革命激进，有时矫枉过正，属于小众。

图书在版编目（CIP）数据

现代小说化读 /（美）王鼎钧著. — 北京：商务印书馆，2024

ISBN 978-7-100-23242-5

Ⅰ.①现… Ⅱ.①王… Ⅲ.①小说研究—中国—现代 Ⅳ.① I207.42

中国国家版本馆 CIP 数据核字（2023）第 233879 号

现代小说化读

〔美〕王鼎钧　著

商　务　印　书　馆　出　版

（北京王府井大街 36 号　邮政编码 100710）

商　务　印　书　馆　发　行

北　京　冠　中　印　刷　厂　印　刷

ISBN 978-7-100-23242-5

2024 年 1 月第 1 版　　开本 787×1092　1/32

2024 年 1 月北京第 1 次印刷　印张 12

定价：58.00 元